“十二五”国家重点图书出版规划项目

中国近现代稀见史料丛刊【第二辑】

张剑 徐雁平 彭国忠 主编

联语粹编

倪星垣 著

李超 整理

凤凰出版社

图书在版编目（CIP）数据

联语粹编 / 倪星垣著 ; 李超整理. -- 南京 : 凤凰出版社, 2015.5（2019.10重印）
（中国近现代稀见史料丛刊. 第2辑）
ISBN 978-7-5506-2130-5

Ⅰ. ①联… Ⅱ. ①倪… ②李… Ⅲ. ①对联一作品集一中国 Ⅳ. ①I269

中国版本图书馆CIP数据核字(2015)第049284号

书名	联语粹编
著者	倪星垣 著 李 超 整理
责任编辑	林日波
出版发行	凤凰出版社(原江苏古籍出版社) 发行部电话025-83223462
出版社地址	南京市中央路165号,邮编:210009
出版社网址	http://www.fhcbs.com
照排	南京凯建图文制作有限公司
印刷	江苏凤凰扬州鑫华印刷有限公司 扬州市江阳工业园蜀岗西路9号,邮编:225008
开本	880×1230毫米 1/32
印张	6.5
字数	169千字
版次	2015年5月第1版 2019年10月第3次印刷
标准书号	ISBN 978-7-5506-2130-5
定价	32.00元

（本书凡印装错误可向承印厂调换,电话:0514-85868858）

袁行霈先生题辞

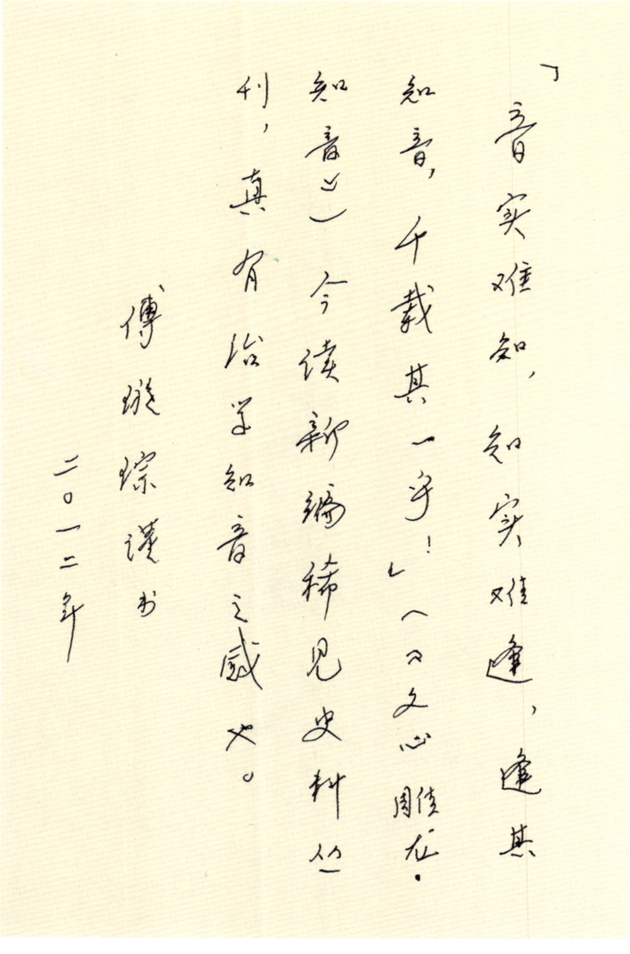
「音实难知，知实难逢，逢其知音，千载其一乎！」（《文心雕龙·知音》）今读新编稀见史料丛刊，真有治学知音之感也。

傅璇琮谨书

二〇一二年

傅璇琮先生题辞

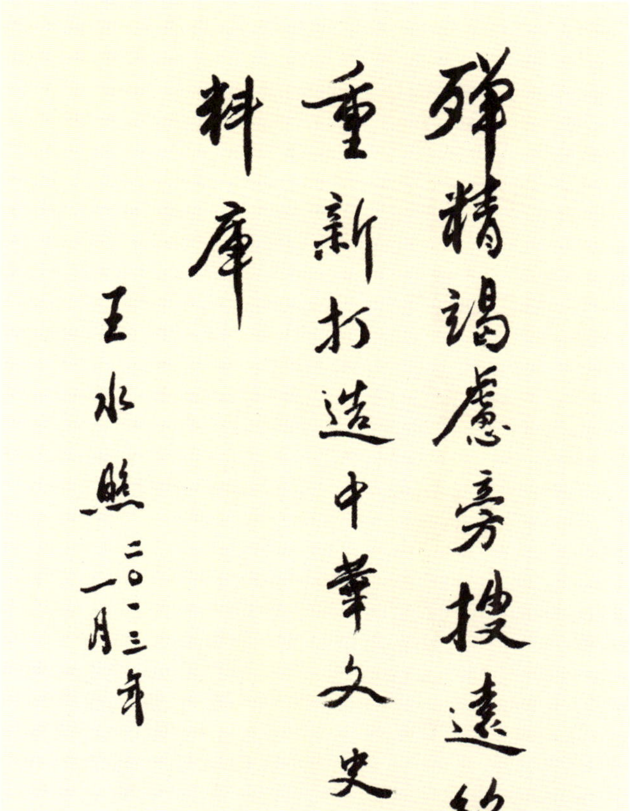

王水照先生题辞

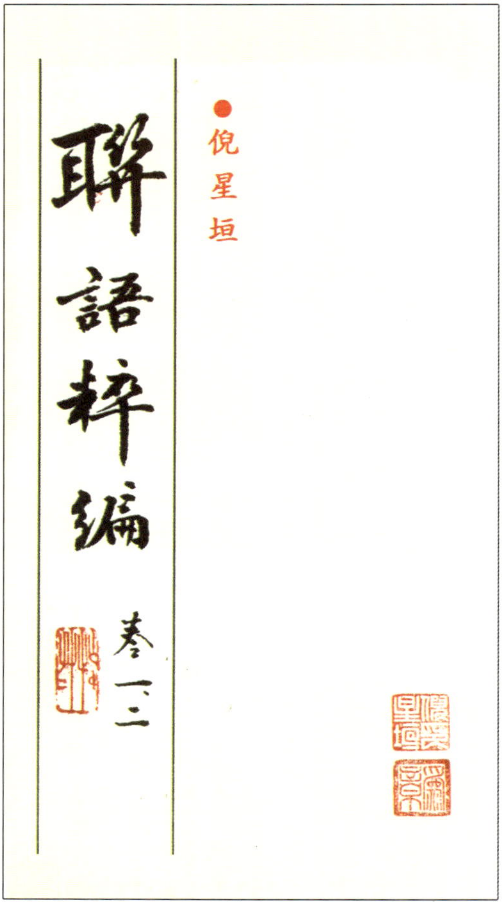
倪星垣

聯語粹編

卷一、二

书影一

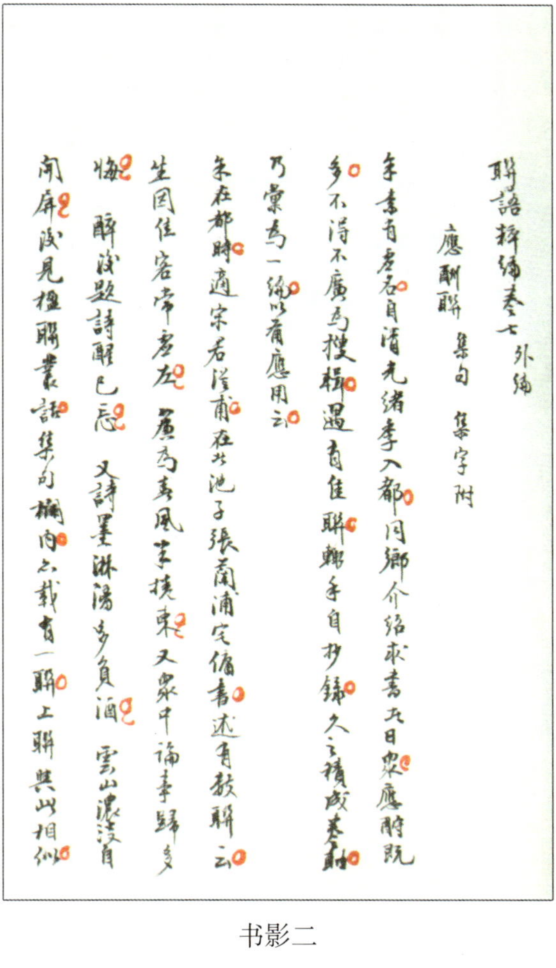
聯語粹編卷七 外編
應酬聯 集句 集字附
余素有書名自清光緒季入都。同鄉介紹求書尤日眾。應酬既
多。不得不廣爲搜輯。遇有佳聯。輒手自抄錄。久之積成卷軸。
乃彙爲一編。以備應用云。
余在都時。適宋君澄甫。在北池子張蘭浦宅備書。述有數聯云。
生因佳客常書左。 屢爲喜風字挾來。 又衆中論李歸多
悔。 醉後題詩醒已忘。 又詩墨淋漓多負酒。 雲山渺沒自
聞屏。 後見楹聯叢話。 集句欄內亦載有一聯。 上聯與此相似。

书影二

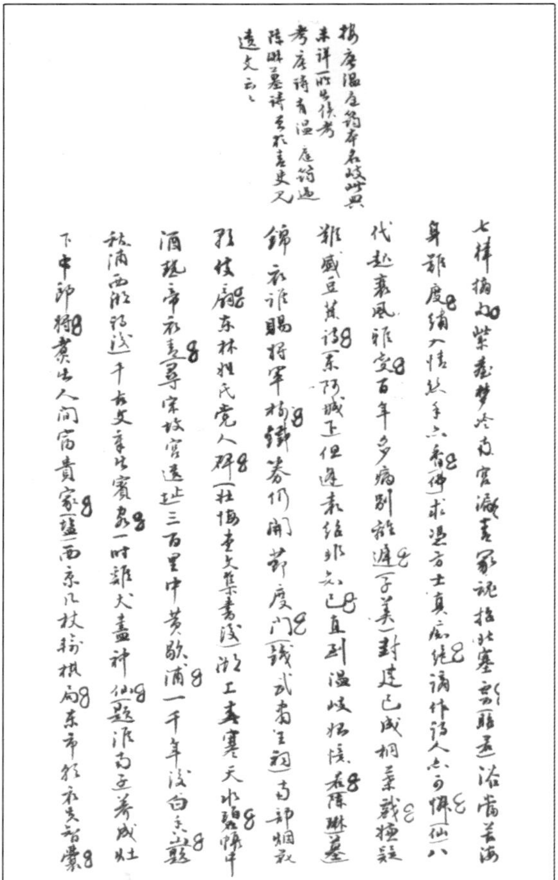

书影三

《中国近现代稀见史料丛刊》总序

在世界所有的文明中，中华文明也许可说是“唯一从古代存留至今的文明”（罗素《中国问题》）。她绵延不绝、永葆生机的秘诀何在？袁行霈先生做过很好的总结：“和平、和谐、包容、开明、革新、开放，就是回顾中华文明史所得到的主要启示。凡是大体上处于这种状况的时候，文明就繁荣发展，而当与之背离的时候，文明就会减慢发展的速度甚至停滞不前。”（《中华文明的历史启示》，《北京大学学报》2007 年第 1 期）

但我们也要清醒看到，数千年的中华文明带给我们的并不全是积极遗产，其长时段积累而成的生活方式与价值观具有强大的稳定性，使她在应对挑战时所做的必要革新与转变，相比他者往往显得迟缓和沉重。即使是面对佛教这种柔性的文化进入，也是历经数百年之久才使之彻底完成中国化，成为中华文明的一部分；更不用说遭逢“数千年来未有之变局”、“数千年未有之强敌”（李鸿章《筹议海防折》），“数千年未有之巨劫奇变”（陈寅恪《王观堂先生挽词序》）的中国近现代。晚清至今虽历一百六十余年，但是，足以应对当今世界全方位挑战的新型中华文明还没能最终形成，变动和融合仍在进行。1998 年 6 月 17 日，美国三位前总统（布什、卡特、福特）和二十四位前国务卿、前财政部长、前国防部长、前国家安全顾问致信国会称：“中国注定要在 21 世纪中成为一个伟大的经济和政治强国。”（徐中约著《中国近代史》上册第六版英文版序，香港中文大学 2002 年版）即便如此，我们也不能盲目乐观，认为中华文明已经转型成功，相反，中华文明今天面对的挑战更为复杂和严峻。新型的中华文明到底会怎样呈现，又怎样具体表现或作用于政治、经济、文化等层面，人们还在不断探索。这个问题，我们这一代恐怕无法给出答案。但我们坚信，在历史上曾经灿烂辉煌的中华文明必将凤凰浴火，涅槃重生。这既是数千年已经存在的中华文明发展史告诉我们的经验事实，也是所有为中国文化所化之人应有的信念和责任。

不过，对于近现代这一涉及当代中国合法性的重要历史阶段，我们了解得还过于粗线条。她所遗存下来的史料范围广阔，内容复杂，且有数量庞大且富有价值的稀见史料未被发掘和利用，这不仅会影响到我们对这段历史的全面了解和规律性认识，也会影响到今天中国新型文明和现代化建设对它的科学借鉴。有一则印度谚语如是说："骑在树枝上锯树枝的时候，千万不要锯自己骑着的那一根。"那么，就让我们用自己的专业知识与能力，为承载和养育我们的中华文明做一点有益的事情——这是我们编纂这套《中国近现代稀见史料丛刊》的初衷。

书名中的"近现代"，主要指1840—1949年这一时段，但上限并非以一标志性的事件一刀切割，可以适当向前延展，然与所指较为宽泛的包含整个清朝的"近代中国"、"晚期中华帝国"又有所区分。将近现代连为一体，并有意淡化起始的界限，是想表达一种历史的整体观。我们观看社会发展变革的波澜，当然要回看波澜如何生，风从何处来；也要看波澜如何扩散，或为涟漪，或为浪涛。个人的生活记录，与大历史相比，更多地显现出生活的连续。变局中的个体，经历的可能是渐变。《丛刊》期望通过整合多种稀见史料，以个体陈述的方式，从生活、文化、风习、人情等多个层面，重现具有连续性的近现代中国社会。

书名中的"稀见"，只是相对而言。因为随着时代与科技的进步，越来越多的珍本秘籍经影印或数字化方式处理后，真身虽仍"稀见"，化身却成为"可见"。但是，高昂的定价、难辨的字迹、未经标点的文本，仍使其处于专业研究的小众阅读状态。况且尚有大量未被影印或数字化的文献，或流传较少，或未被整合，也造成阅读和利用的不便。因此，《丛刊》侧重选择未被纳入电子数据库的文献，尤欢迎整理那些辨识困难、断句费力、裒合不易或是其他具有难度和挑战性的文献，也欢迎整理那些确有价值但被人们习见思维与眼光所遮蔽的文献，在我们看来，这些文献都可属于"稀见"。

书名中的"史料"，不局限于严格意义上的历史学范畴，举凡日记、书信、奏牍、笔记、诗文集、诗话、词话乃至序跋汇编等，只要是某方面能够反映时代政治、经济、文化特色以及人物生平、思想、性情的文献，都在考虑之列。我们的目的，是想以切实的工作，促进处于秘藏、边缘、零散等状态的史料转化为新型的文献，通过一辑、二辑、三辑……这样的累积性整理，自然地呈现出一种规模与气象，与其他已经整理出版的文献相互关联，形成一个丰茂的文献群，从而揭示在宏大的中国近现代叙事背后，还有很多未被打量过的局部、日常与细节；在主流周边或更远处，还有富于变化的细小溪流；甚至在主流中，还有漩涡，在边缘，还有静止之水。近现代中国是大变革、大痛苦的时代，身处变局中的个体接物处事的伸屈、所思所想的起落，藉纸墨得以留存，这是一个时代的个人记录。此中有文学、文化、生活；也时有动乱、战争、革命。我们整理史料，是提供一种俯首细看的方式，或者一种贴近近现代社会和文化的文本。当然，对这些个人印记明显的史料，也要客观地看待其价值，需要与其他史料联系和比照阅读，减少因个人视角、立场或叙述体裁带来的偏差。

知识皆有其价值和魅力，知识分子也应具有价值关怀和理想追求。清人舒位诗云"名士十年无赖贼"（《金谷园故址》），我们警惕袖手空谈，傲慢指点江山；鲁迅先生诗云"我以我血荐轩辕"（《自题小像》），我们愿意埋头苦干，逐步趋近理想。我们没有奢望这套《丛刊》产生宏大的效果，只是盼望所做的一切，能融合于前贤时彦所做的贡献之中，共同为中华文明的成功转型，适当"缩短和减轻分娩的痛苦"

(马克思《资本论》第一卷第一版序言)。

《丛刊》的编纂,得到了诸多前辈、时贤和出版社的大力扶植。袁行霈先生、傅璇琮先生、王水照先生题辞勖勉,周勋初先生来信鼓励,凤凰出版社姜小青总编辑赋予信任,刘跃进先生还慷慨同意将其列入"中华文学史史料学会"重大规划项目,学界其他友好也多有不同形式的帮助……这些,都增添了我们做好这套《丛刊》的信心。必须一提的是,《丛刊》原拟主编四人(张剑、张晖、徐雁平、彭国忠),每位主编负责一辑,周而复始,滚动发展,原计划由张晖负责第四辑,但他尚未正式投入工作即于2013年3月15日赍志而殁,令人抱恨终天,我们将以兢兢业业的工作表达对他的怀念。

《丛刊》的基本整理方式为简体横排和标点(鼓励必要的校释),以期更广泛地传播知识、更好地服务社会。希望我们的工作,得到更多朋友的理解和支持。

2013年4月15日

目　录

前　言

倪星垣(1867—1952),沧州献县人,字为章,号半农居士。光绪举人,尝设馆都门,后游幕四方,任教陆军学堂。工文章,善草书,尤喜为人书联。

关于倪星垣的情况,史料甚少,只有很零星的只言片语,所幸他的同乡后人朱惠民先生,也是位楹联书法爱好者,因几代人的辗转之托,终于得到了倪氏的《联语粹编》,并多方奔走,使这四册八卷本的作品得以影印出版。本书的整理即依据朱先生手中的影印本。(今将朱先生原序附上,以兹纪念。)

倪星垣对于楹联的搜集与撰写近于痴迷。据朱惠民先生介绍,倪氏"见有佳者,久立而不去,归必录之。阅历既深,书法既精,亦随时随事创作大量楹联,每有心得,必形诸文字。曾先后两次集以成册,准备付梓,都因马乱兵荒,相继丢失。苦苦辛辛写成,不由不心痛也。后北游黑龙江,以兵阻不得归,乃追忆旧闻,重新编辑,尚能得十之二三。自江省归,继以搜残补缺,参以江省所得及晚年诸作,遂成此四册八卷"。而此书的出版也是历尽坎坷,辗转了半个世纪才得以面世:"先生卒前,将书稿托于爱徒,即立车村之王振瀛也。王亦穷困潦倒,临去世复转托于西樊屯之友人寇晋生。寇珍爱无比,不肯轻易示人,故虽经数十年,尚完好如初,以余好文,与寇为忘年交,故寇晚年将付梓事复转托于余。余负三代之托,多方游说,后得县政府以抢救文学遗产论,拨款付印,方令投暗明珠,得以大放光明。"或者可以说,这是一部沧州历史上内容丰富,学术价值和资料价值都较高的楹联专著。

倪氏自述其“于挽词一门，嗜好尤笃”，因而此书前六卷都为搜集他人及作者代人所撰之挽联。在体例上，则仿照梁章钜的《楹联丛话》，每记录一联，都会先述此联之由来，以此方便读者了解撰联者之起意、着笔及用心所在。挽联部分，分为挽男、挽女和双挽三类，其中前四卷皆为“挽男”之作，是主要内容，这一部分涉及很多光绪到民国时事，尤其是民国时期，国难当头，命运多舛，人事凋零之事更显突出，其中所记，既有借挽联来描画其人一生之传奇者，也有诸多借挽联来抒发人生无常、功业难酬之感慨，以浇自己胸中之块垒者。从这些挽联中，我们可发现时人对时事的态度和认识，或可作为我们重新认识民国人物的一个视角。作者记载较多的是当时挽蔡锷将军、挽黎元洪、挽张作霖和吴兴权之联。在从众多挽联中筛选作者喜爱之联时，倪氏指出：“追悼会之所以少佳联者，大率掿摭报纸浮词，非泛则谀，于题无当。否则处于愤激之谈，亦非挽词正轨。其对仗欠工，平仄欠调，犹其小疵耳。此所以数万联而可录者殊寥寥无几也。”然而，即使是那些平仄欠调的小疵，作者也会僭易调整，并将原联与修改联同时保留下来，既保存了历史事实，又让人可对比感受楹联工整之妙。卷一所录挽联，既有其收集的“名流之钜制”，又有“诸同仁之佳构”，“间亦附以己作”，卷二至卷四所收主要是挽作者亲友及当地名流之词，其中最多的就是作者代亲人或受朋友之托而撰写的挽联，其中的甘苦，作者也曾在文中自道：“言情之作，须自己出，方能痛切，况于家庭骨肉之间，真情挚性尤非他手所能代拟，此为人捉刀之难也。”在很多联语后面，倪氏都会有一二语做点评，从中可见其对联语创作的心得体会，其评语中常出现“悱恻缠绵”，“意致缠绵”，“抚时感事，凄怆于心，令人不忍卒读”等语，而对于自己最欣赏的挽词，倪氏常用“情文兼至”来定论，都表明了他强调真情流露的创作准则。

至于挽女联，所占篇幅最少，作者也提到了此类挽联之难写处：“妇人无外事，原无事功可纪，欲表扬之，不过贤淑二字足矣，有何出色处？故凡挽女之联，多就其夫与子两面生意，方有话说，此古今人之所同也。”虽然倪氏表达了此类创作的难以下笔处，但其用心更细腻，丝毫没有轻视此类挽词创作，有些作品真正写得凄怆动人，不忍卒读。

联语一门，明以后才渐入佳境，至清代则有蔚为大观之势，但仍被视为“小道”、“末技”，虽有记载，但少有专门之编辑，至清人梁章钜，始有联语之专书，而倪星垣独擅收集挽词之爱好，又为这一艺术门类的文献整理做出了不菲之贡献。

李　超

倪星垣及其遗作《联语粹编》

朱惠民

倪星垣，字为章，献县城东周官屯人，清末举人，以书法与楹联为远近所知。其出身为书香门第。祖父凤藻公，乃乡知名文人。父虎文公，受学于祖父，幼有奇才，年十三应童子试，太守查子穆异之，招至门下，亲为授课。然时命不佳，年十五父母双亡，因丁憂十馀年未得与乡试。后虽每冠县考，然乡试屡考不中，竟以恩贡候选教谕，设馆授徒，终其一生。膝下三子，长维垣，次丰垣，皆廪膳生。三子，即星垣也。

倪星垣幼时不慧，七岁尚不识百钱。而八岁入塾，能为六韵诗，才名震一时。年二十二，以县学生中光绪己丑科举人。之后，四赴春闱不第，遂居家授徒。中年设帐都门，进充陕西陆军第二中学堂国文教习。民国改元，充清河第一预备学校国文教习。两次于役军校，成就人材甚众，为师旅长者不可胜数。数十年间，游京师，适保阳，去天津，走陕西，赴黑龙江，游幕四方，历尽坎坷。抗战爆发后，有人劝其共赴北平，夤缘外人，以求利禄，倪不为生活窘迫而为去就，峻拒之。毅然还家，耕读于野，自号半农居士，作《半农居士传》以见志。抗战胜利后，受聘为本县北高校长。倪星垣生于公元一八六八年，卒于一九五二年，享年八十四岁。先生为人正直豪放，喜饮酒而不及醉，喜交游而不及滥，尤不以势利交人，虽桃李满天下，不乏公门军界者，然纵有衣食之虞，从不乞求于人。其耿介如此。

倪星垣能诗文，擅长书法，尤精于大草。于楹联情有独钟，几近痴迷。见有佳者，久立而不去，归必录之。阅历既深，书法既精，亦随时随事创作大量楹联，每有心得，必形诸文字。曾先后两次集以成册，准备付梓，都因马乱兵荒，相继丢失。苦苦辛辛写成，不由不心痛也。后北游黑龙江，以兵阻不得归，乃追忆旧闻，重新编辑，尚能得十之二三。自江省归，继以搜残补缺，参以江省所得及晚年诸作，遂成此四册八卷。试想，如无必成之心，岂能如此！大概先生志在建树，不欲虚度一生使然。先生卒前，将书稿托于爱徒，即立车村之王振瀛也。王亦穷困潦倒，临去世复转托于西樊屯之友人寇晋生。寇珍爱无比，不肯轻易示人，故虽经数十年，尚完好如初，以余好文，与寇为忘年交，故寇晚年将付梓事复转托于余。余负三代之托，多方游说，后得县政府以抢救文学遗产论，拨款付印，方令投暗明珠，得以大放光明。

《联语粹编》文字优美，书法精妙，学术价值颇高。就余所见，继梁章钜之《楹联丛话》、吴恭亨之《对联话》以后，记述之广，见解之深，此应为楹联界第三部巨著。尤精于挽联，堪为法则。于谐联亦颇有研究。先生此书，涉及清代及民国若干事件人物，于献县及周边县市人文记述尤多，可资以考证。故先生之功，不独于楹联也。

余在县委宣传部长任上时，忘年交田庄王友梅先生，曾赠余倪星垣《楹联粹编》两册，分别写于两本旧帐簿上。后又得寇晋生先生所存之《楹联粹编》四册，两相校阅，文字尽同，始知寇先生所存，为倪星垣手写本，王先生所存，为贾庄桥文士彭汝廉之謄抄本，上有彭汝廉所赠序。寇晋生先生处尚存有倪星垣一杂抄本，多为老渔之联活，记于戊辰仲秋，即一九二八年八月也。从老渔自挽一联考其生年，当在上一个戊辰，即一八六八年，而此年正是倪星垣之生年。所言事迹亦与倪相同。可以断定，老渔即倪星垣六十岁时之别号。其中对戊戌变法甚表同情，于六君子深表敬慕，于此可见其政治态度。倪曾亲到菜市口，眼见六君子被戮惨状，且有联记之，很有价值。故将此册亦附印之，名曰《杂抄》。眼下，中国楹联学会挖掘古人楹联作品正不遗馀力，此作之出，吾不知会内诸君其乐何如。作为中国楹联学会之一员，能为倪先生遗作出版尽微薄之力，实为大幸。遗作能流布海内，倪先生地下有知，亦必欣慰莫名矣。

倪先生当初丢失之书稿，前有本县举人陈鉴湖为之序。陈略长于倪，二人交情甚深，序之所言，当很精彩，然稿之不存，序将焉附，惜哉！彭汝廉所赠序，倪恐不知，故不予刊入。

在《联语粹编》行将付梓之际，谨以同乡后生所知，向读者介绍如右，不敢印于编首，聊附编尾可也。

二〇一〇年十二月廿一日

联语粹编自叙

余自幼即喜楹联，而于挽词一门，嗜好尤笃。每有所闻见，辄手为抄录，久而积成卷轴，合所得名人书札，汇为一编，名之曰《应世集锦》。历年设帐乡里，游京师，适保阳，走陕西，皆携带行箧中，盖不啻中郎枕中之秘也。清宣统季，予役陕西陆军第二中学堂，适值秦兵之变，衣服书籍，抢掠一空，而所谓《集锦》之编，亦寻觅不可得。呜呼，殊可惜也！民国初元，余改充陆军第一预备学校国文教习，授课之暇，乃辑古名流之钜制，与诸同仁之佳构，间亦附以己作，都为一册。又恐其久而散佚也，在本县高等日，重事编辑，乃仿梁茝邻先生《楹联丛话》之例，每录一联，必叙述其事之缘起，令阅者一目了然。而知其用笔之精工，措词之雅切，可谓良工心苦矣。事经三年，手抄四卷，余友陈君鉴湖见而悦之，颜之曰“联语粹”，并为之叙，而弁于简端。丙寅春，携至津门，欲付梓未果，而此编复遗失于宝坻。夫物常聚于所好，而久聚不能无散，固事之常也，第以余数十年之心血，搜辑成帙，而迭聚迭散，其又焉能无介然于怀耶？岁戊辰，北游黑龙江，留滞不得归，闲居无俚，追忆旧闻，即起而书之册，虽不能尽记，亦可得十之二三。归里后，搜残补缺，参以江省之所得，及近年应酬诸作，共抄为六卷。既成，乃自述其事之本末，以见余之喜楹联，嗜挽词，自幼至老，仆而复起，未尝厌倦者，皆由于性之所好，用志不忘云尔。如欲出而问世，窃比于古作者之林，则吾岂敢。

民国二十三年甲戌七月下浣，半农居士倪星垣识。

联语粹编卷一

挽　男

孙师郑先生（同康），光绪甲午会试亚元也，绩学能文，为江南名士，而尤长于联语。余友齐君忻珊，尝取其大著见示，因录若干付存之。先生与宗观察源瀚之子至好也，其挽观察联云："学术综申韩庄老，治行追召杜龚黄，老成人自有典型，矧当时局艰辛，孰如公谋国心丹，忧民发白；循声留浙水东西，硕望重大江南北，明德后宜生达者，幸得缔交令子，胡使我缘悭觌面，泪洒招魂。"戛戛独造，词旨生新。

又挽黄体芳侍郎联云："风骨高骞，为朝端凤，露章腾劾，为殿中虎，迨投老江湖，放怀诗酒，又为缑山孤鹤，瀛海闲鸥，朝有谏书，家有赐书，室有楹书，绵永嘉学派，铸吴会人才，丹心报国，铁面锄奸，圣清三百年养士留贻，无如宰相蔽贤，忍使退居桑梓地；筑馆选俊，似阮芸台，烧车惩奴，似谢芗泉，矧词坛捧杖，洛社图形，更似箨石侍郎，山舟学士，泰山其颓，梁木其坏，哲人其萎，韬南极星芒，隐东瓯云气，天上骑箕，人间绝笔，令子五千里奔丧躃踊，共叹先生有后，从今废读蓼莪诗。"按，侍郎在光绪初为御史，与张佩纶、张之洞等称为翰苑五虎，风节最为卓著，联亦雅与题称。

李侍郎文田，博学工书，医卜星相，无所不通。其为督学江南也，师郑先生竟落第，其后知为名士，更相赏识，先生亦因以驰声都下。侍郎卒，先生挽以联云："使星驰万里，历吴越豫章巴江畿辅，朗照文星，刘蕡下第，心感试官，悔当年勒帛无心，方叔未登科，恨失孙洪老名士；方技通九流，合医卜占候命相堪舆，都成绝学，供奉多才，声蜚禁近，痛此。”[①]冗长故从删。

俞曲园亦有挽曾之撰联云：“居虞山胜地，又有好园亭，上奉母欢，下课儿读；忆吴下旧游，可为长太息，既悲君逝，复念吾衰。”词既精卓，意亦缠绵，洵非老手莫办。

赵君宗建，亦隐居不仕，庚子之乱，举国若狂，君愤郁以卒，师郑先生挽以联云：“织女渡河先两夕，维神降岳应良辰（七月五日生），其生有自来，羡哲人道迈犹龙，却聘不仕，高卧东山，知雄守雌，与世无争真上德；手植梅树三万株，胸罗图史五千卷，虽死无所憾，痛执政患贻养虎，积薪自焚，震惊北阙，扬汤止沸，几生修到谢尘缘。”

孙筱川先生（国桢），词赋擅长，其子兼通西学。筱川卒，师郑先生挽一联云：“发策升廷，著书盈箧，读壮学十年旧稿，丛残尚炯然有光，喜与公夙附同宗，杵臼订深交，当时赋诵锵金，振起风骚轹颜谢；叫阍衔愤，钩党遭殃，咏客窗一卷新诗，顽固亦潸焉下泪，幸桓郁能恢家学，蓼莪郁余痛，异日业传肯构，主张天演驾边康。”

诸迟鞠大令（可宝），筮仕江苏，政绩卓著。其卒也，师郑先生挽一联云：“通才屈县令，与段若膺、桂未谷、恽子居、鲁九皋诸老辈各擅千秋，惠政布吴中，倘陆坚续纂图经，定载渠厮郑白，绩媲龚黄，使君造福遍民生，遗爱碑刊，史笔特褒循吏传；大集寿名山，合陶湘麋、李越缦、袁渐书、谭复堂四先生可称五绝，讣音传虞岭，有孙楚遥抆涕泪，誓将表德书丹，鸣哀达素，词客游仙届人日，重泉路隔，挽歌如寄草堂诗。”气机流走，情韵双绝，此为长联正则。

袁爽秋太常（昶），庚子拳匪之乱，极谏拳民不足信，外交不可绝，刚毅等误国，被杀。师郑先生挽一联云：“为臣当忠，为子当孝，予小臣孤忱可表，男儿死耳复何言，叹群公抱火自焚，兵盗潢池，尘惊辇

---

① 整理者按：“痛此”后似有缺页，“冗长故从删”与其不相连属。据胡君复《古今联语汇选三集》，应作“痛此日焚琴息响，钟期悲永逝，谁工燕许大文章”。

毂，九重天呼吁难闻，痛京津大好家居，几被纤儿轻撞破；如箭在弦，如鲠在喉，古遗直卓行无惭，父老谈之犹动色，幸圣主宣纶追奖，冤衔东市，庙食西湖，亿万载英灵永护，倘史册从公论断，莫将名士概生平。”

严(右)〔又〕陵挽以联云：“善战不败，善败不亡，疏论廷诤，动关至计；主忧臣辱，主辱臣死，皇天后土，式鉴孤忠。”

陈蓝洲大令亦挽以联云：“从朱云地下游，大计则犯难以争，三疏先曾拚一死；记于公梦中语，今日竟成名以去，孤忠应自鉴千秋。”

孙师郑先生有代杨崇纶挽李尚书瀚章联云：“立德立功立言，韩魏公望隆中外，溯澄清江汉，整顿乾坤，星日大名垂，帝眷老成，纶綍九重褒李泌；多福多男多寿，郭汾阳冠绝古今，痛泰岳云封，淝流水咽，风涛秋气惨，我惭娇客，斗山一代哭昌黎。”盖尚书为李文忠公之兄，功业彪炳，而崇纶则其子婿也。

先生有挽李文忠公联云：“上下五千年，就历代名臣商位置，则与周召虎、汉班超、唐郭子仪不判低昂；纵横十万里，萃五洲贤相角短长，则与英沙侯、日伊藤、德俾士麦遥相伯仲。”“锡崇封则推恩大赉，列爵雄藩，与果勇杨侯、毅勇曾侯、恪靖左侯，并叨异数，泽在生民，功在社稷，尚亦有利哉？一个臣纬武经文，累译重洋深爱戴；褒美谥则尽瘁鞠躬，留芳百世，与花县骆公、益阳胡公、侯官林公，永订同心，其生也荣，其死也哀，如之何可及？亿兆姓怀思感泣，建祠立庙荐馨香。”铺排匀称，气象万千，最为长联正则。惟两联多重复之字，不可为训。附录樊云门联云：“能任天下，伊尹似之，治亦进，乱亦进；不以兵车，管仲力也，如其仁，如其仁。”现成得妙。

清季文豪梁任公挽一联云：“太息斯人去，萧条徐泗空，莽莽长淮，起陆龙蛇安在也；回首山河非，只有夕阳好，哀哀浩劫，归辽神鹤竟何之。”吐嘱秀雅，词旨清新，不愧才人之笔，先云庵叔最推许之。

孙师郑挽刘尚书坤一联云：“君臣遇合如尹文端，干济优长如陶文毅，智勇深沈如曾文正，规模阔大如左文襄，江南遗爱寿河山，保教绥民，歌诵合华夷若一，三十年树屏作翰，垂老尚瞻云入觐，长承北阙恩光，平生化雨亲沾，望见宫墙、丝竹壁中闻祖韵；守旧党则半流顽固，维新党则好事纷更，联英党则意在媚洋，联俄党则竟同卖国，朝政多门分水火，沈几观变，士民钦识量无双，七八国议约寻盟，临终尚飞电力争，永作南天保障，倏忽大星遽陨，惊摧梁栋，帆樯海上吊忠魂。”与挽李文忠联同一机杼，洵大手笔也。

盛宣怀挽云：“文忠之逝，甫易星霜，元老又骑箕，木坏山颓天下痛；庚子以还，同筹艰钜，手书犹在箧，苦心孤诣我公知。”笔亦简老可诵。

蔡钧亦挽云：“戊戌庚子后，内外各军国大政，盘错不动，惟公主之，时局赖贤才，痛南天风雨凄凉，忽失九重倚畀；潇湘衡岳间，中兴诸将相老臣，硕果仅存，而今已矣，门墙感遗泽，听东海波涛呜咽，如闻百万悲歌。”笔意亦精当无匹。

翁叔平相国（同龢），师郑先生之座师也。相国卒，先生挽以联云：“怨李恩牛，朝局坏十年党祸，叹孤臣去国，寸心长恋九阍，若论彤史勋名，定魁宰相世系表；杜冠马帐，儒林拜百代人师，痛小子奔丧，一面竟成千古，自愧青衫沦落，空玷韩门弟子班。”

徐倚虹挽云：“戊戌政记，长安宫词，倦眼阅沧桑，更为师门增一恸；瀛海仙班，苏斋题跋，深心托毫素，即论余事亦千秋。”

张继良挽云：“渺矣乾嘉诸老，文采风流，公承厥宗，乃终其局；伤哉戊戌以来，恶魔急劫，天宁无意，特放斯人。”笔亦落落大方。

左文襄公挽刘克庵银台云：“北阙君恩，南陔母养，西域戎机，进退合经权，可与圣贤论出处；廿年交固，万里功成，九原梦断，死生关气数，忍看箕尾吐光芒。”笔力绝大，词亦足以赴之。公又有挽张公亮基联云：“长沙独守几经旬，忆草檄纷驰，君为府主我为客；鄂渚一别即终古，叹萍踪靡定，昔向潇湘今向秦。”时公正剿陕西回匪也。

公又有挽胡文忠公林翼联云：“论才则弟胜兄，论德则兄胜弟，数语吾敢承哉，召我我不赴，哭公公不闻，生死暌违一知己；世治正神为人，世乱正人为神，斯言君自道耳，功昭昭在民，心耿耿在国，古今期许此纯臣。”次联用文忠挽罗殿臣语，极为切当。按，罗抚浙，遭粤匪之难，阖门以殉。胡文忠挽以联云：“世治正神为人，世乱正人为神，一室忠魂光国牒；大患忠臣不生，大名忠臣不死，千秋遗恨付胥涛。”

胡文忠公又有挽罗忠节公泽南联云：“公来使我生，公去使我骇，公逝使我悲，七尺躯系天下安危，存宜尸祝，殁宜尸祝；贼至还他战，贼退还他守，贼炽还他死，一腔血酬半生知己，成亦英雄，败亦英雄。”盖罗公回援武汉，雾中搏战，中枪子伤而卒也。

曾文正亦有挽罗联云：“率生徒数十人转战而来，克廿馀城，杀亿万贼，为名将，为忠臣，独有千秋，罗山（罗号罗山）不死；报国家二百年养士之泽，提三尺剑，著等身书，是纯儒，是硕辅，又弱一个，湘水无情。”罗公《神道碑铭》云：“矫矫学徒，相从征讨，朝出鏖战，暮归讲道。”此联盖纪实也。

曾文正公之弟国华，为叔父骥云后，从李忠武公死三河之难。公挽一联云：“归去来兮，夜月楼台花萼影；行不得也，楚天风雨鹧鸪声。”公之联语，多雄奇瑰伟之作，此独秀韵天成，于集中乃别措一体也。

公之季弟贞干，从兄国荃围金陵，积劳病故，郭筠仙挽一联云：“秀才肩半壁东南，方期百战功成，挽回劫运；君家号一门忠孝，不料三河痛定，复陨台星。”下联指其兄国华殁于三河也。

潘幼谷挽文正叔父骥云先生联云：“嗣君节义著三河，知愁绪频浇，孔北海酒樽常满；犹子勋名崇一代，痛捷音骤至，谢东山棋局未终。”从嗣君、犹子两面着笔，意既切当，词亦堂皇，洵杰构也。

陈喆南挽曾惠敏公纪泽联云：“文正在天，隐忧时局，留围棋数子，待公补之，记从海外归槎，都望中朝相司马；不才入洛，苦少知音，弹爨琴一声，更谁听也，回忆堂前尊酒，曾呼下士当元龙。”

又杨诚之挽一联云：“为张博望易，为富郑公难，力折强邻，拓地远逾分水岭；通方言以文，治舟师以武，时方多事，问天何夺济川材。”

曾小侯与俄勘地界一事，争光史册，此联足肖其生平。

薛叔耘副宪（福成），曾文正公之小门生也，挽文正联云：“迈萧曹郭李范韩而上，大勋尤在荐贤，宏奖如公，怅望乾坤一洒泪；汇道德文章经济之全，私淑又兼亲炙，迂疏似我，追随南北感知音。”肃括宏深，非此大手笔，固不足以传公也。

王君思正，王壮武公鑫之子也，左文襄公甚爱之，挽文襄一联云：“军前同哭老元戎，况从穷岛生还，顿失瞻依如小子；天上若逢先壮武，倘话中朝故事，莫谈坎壈到孤儿。”情文兼至，的是才人之笔，云庵叔最喜称之。

马玉昆宫保，庚子联军之役，力抗强敌，见称中外。其卒也，孙家鼐相国挽一联云：“提孤军抗六国雄师，飒爽英姿，想见鄂公毛发动；拚百战博两宫优眷，摩挲故垒，难忘圻父爪牙才。”马公战将，说来恰合身分，出语庄重，犹为独出冠时。

挽名公钜卿，须有长联，始能综括事绩，与题相称，然亦不过三四十字而止。乃相传张彪挽张文襄公联，至一百二十馀字之多，尤为难得。联云：“藐躬担社稷，为圣朝二百年有数名臣，坐镇西南，威扬粤鄂，总持中外，力靖华夷，洎八国肇兵端，决策纡筹，半壁藉资保障，念尔日和衷共济，由封疆入秉钧衡，竭孤忠，报先皇，率群僚，辅幼主，值此竞争时代，缔造艰难，惟顾命元勋，实新界伟人领袖，何竟台星忽陨，厦木旋倾，踊地尽衔哀，定教苍赤同情，热泪洒成燕市雨；弱冠侍铃辕，沐我公三十载非常宠遇，捉刀虎帐，帷幄曾参，随节龙江，韬钤并与，迨两湖开帅府，剖符授钺，一身分任驰驱，使从兹变法图强，更营制，创修边备，废科举，兴学校，选誉髦，遍荆襄，方期整顿戎行，廓清寰宇，俾耄龄枢相，睹将来进步文明，谁知枭獍辜恩，豺狼反噬，抚棺重痛哭，为报黄黎接踵，狂风怒卷武昌潮。”上联叙文襄一生之功业，下联叙自己一生之知遇，纵横排奡，其气足以副之。彪本武人，未必足以办此。余于民国九年冬与云庵叔在京住间，亲见其灯下执笔，代为润色，以此词藻气机，尤见精密，下联“枭獍辜恩”、“黄黎接踵”等语，大抵皆叔所改窜也。当时作者，未必敢如此伤时。因附记之。

崔尔庄纪香骢前辈（钜维），同治癸酉科拔贡，博学工诗，最为张文襄公所赏识，幕府相从，几三十年，故挽公联云："出入历三朝，图上明堂，悲深温国勋名远；追随念八载，篇传劝学，痛说兰陵冰水寒。"上联以温公为比，下联以弟子自居。公有《劝学篇》行世，不仅借荀子《劝学篇》也。词意矜重，的是名笔。

彭刚直公玉麟为帅时，有甥李某年二十一，保知府矣，因犯军法处斩，公挽一联云："论定盖棺，毕竟才名辜马谡；灭亲执法，翻教老泪哭羊昙。"大义灭亲，而用情如此，刚直之名不虚也。公又有友人某，浙人，在京为部曹，回籍省墓，过西湖退省庵，流连十余日始去。渡钱塘江，舟覆而死，公挽一联云："吏部一官，才长命短；钱塘八月，魂去潮来。"亦自精切不磨。

清咸丰中，柏尚书俊因闱场事弃市，其实皆其子与家人某所为，而俊不知也。祁尚书寯藻挽一联云："其生也荣，其死也哀，雨露雷霆皆帝德；臣门如市，臣心如水，皇天后土鉴孤忠。"光明磊落，柏俊有知，亦当瞑目。

庚子拳匪之乱，封疆大吏杀人最多者，惟晋抚毓贤，事后被诛，毓贤自为挽联云："臣死国，妻妾死臣，谁曰不宜（时贤之妻妾皆从死），最堪悲老母九旬，娇女七龄，耄稚难全，未免致伤慈孝治；我杀人，王公杀我，夫复何憾，所自愧奉君廿载，历官三省，涓埃无补，空嗟有负圣明心。"语极沈痛。余于光绪季，在崇宅就馆，学生寿彭，毓贤之内侄也，述其事甚详。当时挽毓之联甚夥，余爱此联词意，故识之，其余则不复省记矣。

沈文肃公葆桢之卒也，有县令汪某，曾为公所劾罢官者，挽一联云："武侯遗爱足千秋，廖长沙至为涕洟，恐后人不能复用；慕公直声震一世，陆清献虽遭屈抑，感知己终无怨言。"措词得体，一时争传诵之。按，廖长沙名立，先主为荆州牧，署立为长沙太守；慕公名天颜，即参陆清献公陇其者，见《先正事略》。

咸同间，四川刘仲良制军（秉璋），与刘松林军门同为淮军健将，又在川省为同僚。松林殁，制军挽以联云：“顺昌旗帜共宗支，袍与同，泽与同，百战奇勋光史册；巴蜀风云多变态，去者半，留者半，两行老泪湿征衫。”笔意浑成，词旨秀雅。

方绍泉挽长江提督程文炳联云：“三十年戎马相依，蓊塞归来，剩白发萧萧，报德于今惭国士；五千里舳舻遥接，鹤楼凝眺，对洪涛滚滚，招魂何处哭英雄。”笔意雄健，迥非凡手所及。

正定镇徐邦道，曾带水师平粤匪，功最著。卒于正定任所，友人某挽一联云：“鼙鼓昔登坛，巍哉中山，忆曾铁舰金戈，吴下论功王濬最；幽明今异路，行矣元伯，知否素车白马，灵前痛哭巨卿来。”文情斐亹，意致缠绵，吾友秦君和甫最喜称之。

袁冗咎磋使与赵联璜于民国四年同被命，收抚徐宝山军队，后赵被刺死，袁挽一联云：“邗水旧同舟，当年共捋虎须，谈笑雍容收悍卒；吴山新立马，太息惨遭狙击，艰难宏济失良才。”

顾子才镇使挽童伯吹师长联云：“十载缔深交，论当年立马吴山，矢志共张钱氏弩；一朝成永诀，痛此日骑驴湖上，伤心不见岳家军。”

汪曼锋挽杨杏城侍郎联云：“记曾北海侍尊罍，岳峙渊渟，照座须眉识前辈；正望东山作霖雨，人亡国瘁，弥天涕泪哭苍生。”词旨悲壮，气韵沈雄。

黄群之友虞伯颜，上海舟沈而死，群挽一联云：“悲哉此劫，日前迭接君书，方相期旋里黄冠，余意共随飞鸟倦；死而有知，泉下倘逢予季，应各念倚闾白发，哀魂并逐夜潮回。”想群之弟亦落水死者，思笔双清，情文兼至。

杨哲子挽黄笃恭联云：“怜我自栖皇，每当把酒抽刀，太息人生谁不死；羡君能解脱，惟是人亡国瘁，低徊时局倍伤心。”词旨悲壮，情韵铿锵，余友张允升极赏之。

汤觉顿死海珠之难，林长民挽一联云：“成仙有骨，一书生获此收场，我亦劫余身，福分输君偏后死；铸错何人，在吾党不徒私恸，世方板荡日，精灵为国倘归来。”笔意峭利，惜原联下联词意稍逊，故为僭易存之。

梁星海先生，清季遗老，为宣统师，临终遗命，从葬崇陵。新城进士王树楠挽一联云：“天下少完人，又弱先生这一个；世间无净土，愿陪陵寝附千秋。”原本作“愿将忠骨葬崇陵”，与上联似不甚对，故为僭易一语存之。

徐鞠人总统挽恽薇荪同年联云：“卅年同榜渐凋零，问青琐前尘，谁续词林掌故；一夕御风归缥渺，怆黄垆旧雨，忍听燕市悲歌。”笔意简老，亦复凄惋动人，的是至圣人吐嘱。

段芝泉总理（祺瑞）与河间冯华甫（国璋）同学同事，及冯代理总统，段为总理，谊亦至笃。冯卒，段挽一联云：“兵学砥砺最相知，每当把剑狂歌，曾与誓澄清揽辔；时局纠纷犹未已，方冀同舟共济，何遽伤分道扬镳。”浑成简老，芝老之笔墨，皆如此类，固自可存。

汤蛰仙先生（寿潜），浙江仁和县人，以名翰林，隐居不仕，公推为浙甬路总办。其卒也，浙之同乡开追悼会，合挽一联云：“梦中伸足竟无方，来日愈难，遗轨犹闻一路哭；地下知音应已待，劫棋正烈，危言合与相公论。”相公指王文韶也，亦仁和人。

陈去恶先生挽张君安名医联云：“君超白乘证菩提，任他落溷沾茵，都归泡影；我为苍生挥老泪，从此祁寒暑雨，谁轸疮痍。”张尤长疮科，故云然。

崔放亭明经居涡北之小街，先生挽一联云：“挥手隔蓬山，便有梦也无寻觅处；伤心渡涡水，痛知音谁是老成人。”

先生又挽张福亭明经联云：“师友分，弟兄情，揭文字真传，话到钟鸣，点点心头倾热血；风云归，人琴去，怅知音有几，空教梦想，丝丝痛泪湿寒冰。”悱恻缠绵，允推独步。

吴梓瑜先生挽表弟周明帆，联云：“记孩提枣梨推让，谊等同胞，浩劫感沧桑，兵燹馀生，一片热肠怜我困；痛年来荆树摧残，剩予只影，凋零到中表，河山瞬隔，满腔酸泪为君弹。”自注：“国变后，余携家自徐回，贫困甚，欲就沪馆，苦无资斧，君贷番饼数尊，始成行。”盖纪实也。

李伯元之父荫南先生，以商业起家，古道可风，梓瑜挽以联云：“公以豪杰士，作经纪人，隐市屈长才，每忆蠡舟玩世，螺盏谈天，落落高风，老去壮怀犹未已；我本犹子行，为忘年契，登堂曾问疾，何期月黯中秋，星沈太白，茫茫前路，贻谋继起有馀哀。”下联首句，重一“犹”字，拟改以“我与诸贤郎，为莫逆友”，亦可通。

无为于静夫先生挽同学刘锡眉，联云：“问字共师门，订交在二十年以外，回忆芝山赌酒，桐馆敲诗，笑语听鸡鸣，永夕永朝，数皖北旧游，折节如公能有几；就医居兄室，征途历三千里而遥，胡为艾痛难分，篪吹易裂，音容惊鹤化，八月八日，闻浙东凶耗，伤心惟我最先知。”

静夫先生又挽刘敏斋先生，联云：“看门中朱履联翩，滥竽惟我，青毡坐破，墨沈磨干，二十年樾荫常依，每追陪松沪围棋，芝山把酒；恨天上玉楼成立，作记召公，喜庆华龄，夏歌薤露，一千里刍香亲奠，忍回忆故园琴鹤，别墅亭台。”

先生又挽倪幼迂夫子，联云：“绛帐谈经，玄亭问字，春风四坐，独厚栽培，卅年前手泽未干，誉我每称颜巷陋；晏书勖子，乔砚贻孙，旧雨一堂，谁来辅翼，千里外心香空祝，报公自愧陆庄荒。”三联皆系长联，而议论纵横，词旨排奡，的是杰作。

顾逵陆挽朱韵午先生，联云：“以文章鸣，以法律鸣，屈指数人才，全邑如公能有几；是道义交，是翰墨交，瓣香问心事，及门舍我尚论谁。”自注：“朱公卒业法政学校，新旧法学皆研究，余时就之质疑，友也，而实师焉。”此联盖纪实也。

朱韵午先生挽知交某君，联云：“知己仅二三，那堪又弱一个；恼人常八九，这回却到十分。”淡淡著笔，凄惋无似。

桐城吴挚甫先生，古文大家，所为联语，多瑰奇伟丽，不落平庸一派，兹录有数联。挽王畏甫同年云：“吾父之高弟，吾兄之石交，一老慭遗今永别；良子为前驱，良嫔为后继，九原欢笑若平生。”笔意落落大方，无一毫雕琢之迹。

先生又挽王观察联云：“昔年订交在太白楼头，倚马才高，共看人敬张君嗣；他日携酒过八公山下，停车腹痛，苦忆书论盛孝章。”按，君嗣名裔，蜀人，为丞相府长史；盛孝章，吴人，孔融有《上曹公论盛孝章书》，见《文选》。

又挽李仙屏联云：“总角相知，获交先子门墙，垂老犹能时促膝；骑箕竟去，寄语酉君夫妇，遗孤闻道已扶床。”酉君当是先生之弟汶上君，生于酉年，故以酉君称之。按，曾文正公寄诸弟诗云：“辰君平正午君奇，屈指老沅真白眉。”自注：“辰君谓弟澄侯，生庚辰岁；午君谓弟温甫，生壬午岁；老沅即沅甫也。”先生之联即用此意。汶上君之妻李宜人（先生文集有《寿弟妇李宜人》诗），仙屏必其兄弟行，故属会为寄语也。先生联本无注释，故以意逆志如此。

大城郑汝成为人朴实忠诚，最为袁项城所倚任。民国初元，为上海镇守使，二次革命，坚守上海子药库，革命军攻之连月不能克，卒以此致败。民国五年，项城欲帝制自为，汝成稍有违言，项城阴使人刺杀之，佯为惊悼，锡封侯爵，此所谓欲盖弥彰者也。张一麐挽云：“寇恂坐镇，百姓遮留，回思持节虢征，屹然为南国长城，白叟黄童齐下拜；岑彭有灵，罪人斯得，犹记自公燕饮，倏已成西州故事，云车风马倘归来。”词旨秀雅，的是才人之笔。

张季直先生（謇）挽一联云：“祸乱有何可言？坚壁难忘前战史；是非久之自定，良金应写故将军。”笔意落落大方，自是名人吐嘱。

严几道先生（复）亦挽一联云：“海上失长城，鳄耗竟传来君叔；津门共横舍，鸢肩早识马宾王。”按，马周字宾王，岑文本称其鸢肩火色，腾上必速，惜不能久。

又无名氏戏挽一联云：“吊死者令生者观，哀哉奉孝；将今人与古人比，羞煞岑彭。”此联颇有不满项城之意，而词意简括宏深，自然名贵，余友王石卿亟称之。

民国五年，蔡松坡云南起义，推倒洪宪帝制，积劳致疾，赴日就医，寻卒。罗佩金挽一联云：“鲁连不帝秦，扶义挥戈，终以精诚回世局；马卿从谕蜀，前驱负弩，独伤留后失良规。”盖事平之后，以松坡督四川，而罗适继其任，故下联云然。

陆荣廷挽云：“惟公马首是瞻，勉作义师桴鼓应；太息豺牙尚厉，不堪国论沸羹多。”

陈锦涛挽云：“其操心危，其虑患深，自能出险济屯，树义声为天下先，是真人杰；既需之殷，胡夺之速，弥令抚时增感，竟前徽乃后生责，庶慰公灵。”笔姿秀拔，不落恒蹊，余友王石卿甚喜之。

段芝泉总理挽云：“海峤大星沈，剧怜半壁勋名，厚土一坏埋热血；河山无恙在，愿与中原豪杰，崇祠万古报英魂。”

徐鞠人挽云：“竭民力以造英雄，有志竟成，传君愧少如椽笔；歌大招而望衡岳，斯人长往，并世谁收打劫棋。”松坡，湖南人。

又某君挽云：“一柱失天南，值此外交险恶，内政纷繁，维系赖元勋，夺我使君何太忍；大星惊直北，当兹后顾苍茫，前途危迫，觥尳悲弱国，弄人造物竟多偏。”抚时感事，凄怆于心，今人不忍卒读。

有张一澧者，因事系狱，赖松坡救出，挽一联云：“仗义原求先死国；知恩尚有再生人。”笔亦简括。

又小凤仙者，松坡所眷之妓也，亦挽一联云：“万里南天鹏翼，直上扶摇，那堪忧患余生，萍水姻缘成一梦；几年北地燕支，自悲沦落，赢得英雄知己，桃花颜色亦千秋。”得此联，小凤仙为之千古矣。

又无名氏戏挽以联云：“只手作难，薄海归仁，是有阴相之者，岂所谓葛胡一流人物；功德如山，疮痍满目，今已无能了此，更何望崧岳再降英灵。”上联言成功出于天幸，下联言未能收拾残局。松坡有知，亦当引为知己。

松坡甫殁，黄克强继卒，于上海开追悼会，定州谷钟秀挽一联云：“元勋建民国，粤中起义，开鄂滇两役之先，于今棋局重新，饮水思源争写状；哀泪满人寰，沪上招魂，继宋（教仁）陈（其美）诸公而后，遗我手书犹在，临风怀想倍伤神。”宽博有馀，自是名笔。

孙洪伊挽云：“公真健者，口不言功，方期大泽潜龙，藏器更为天下雨；世正需才，逝将焉往，蓦听中年赋鹏，忧时岂独楚人哀。”

孙武挽云：“历千辛万苦，与君宏济艰难，风雨猛回头，新鬼烦冤旧鬼哭；正骇浪惊涛，坏我中流砥柱，乾坤一洒泪，他生未卜此生休。”

汤化龙挽云：“相交晚而深，有时规公，有时服公，有时怨公，知公靡私，亦罔以私疑及我；旧游凋欲尽，若者战死，若者瘐死，若者狙死，得死为幸，所伤不幸更无人。”历叙情事，如数家珍，而悱恻之音溢于言表，名人吐嘱，固自不凡。

张绍轩挽云：“淘尽英雄黄歇浦；飞来魂魄皖公山。”

又友某君挽云：“哲人其萎，天道宁论，斯疾竟如斯，儿女抚棺肠断日；大局粗完，长城遽失，哭君还自哭，英雄拊髀肉生时。”末句有烈士暮年、壮心未已之概，令人读之，定当唾壶击碎。

粤中追悼黄、蔡二公，黎总统挽一联云：“正倚济时唐郭李；竟嗟无命汉关张。”适合总统身分，亦是挽二人口气，洵非名手莫办。

大学堂学生挽云：“武汉功告成，滇黔义继起，东南媲美，薄海咸钦，际兹时势多艰，数千里故国河山，惟公是赖；浦江悲未已，福冈痛又生，草木兴嗟，胡天不吊，从此幽明永隔，四百兆同胞父老，其谁与归。”亦是平稳之作。

黎大总统元洪谢任后，蛰处津门，没于民国十七年戊辰四月十六日，临终遗电，以十事贡献，天下惜之。其挽联之多，至美不胜收。余于《益世报》录辑数联。《益世报》馆挽云：“首作革命元勋，缔造维艰，忆当年露布遥驰，历历汉阳开伟业；指屈共和硕果，凋零殆尽，痛今日星芒又陨，凄凄渤海咽寒潮。”

贡桑额尔布挽云：“创中华未有之奇，除专制以造共和，前无古人，后无来者；建国家不世之绩，由元勋而成大隐，其生也荣，其死也哀。”

袁项城之子克桓、克轸挽一联云：“每瞻我佛，视若家人，方知大德无为，真能容物；倘见先公，莫谈国事，但道群儿安命，并不贪天。”此与王思正之挽左文襄同一意致。

余又阅《关东报》，录数付。王铁珊先生（芝祥）联云：“九万里有几人，开国承家，富贵浮云，功名流水；十八年如一日，生离死别，交情金石，道义河山。”联中并不用一虚字，而气机亦颇流走，诚名笔也。

徐邦杰联云：“举义总师干，江汉归心，渐见四方甘雨被；亲仁营里第，津沽娱老，何期一夕大星沈。”词亦稳惬。

前执政段芝泉挽云：“尚留黄札忧当世；同为苍生惜此人。”笔亦简括。

周震麟挽云：“休戚与亿兆相关，慷慨遗言，为忧国难兼民瘼；艰危痛元良遽丧，纵横老泪，既哭中山又我公。”

方本仁挽云：“武昌起义，洪宪却封，顺逆最分明，毅力坚操维国体；革命观成，遗言示警，死生关气数，息争御侮见婆心。”按，《关东报》载挽黎之联不下五万付，只选辑十五付，可谓万选其三矣。余又于其中只选五付，亦可见此道出色之难矣。

王小隐先生，不知何许人，亦挽一联云：“十七年风雨漂摇，缔造忆艰难，应回首大泽蛰龙，中原逐鹿；廿二省山河肃壮，老成悲陨谢，遽惊心缑山跨鹤，辽海骑鲸。”盖辛亥黎氏艰难之际，曾以“大泽龙方蛰，中原鹿正肥”十字榜于门，故引及之。

黎子绍基亦有挽父一联云：“六旬又五年，耽尽忧，吃尽苦，所为谁来，到于今国徽全改，法统中移，读遗电十条，是我父呕出心肝，欲尽未完事业；四月十六日，失了主，塌了天，从兹已矣，只剩下寡母帷堂，孤儿枕块，听哭声一路，予小子空挥涕泪，何处再接音容？”语极沈痛。按，此联重一“六”字，拟将“十六日”改作“既望日”，亦可通。

黎卒之日，奉天张雨亭大元帅、黑督吴兴权氏亦于是日在京奉路皇姑屯同炸死，盖是时南北战事将终，张大元帅退回关外，吴督往迎，同车返奉，行至沈阳黄姑屯道口，同时被炸身死，此当日传闻情事也。《盛京时报》载有儒丐挽张、吴二帅联云：“赍恨赴黄泉，晋王三矢遗喆嗣；捐躯凝碧血，楚人一户可亡秦。”余谓此联意致颇佳，惟两联之次句不甚对，“楚人一户”句，意亦不甚明了，乃为僭易二语云：“赍恨赴黄泉，三矢终能属存勖；捐躯凝碧血，立庭谁为警夫差。”张子学良继为东三省总司令，实不愧李晋王之存勖，而吴则子幼，其侄泰来庸懦，亦不克负荷，实有愧于夫差。如此一改，庶情事俱尽矣。

儒丐又有单挽吴帅一联云：“功业著旗常，此日捐躯，无愧于国家朋友；勋名留记牒，他年佳话，有资乎良马美人。”自评云：“此联亦砌凑成文，惟‘国家朋友’、‘良马美人’八字生姿也。”盖吴不甚识字，然尝为人书联云：“自来名将爱良马；从古美人属英雄。”亦纪实也。余因本此意为联云：“世事本如棋，急劫难收，江省奉垣同一体；将军不好武，遗书具在，美人良马亦千秋。”笔意尤形飘洒。

吴玉帅佩孚，时在四川大竹县，有挽张一联云：“有孙仲谋继起英雄，忧患可兴邦，愿文台无复多恨；与祖逖共图恢复，河山今异昔，岂周颉一哭了之？”余谓下联收句，具有英气，惜与上联不甚对，笔调亦不能高唱入云，且上联是一串事，下联祖逖、周颉虽同时，然不相联属，意思亦不称，故为僭易一联云：“与周公瑾共摧仇敌，死生今异路，俾诸葛何以为情？”较原联词意，似觉相称，以此质之世之知言者，以为何如也？

时涿郡冯问田方在江省省长公署充第二科科长，拟有挽张联数付，联云：“王业不偏安，徒令上将挥神笔；万方正多难，长使英雄泪满襟。”现成得好，用古如自己出。又“震雷遽折擎天柱；迷雾难挥指日戈”，亦简老。又：“元首岂自为，誓拯斯民登衽席；赤眉犹未灭（指赤党），痛赍大志到泉台。”又：“彼魑魅魍魉等辈，竟敢昼行，中道坏长城，霹雳一声撼天地；当蜩螗沸羹之秋，又撄奇变，大星陨东海，山河万里哭元良。”笔调亦极铿锵。又：“名满天下，谤满天下，正气壮山河，久稽天下澄清志；成亦英雄，败亦英雄，大星黯辽沈，长使英雄涕泗流。”起（旬）〔句〕十六字，石破天惊，卓识伟议，得未曾有，挽张联语虽多，当推此为巨擘也。

玉田刘作琳孝廉，时充军政两署秘书，亦拟有挽张联数付，联云："豁达见公之大，防患惜公之疏，举目山河非，太息兴衰关气数；壮猷为世所钦，神武尤世所嫉，伤心桑海劫，莫将成败论英雄。"声调悲壮，识亦雄伟，与冯联同一意致。

又："开府十馀年，综岘山碑字，燕然铭词，茇舍棠阴，棋墅丝竹，古人尚论，多让未遑，痛哭老元戎，盖世大名垂宇宙；树功六七省，忆奏凯榆关，肃清畿甸，奠定河洛，绥靖徐淮，往事追思，都成梦幻，伤心真浩劫，出师遗恨付江流。"上联比诸古人，下联叙其功业，作长联宜有此煊赫之笔。

又："塞北业中摧，正畿疆烽火惊心，忽闻天柱崩颓，曷胜神州沉陆痛；剑南诗辍诵，欣嗣君经纶继武，徐待中原底定，毋忘家祭告翁时。"下联用放翁诗语，比合情事，词意兼美，笔亦新颖可诵。余时在江省赋闲，亦拟挽张一联云："诵宋祖一言，有天命，任自为，如此达观遭毒手；比晋王三矢，乃父志，慎无忘，读公遗嘱倍酸心。"当时传有大元帅遗嘱，与晋王之嘱存勖者不殊也。

戊辰五月十四日，黑龙江省文武各职员，假公园为吴帅开追悼会，继任江督万福麟，吴之旧部也，挽一联云："天已厌内争，果能博取和平，当消遗恨；我本为旧部，或得补苴罅漏，藉答私恩。"原本上联煞句作"知当瞑目"，与"藉答私恩"不对，下联首句作"我来自前敌"，呼不起下面意来，故为僭易存之。按，此联虽无甚出色，用意却正大可取，不愧为追悼会中领袖。

教育厅厅长王寅卿挽云："筹义粟，赈饥民，许昭雪，救冤民，办清乡，治莠民，作万家生佛呼，民到于今争颂德；振教育，以华国，安边疆，以定国，捐躯命，以报国，向九京撒手去，国将殄瘁有同悲。"按，此次挽联虽多，惟此联妥叶无疵，诚杰构也。

财政厅科长崔祥坤挽云："公有保境之功，战绩遍蒙荒，国史一编留特笔；士为知己者死，大星沈辽左，岩疆万里失长城。"

省署顾问高玉堂挽云："美人良马，裘带雍容，有上将军威风，是大英雄本色；黑水白山，旌旗惨淡，与张睢阳并传，为岑舞阴后身。”出语雄壮，相传为冯科长问田笔也。

省署第一科科员张佩琳挽云：“裹革志终偿，华表应归辽海鹤；攀髯心可拟，英魂长逐鼎湖龙。”鼎湖典与张、吴事实不甚合，妙在“心可拟”三字下得活，此亦问田笔也。

军政两署参议陈紫澜挽云：“感激王司空，终身服事哥舒翰；栖迟严仆射，垂老哀吟杜少陵。”笔意老到，洵非名手莫办。按，上联以王忠嗣比张，以哥舒翰比吴，恰合身分；下联以严武比吴，以杜少陵自居，尤合参议身分。用话无多，而能包扫一切，精当处真足辟易千人。

又，某科员挽云：“霹雳一声，山河变色；龙沙万里，草木含悲。”又，军官养成所挽云：“采藻方思化鸮集；攀髯不复堕乌号。”两联皆简老可诵。

冯问田科长自挽吴一联云：“上寿百年谁不死，惟人非可死之人，时非可死之时，兵气满神州，惊噩耗于京奉道中，厌乱无心天愦愦（原本作“梦梦”。按，《诗》“视天梦梦”，模红切，音蒙，东韵，与送韵作梦寐解者不同，故易之）；边疆两度竟空来，叹公来而我旋去，我来而公又去，掾僚思德泽，拜遗像于诺尼江上，感恩有泪水滔滔。”朴实说理，词意兼到，所难者在无甚关系中，妙能写得亲切耳。按，问田初至江省，在朱庆澜将军督黑时代，曾署海伦县知事，及吴来督黑，问田旋即去职返直，其再至江省，在十七年正月，至四月十六日，遂有炸车之变，盖纪实也。

问田又代人拟有数联云：“天竟坏长城，回思内乱外患，削平悉仗神威，绾符十万军，盖世功名震华夏；人本如朝露，何况石火电光，刹那惊传噩耗，备员百六掾（典出晋元帝），感恩涕泪逐江流。”又：“数载隶帡幪，恨未报末士知，而今已矣；一声惊霹雳，时欲向彼苍问，谁实为之？”又：“惟吴武安有勇有谋，名早驾曲大而上；与张睢阳同生同死，世又见南八其人。”语尤切当不易。又：“棨戟不重临，天柱崩颓惊噩问；军民同一哭，江流呜咽动哀声。”又：“下为河岳，上为日星，回首视尘寰，战士谁怜化猿鹤；今岁在辰，明岁在巳，含哀拜遗像，贤人竟叹厄龙蛇。”又：“此真元首之股肱，魂魄相依，无命关张同一喟；未出斯民于水火，乾坤不死，再生申甫奠中原。”又：“节旆已言归，陡惊来平地波澜，晴天霹雳；军民齐下泪，直哭得嫩江水涸，魁岭云寒。”又：“奇变世间无，勋业常昭，简册应书古名将；忠魂天上返，英灵不泯，藕丝重缚阿修罗（阿修罗，神名，此神果报最盛，又称多力善战，常与帝释争权，见《佛经》）。”又：“百战壮山河，内而戡乱，外而筹边，竟至功高遭物忌；一声撼天地，赤祸谁除，苍生谁托，转因国瘁痛人亡。”数联皆戛戛独造，推陈出新，不拾人牙慧。余谓以一人之才思，挽一人之事迹，所为至数十付，层出不穷，非才情横溢，精力过人者，未能办此，令人不胜钦佩。

民国十七年，日人进军济南，异常暴横，遂有五三惨变，政府特派山东交涉员蔡公时被戕，阳历七月廿四日（即六月初八日）开追悼会，蒋介石挽云：“我司军令，君办外交，奋斗并轨驰，竟让先生名独烈；国有大仇，民皆切齿，奇耻何日雪，自知后死责非轻。”

薛笃弼挽云：“义师已犁北庭，仗有英灵作士气；忠骨独羁东鲁，长悬国耻历人心。”

钱大钧挽云：“死效常山完大节；歌留正气塞中原。”

直鲁赈灾会挽云：“齿抉常山犹骂贼；血凝苌叔足留名。”按，当时挽联甚夥，惟此数联稍觉平正，故录存之。

追悼会之所以少佳联者，大率捃摭报纸浮词，非泛则谀，于题无当。否则出于愤激之谈，亦非挽词正轨。其对仗欠工，平仄欠调，犹其小疵耳。此所以数万联而可录者殊寥寥无几也。惟民国八年秋，曹大总统（琨）督直时，追悼湖南战死将士，有蔡鲁滨先生拟作二联，最为脍炙人口。联云：“龙蛇苦战胡为乎，好男儿竟化虫沙，奈何不忍死须臾，戮力歼国仇，华夏从今遵正轨；蜩螗忿争犹未已，大舞台谁持牛耳，愿普为众生忏悔，招魂歌楚些，洞庭终古咽悲潮。”起句高唱入云，收句声调亦颇悲壮，的是杰作。

又:“死沙场原算善终,恨不留大好头颅,与异族争雄名,效命到九边,河岳英灵长陟降;设斋醮究何实际,愿掬此满腔血泪,偕同胞吊壮士,招魂向七泽,风云车马倘归来。”合观两联,皆声情激越,气韵沈雄,不愧才人之笔。按,鲁滨名沂,充军官学校国文教官,与余友张允升为同事,允升固工为楹帖者,而尤推鲁滨之作,亦可见其联之佳矣。

民国十九年,晋鲁战争告终,山东省主席韩复榘追悼阵亡将士,联云:“关山摇落鼓鼙声,正当执锐披坚,讵料惨遭罗刹劫;袍泽感伤萁豆泣,相与倾觞奠酒,不堪愁读战场文。”下联已将同室操戈之祸,跃然言下,着墨无多,自然凄惋动人。

民国二十年,革命告成,南政府令追悼北伐战亡将士,于天津开分会,有外交署额外科员某(忘其名),联云:“拼无量热血,洗涤神州,统一告成功,全为苍生谋幸福;凭奋斗坚心,销除逆焰,大千昭伟绩,且从渤海吊英灵。”原本“渤海”作“津沽”,嫌其平仄不调,故僭易存之。

因记某报载岑襄勤公(毓瑛)在云贵总督任时,追悼越南之役战死将士,联云:“是谁浩劫催成?马革分归,虫沙竞化,更摧残瘴雨蛮烟,试回看越裳殄瘁,汉帜苍茫,这无限国殇,各向天涯遥布奠;何处巫阳招得?关门月黑,塞上云昏,尽淹滞忠魂义魄,倘他时三界轮回,九幽度脱,愿都为壮士,重来边地忾同仇。”意思周密,词旨缠绵,必幕府名手所为,故有此平正通达之作也。

余幼时于兄注东本,抄有某巨公挽塔大将军齐布联,今本虽已遗失,然犹默识不忘,联云:“一捷湘,再捷湖,三捷鄂,不道浔阳垂捷,遽陨台星,将军忠勇本忘家,曾不计上有高堂,下无弱息;少同里,长同塾,官同僚,只愁伟绩难同,空悲旧雨,此日东南犹苦战,更凭谁早抒国步,力挽天心。”旧传此联,以为曾涤生所撰,愚按塔公黑龙江省旗人,墓在省城南五里,余在黑省时,曾亲至其墓所,以示景仰。而文正则湖南人也,下联生同里云云,恐未合,若云是公挽他将者,而上联捷湘、捷鄂云云,又确是塔公事实,不能移易。至今数十年,疑不能释,然其联则声调悲壮，气韵沈雄，迥非俗子所能办，存其联而阙其人，可也。

胡景翼督豫，卒，葬华阴五猛台畔。黑督吴兴权氏寄挽一联云："郁郁哉佳城，地下倘逢扪虱者；纷纷此时局，山中为问堕驴人。"切葬地生意，措词亦极新颖，乃秘书陈紫澜所撰也。

余记同乡李君华峰言，胡督在豫，屠禹州，禹人恨之次骨。胡没，禹人为挽联云："剜肉补新疮（或作'割肉谢苍生'，盖胡得疮症，为西医割臂而死），还比孙文全肺腑；屠城施故智，本来李闯是乡亲。"可谓怨恨之至矣。胡，陕西华阴人。

按，孙中山之卒也，遗命将五脏取出，以验病之所在。时有无名氏挽一联云："革命未成（'革命尚未成功'，此中山遗嘱语），有何面目；盖棺论定，全无心肝。"下联相关，语带风趣，亦华峰所述也。

张绍轩公（勋）始终忠于清者也，入共和国六年，辫发不剃，民国丁巳五月十三日，曾一度复辟，未能成功，至次年卒，清逊帝赐谥忠武。东三省巡阅使张雨亭挽一联云："是忠义传最后一人，廿三史从此告终，无亏臣子；于共和国别开生面，四百兆不能夺志，方算英雄。"词意虽粗，然自是此公一生大概，用意亦迥异恒蹊。

余云庵叔亦挽二联云："复辟事无功，此时饮恨黄泉，一死英雄难瞑目；起兵书有例，他日争光青史，千秋直道在人心。"又："大计岂容轻，当时举事仓皇，后路迟迟胡不继（此责徐州会议诸公观望不进也）；孤忠原共见，此日临风怀想，英姿凛凛尚如生。"具有痛惜张公之意，笔亦极浑成可诵。

余瑞西弟尝为述一挽驻日公使某君联云："涉尘世四十年，幕有成策，学有成才，归榇日边来，飞旐令人哀仆射；隔重洋三万里，友为招魂，孤为设祭，骑箕天上去，乘槎何处觅张骞。"吐嘱秀雅，自是才人之笔，但不知为何人所撰，为可惜耳。

刘子振挽李姜隐先生联云："自幼擢高科，泮芹春采，月桂秋攀，捷足步金门，忽伤中露；晚年惟好道，文擅讲坛，笔宣通俗（小说名），空权假木铎，藉挽颓风。”又：“天既降管乐奇才，胡又恣以隐逸，废以痴狂，草木且伤神，园荒半可凄风雨（先生晚岁藏娇于别墅果园，名半可园）；时不逢唐虞盛世，早已敝尔簪缨，弃尔轩冕，文章原憎命，笔有千秋付劫尘。”姜隐先生，不知何许人，观此联语，必系前清逸老，佯狂不仕，以著作小说自娱，有托而逃者也。联亦秀雅可诵。

方地山先生（尔谦）博学能文，为山东法政大学教习，余友张君伯明尝称之。有挽何秋辇先生联云：“能行万里路，能通百国书，无怪群公，必使班超征西域；凄凉玉门关，呜咽陇头水，早知今日，不如何逊在扬州。”悱恻缠绵，真才子笔也。

前国会议长汤化龙为议长时，有议员周某，饮于汤宅，以醉死。汤挽一联云：“不分伯仁由我死；欲交公瑾待来生。”皆切周姓生意，其用笔简老，尤非名手莫办。

某报载妻挽夫联，盖夫在军中战殁者也。联云：“马革裹尸还，是男儿大好收场，惟怜堂有双亲，瞑目尚馀难了事；鹃声啼血尽，念夫子如斯结局，更苦孤无六尺，伤心犹作未亡人。”言义言情，面面周到，是真才女所为。《楹联类纂》载此联，谓李续宾战殁，其夫人所挽。愚按，李公战殁三河，有子光久，钦赐举人，见曾文正公所为神道碑，“孤无六尺”云，恐于情事未合，当是传闻之误。

张云门孝廉有老仆，相从日久，盖不啻家人父子也。老仆卒，云门挽之，联云：“与我同患难有年，忆从黑夜旅行，备尝险阻，此情此景，只堪为个中言，于今落拓吹竽，何计可酬痛仆痒；怜汝真颠连苦命，不向朱门倚傍，愿效驰驱，多病多愁，早知非寿者相，闻道哀鸣伏枕，伤心犹说主人贤。”悱恻缠绵，情文兼至。

人之了然于去来者，以旷达襟期，作滑稽文字，往往为自挽之联。如鲍觉生、徐两松诸公，见于《楹联丛话》者，不一而足。因记左文襄公自挽联云：“倘此日骑鲸西去，满腔血洒向空林，七尺躯委残荒草，问谁来歌蒿歌薤，鼓铜琶冢畔，挂宝剑枝头，凭吊松楸魂魄，愤激千秋，纵教黄土埋予，应呼雄鬼；若他年化鹤东还，一瓣香祝完本性，三个月现出全身，愿从兹为樵为渔，访鹿友山中，订鸥盟水上，销磨锦绣心肠，逍遥半世，只恐苍天扼我，又作劳人。”今世来生，总以天下自任，的是此老口吻。《楹联类纂》载此联，以刘霞仙自挽，疑误。

俞曲园先生(樾)自挽云：“生无补乎时，死无关乎数，辛辛苦苦，著二百五十馀卷书，流播四方，是亦足矣；仰不愧于天，俯不怍于人，浩浩荡荡，数半生三十多年事，放怀一笑，吾其归欤。”明是自挽，却是自誉，然惟先生自道，方不愧此，未可以概诸他人也。

有某孝廉者，屡试春官不第，奔走衣食以卒。自挽云：“穷措大迭次科名，福耶祸耶，三千里路，独往独来，直教裘敝囊空，奄奄斜阳归倦鸟；劣残生诸般苦恼，贫也病也，七八口家，一饘一粥，累到墨干笔秃，丝丝弱息断春蚕。”此犹科举时代联语，与今日时局不甚合。余爱其词旨新颖，的是名人吐嘱，故录存之。

以上所录，皆临终无俚之所为，乃有年尚未老，身体康强，而戏作自挽联者，则尤滑稽之甚矣。老渔不知何许人，某报多载其谐联。民国壬戌，年方五十四岁，预作一自挽联云：“问九原何处，就在眼前，老夫行将去矣，回思蠹简潜心，鹏程励志，乡场四战，原期高第出头，徒负却百种劳薪，万言脱草，十年尝蓼，千里漂萍，直落得医药生涯，未变寒酸，终为穷鬼；拟几句挽言，昭垂身后，小子敬而听之，试看虱官贪政，虎将专兵，文武两途，那许清流插足，但守着一方紫砚，两管绿沈，半领青毡，数篇黄卷，研究些农林实业，不求富贵，勉作良民。”上联叙自己生平，下联勉后人安分，虽属游戏，却可使子孙留作遗言，固自可存。

联语粹编卷二

河间王次陶孝廉（汝为），先君子砚友也，博学工诗，行别营裘君祖诰出守云南，邀之同往，卒于湖南，祖诰挽以联云："行万里路，读万卷书，至中途魂断潇湘，试问他楚尾吴头，君才有几？焚三炷香，奠三巡酒，把双泪哭干瀛海，可叹著燕南赵北，吾学其孤。"

武强贺尔昌，与裘祖诰中表兄弟也。尔昌出守陕西，卒，祖诰挽以联云："典郡隔一万里云程，君分秦陇，我守滇池，直阅尽宦海升沈，竟先撒手；同堂恍四十年尘梦，谁吊贾生，自惭冯妇，每想到天涯沦落，倍觉酸心。"

吾县阎家村阎凤韶先生，精岐黄术，捐训导职，候选多年，及卒，始选邢台县训导，寿六十六岁。董松轩先生挽以联云："稀寿古来难，叹一生赵璧奇珍，木铎空悬终抱恨；哲人今已萎，痛半世秦和妙术，刀圭亲试总无灵。"特致惋惜之意，词旨尤为切当。

韩村刘渭滨先生，有文名，年四十余，忽发狂疾，投水死。董松轩先生挽一联云："叹谪仙何遽骑鲸，岂真效太上忘情，竟抛却酒阑灯灺馀，交勉在文章气节；问令威几曾化鹤，不愿作达人知命，只赢得山高水长后，有时发潜德幽光。"真力弥满，稍嫌斧凿痕太重，前辈典型，存之以备观览。

东乡郭辛庄郭瑞五孝廉，名下士也，见其挽友一联云："泪偕絮酒同倾，十载相知今日是；心与瑶琴共碎，九原犹念故人不。"淡淡着笔，深情如许，的是才人之笔。

南宫村戈问卿先生，与郭瑞五孝廉至好也。孝廉之子鼎臣、仲庆，又为问卿弟子。孝廉没，其父一同发引，问卿挽一联云："桥梓仰芳型，叹相继云亡，一第那堪酬壮志；钟俞原至契，念斯人不作，半生何处觅知音。”语亦沈痛。

定州卢举臣孝廉（煜），余同年友也，在清预校又为同事，尝述挽某翰林一联云：“峥嵘文战，跌宕酒豪，磊落我师乎，这苍茫何处可呼，无计能回知己命；神仙官职，廉吏儿孙，清贫原分耳，竟憔悴到今以死，令人灰尽读书心。”吐嘱最为秀雅。

富庄驿杜君承翰，交河文士也，少负才名，诗词歌赋无不通，后染烟霞癖，落拓不羁，遂至贫无立锥，妻子俱丧，临终无人侍奉，哭泣终夜以死，诚可哀也。胡进士世昌与之厚，挽一联云：“工词翰，能文章，如此聪明，偏多嗜好，人心皆惋惜，总由才已误君，只赢得落拓一生，四壁萧条无长物；丧妻儿，鲜兄弟，加以贫病，倍觉困穷，世态本炎凉，试问谁其与我，最可怜缠绵孤榻，终宵啼泣不成声。”笔调凄楚，令人不忍卒读。

河间王晋笙前辈，善书法，与先君子最相契。余幼时，从先君子读书郡城，每相过从，尝记其述挽烟友一联云：“卅馀年气味相投，痛此日孤骑上乘，已付云烟归大漠；九个月梦魂不接，愿他生连床共话，更将灯火结前缘。”一时皆服其雅切。

野马田君汝兰，余之族姑丈也，性和易，善饮酒，彻夜不醉。与同村王君寿轩既系姻好，又共事多年。汝兰卒，发引，余代寿轩挽，拟挽联云：“忆与君痛饮一生，有则酾，无则酤，直至灯炧杯阑，衷曲共谈犹未倦；嗟弃弟仙游二载，手谁携，面谁命，每值解纷排难，贤劳我独益增悲。”皆纪实之笔也。

吾村周踰先生，与锡九叔共事有年，最称莫逆。先生卒，发引，锡九叔为总理，云庵叔代拟挽联云：“乡间共事数十年，步亦步，趋亦趋，尔时携手同行，相视于心真莫逆；龆龀知交三五辈，亡者亡，老者老，到得送君归去，而今惟我独贤劳。”

先生卒时，云庵叔适客津门，及发引日，乃挽以联云：“伤心亲友半凋零，记曩时作客津门，噩信飞来，又报到先生去也；回首典型空想像,痛此日挽歌蒿里,哀音唱彻,怎忍呼小子听之。”

先生好滑稽,余于宣统元年,在保定陆军师范肄业,先生特写书,嘱为买一顶呢帽。及余年假回家,奉上,先生笑指帽,呼余而告曰:“为章,此见阎王爷帽子也。”不意至次年春,竟卒,遂成谶语。发引日,余亦挽一联云:“往事不胜悲,曩时嘱我买儒冠,云将谒见阎罗,谁识戏言成谶语;斯人何处去,今日送君归寿域,只好提携毛颖,频挥老泪写哀辞。”盖发引之日,余适为书匾联也。

马君叔璋,江苏茶商也,年二十四岁卒,妻亡有子。其兄某贾于京师征文追悼,介绍余友何子居,求联挽之。张允升挽云:“商贾为富国本源,少年既学识俱超,胡竟撒手悬崖,聊可慰鸾镜凋零,重圆地下;绿茶乃我邦特产,数载已规模毕具,怎奈无心济世,曾念否鸰原落寞,垂涕天涯。”

陈琴甫挽云:“学识十倍寻常,理旧生涯,拓新思想,六七年规画,在在劳心,文明界雅号专家,方期藉数卷茶经,扩张骏业;遭际半多坎壈,甫栽玉树,旋断金钗,廿四载光阴,匆匆过眼,经济才竟逢劫运,怎能禁一枝棣萼,感慨鸰原。”当是时,余与子居皆有联,但未存稿,故亦不复省记,兹不著。

南宫谢君志述,余保定师范同学也,其同乡某君,为教育部司长,卒,志述闻讣,嘱余为拟挽联云:“杜冠马帐,共仰人师,矧教育久号专家,方期藉梓里名贤,永辟斯民智慧;边旨康宗,精研哲学,奈文章未能寿世,从此主蓉城仙界,空馀吾党心香。”

朱公家宝,黔省人,前清时为直隶藩台,入民国充直省民政长兼督军。其封翁卒于里第,屡上书求终制,袁政府不许。余时在清河陆军预备学校,其同乡某生,属余为代拟挽联云:“八旬延寿考,风厉东山,功名付诸儿辈,高尚可傲王侯,羡先生会启耆英,桑梓溯遗型,一瓣心香殷祝德;万里递哀音,星沈南极,飘然天上骑箕,已矣人间绝笔,叹令子蜚声政界,蓼莪郁馀痛,几行手札泣陈情。”

丁公振铎,河南人,前清仕至藩台,民国初,袁项城召之出山,甫四月遽卒，人多惜之。有预校生同乡某君，属张允升代拟挽联云："宦游数十年，屏翰五六省，哀矜民瘼，补救时艰，德政寿山河，口碑遍陇右滇南，允矣甘棠遗爱；涉世逾七旬，出山甫四月，报国心长，延龄术短，英灵归嵩岳，史笔志文章经济，伤哉梁木悲歌。"笔意亦颇稳惬。

宋遁初先生（教仁），奔走革命二十馀年，民国成立，袁项城忌之。民国二年，驾言赴京，将组织非常国会，于沪宁车站被刺身死。人皆惜之，为开追悼会，余友张允升代某生拟挽联云："除专制恶魔，建共和新幕，经济宏，文章富，公才公望，古今畴与比伦，时势缔造赖英雄，恨狙击谁尸，君其如命何，已矣衡湘先哲；谋同胞幸福，进社会开明，魄力大，志愿偿，立德立功，中外齐声爱戴，政党竞争成水火，痛鸥张为幻，世不足论也，伤哉燕赵羁人。"笔力绝大，论亦甚宏，的是杰作。

陈琴甫亦挽一联云："岳渎秀灵之气，钟自桃源，是一个大英雄，扩罗兰胸襟，展松阴志略，廿馀载经营惨淡，肇此共和，方期会赴燕京，永为神州巩铁壁；文明酝酿之休，蔚成国器，本三湘奇男子，作中山继起，化精卫前身，予学童景仰仪型，心乎崇拜，讵料耗传沪上，忍教血泪泣铜人。"笔亦雄健。

余友雄县张君同书，时在大学堂，亦述该堂学生公挽一联云："痛君权专制，首倡卢孟遗言，光复告成，长此大名垂宇宙；因政见交讧，卒蹈林伊覆辙，精灵不泯，当为厉鬼杀群魔。"

又述易实夫一联云："卿不死孤不得安，自来造物忌才，比庸众忌才更甚；壮之时戒之在斗，岂但先生可痛，恐世人可痛尤多。"此联直攻袁氏，亦太露迹象矣。

正定何子居大令（铭敬），与余在保定陆军师范为同学，在清河预校又为同事，出仕江西，署上犹县知事，丁外艰回籍。柏乡武君绍亭，何君同谱也，属余为拟挽联云："杖乡硕望，举世群钦，矧小子忝附通家，垂爱如公，奚忍骤闻蒿薤曲；陟岵馀哀，于今未艾，讵使君亦遭同病，伤心将父，何堪永辍蓼莪诗。"时绍亭父丧犹未除也。

余友张允升父月舫先生，于民国五年冬病故，允升冒雪奔丧。至六年秋，陈琴甫之父润和老伯卒，允升触其悲痛，乃为联挽之云：“风木有馀哀，忆柳雪遄征，冀北曾挥游子泪；日华悲永逝，痛蓼莪废咏，瀛南又陨老人星。”联成示余，甚觉惬意，然亦可谓良工心苦矣。

藁城范棣臣先生，武绍亭之师也。以名翰林充畿辅中学校长，兼国文教习，成就人才甚众。先生卒，绍亭属允升代拟挽联云：“词垣重望，政治专家，举世竞声华，羡先生志洁行芳，利锁名缰都解脱；返身而诚，诲人不倦，群伦沾教泽，倘当代征文考献，儒林道学有光辉。”此可以概先生之生平矣。

大城刘馨吾孝廉，与其兄陆森先生皆有文名。馨吾于光绪壬寅领乡荐，入民国充国议员，声誉震一时。而陆森先生独以茂才终，晚年入步军统领李长泰幕为秘书，抑郁纵酒以卒。武绍亭既与馨吾为同年，又联同谱，乃属余为挽联云：“福命与谁争，卅年来文战峥嵘，策对刘蕡偏下第；幕宾非所愿，半百后酒怀抑郁，名齐罗隐竟长终。”

余在清河预校日，有同事齐君忻珊，蠡县人，尝述其师李章修先生挽表兄某君联云：“撒手竟长辞，忽平地陡起罡风，歼我良朋何独酷；到头谁不死，惟琐务遽遭奇变，恨他造物太无情。”盖某君为赴集市，被车轧而死者也。

尹屯陈营长如汉，由行伍起家，不数年升至营长，兼军械局局长，前程未可限量，乃年甫三十六岁，遽卒于京师。余世丈刘文洲，与有戚谊，如汉之姑，即文洲之嫂也。发引日，先生属余代拟挽联云：“末戚托葭莩，久期燕颔丰姿，他日勋齐班定远；英声播桑梓，不道鸢肩骨相，一朝寿促马宾王。”又：“君相不当侯，卅六年风厉鹏程，全付一场尘梦；我心频感旧，十馀日霜飞虎帐，空怀百战英姿。”二联可谓异曲同工。

余亦挽一联云：“卅六年生有自来，戎机晓畅，军械精求，才气本兼人，讵中天箕尾芒寒，难回劫运；五百里没而犹视，兰梦终虚，萱堂未殡，家庭留恨事，听此日滹沱水咽，如吊英魂。”

文洲先生有二子：长树梅，务农，已前卒；次树棠，在京作外馆生意，于民国八年亦卒。余为挽联二付寄去，以塞先生之悲，句云：“撒手了无难，应嫌断雁孤鸣，泉路尚堪吟棣萼；伤心犹有憾，一任骑鲸大去，高堂何以慰椿萱。”又：“卌载作劳人，持家服贾务农，直到于今肩始息；九原留恨事，亲老兄亡子幼，料应虽死目难瞑。”

有王旅长者，二次革命时，在江西前敌，屡经血战，卒于营次。其同乡刘君用钊，余本堂学生也，课馀之暇，属余为拟联挽之。余立书一联云：“南北久相持，料应岘首惠留，后起犹追羊叔子；战和时莫定，恨未壶头功竟，前军顿失马文渊。”记赵瓯北挽毕秋帆一联云：“羊祜惠犹留岘首，马援功未竟壶头。”当时以为得意，余联即运用此二语也。

陆军预备学校第二期生丰润张国基，其父鸿逵，东洋留学，充陆军第六师某旅旅长，病风家居一年，卒。同学友河间袁庆曾，属余拟挽联云：“壮游海外，晓畅戎机，痛彼苍不祚将才，竟教虎豹其姿，甫作干城身遽殒；困卧湰阳（丰润古名），销沈侠骨，幸令子能恢家学，共羡麒麟有种，肯承堂构目先瞑。”按，庆曾字祝三，与国基皆为余本堂学生。戊辰，余至黑龙江，见祝三，犹称述此联不置云。

余亦挽一联云：“曩年卿月东游，誓将名媲松伊，中国别开新世界；前夕将星西坠，恨未功齐卫霍，北平顿失故将军。”按，遵化，古北平地。

余又有代福建某生挽同谱之父联，系邑庠生，以教读为业，联云：“游杨经学，久重儒林，忆生前说礼敦诗，不愧先贤遗训；伍蔡通家，曾亲道范，痛此日山颓木坏，弥增犹子哀思。”又：“少微忽陨天南，绛帐忆传经，遥知桃李诸生，一瓣心香殷祝德；噩耗惊闻冀北，青衫悲落魄，幸托金兰末谊，几声哀些且抒忱。”

余在保定陆军师范肄业时，有同学湖南张君荫培，卒于横舍，追悼日挽联甚夥，惟记其同乡某君一联云：“痛长吉呕血而亡，埋没壮怀，常使英雄齐下泪；叹伯道无儿以死，凄凉少妇，悔教夫婿觅封侯。”荫培无子，其妻抱幼女来迎丧，身后太凄凉也。吐嘱秀雅，的是名手所为。

清季于保定创设武备学堂，初名速成，改为协和，民国复改为军官。有协和学生陈绍勋，江苏人，卒于校舍。某教习挽一联云："古来征战几人回，痛埋骨不到沙场，纵令沧海水枯，难消遗恨；日暮乡关何处是，愿劝君更进杯酒，趁此吴江枫冷，莫误归期。"词旨特为风雅，的是才人之笔。

军官学生欧阳槐，江西人，民国肇造，为革命军参谋长，恢复金陵。民国元年，入军官学校，卒。张允升代预校生挽云："眷怀时局，二十有七年，忆共和开幕以来，恢复金陵土宇，遥作武汉声援，君何大魄力，乃建此殊功，真名士固如是也；笃学戎机，三千数百里，自民国告成而后，研究兵事新书，辞却军谋重职，天既生斯人，胡为不永禄，伤心者当共哭之。"

清宣统季，余与张兄允升于役陕西陆军第二中学堂，充国文教习。民国初元，清河陆军第一预备学校成立，陕西中学生送入该校肄业，余与允升仍充是职。二年，陕西生温凤石卒，余与允升合挽一联云："忆秦陇旧游，絜果兰因，风雨论文重聚首；痛甘颜短命，天涯地角，泉台凭吊倍伤心。"按，当时允升为上联，余对下联，词意亦相匹敌也。

允升又代其本堂教习卢举臣拟挽一联云："君本秦陇抑塞磊落才，如此少年，竟尔心长命短；我亦燕赵感慨悲歌士，一挥老泪，殊令触目伤神。

当时于清河开追悼会，允升代直隶同学挽云："学书学剑，往事堪怀，武士道有志未偿，太息甘颜厄运；同泽同袍，今朝永诀，少年行遗音变徵，凄凉燕赵悲歌。"笔意雅切，次联尤胜。

又代陕西同学挽二联云："君死我犹生，他年返旆秦关，何以慰故乡父老；颜殇跖反寿，此日悲歌易水，竟难招异域英魂。"又："幼同里，长同学，啸月论兵，鄠渚秦关酬壮志；酒一杯，泪一掬，临风凭吊，燕山易水怅羁魂。"

余亦代同学生挽云："忆曩年策马东游，裾绝太真（温君有老母），囊携长吉，方谓学修名立，归来藉慰慈亲，讵望断倚闾，竟至生离成死别；痛此日骑鲸西去，功追武汉（武汉起义，温君曾参其军事），梦返秦关，从兹琴在人亡，攻错恍如隔世，便心伤同泽，只赢双泪吊孤魂。"博大昌明，允推杰构。

又："弃终军繻，投班超笔，生平未肯埋头，廿三龄书读孙吴，定喜关西出将；舞刘琨剑，着祖逖鞭，往事不堪回首，数千里魂羁燕蓟，忍教冀北空群。"笔意亦极雄健。

又："事业竟成虚，试回忆枕戈鄂渚，历学燕都，攘臂高标武士道；人生谁不死，最难堪五载懋修，一腔热血，伤心重唱少年行。"

又："壮士不生还，忆荆卿仗剑而谈，剧怜易水三千，畴为同志；丈夫何所恨，惟温峤绝裾以去，望断秦关百二，未免酸心。"

温风石卒后，甫经月馀，而云南生孙朝楷又卒，孙君光复时在武汉为陆军副司令。余挽一联云："学万人敌，读万卷书，间气毓滇南，方期藉武汉先声，为我国民生色；奠一尊酒，洒一掬泪，噩音传冀北，每想到甘颜厄运，恨他造物无情。"

又代其同堂生雄县仇子川挽云："读君家孙武书，光复勋高，铭绩鄂垣当不朽；续唐人李贺传，懋修气锐，呕心昌谷竟无年。"按，昌谷，李贺所居地名，贺有昌谷诗。

民国四年，清河预校二期生正定乔明智卒，余之本堂学生也。余代其同学生拟挽联云："幼年笃学，弱冠知名，天道竟何为，无端恒岳云封，三尺黄沙埋侠骨；国器未成，哲人遽萎，死者长已矣，剩有滹沱水咽，千秋白浪吊孤魂。"切地生意，殊非泛泛。

又："辞家数百里，享寿廿二龄，羁旅士同此伤怀，剧怜他逝水年华，不堪回首；甫旬日沈疴，作千秋永诀，铁石人亦应下泪，怎当此落花时节，为赋招魂。"追悼之日，正当三月杪也。

当时开追悼会，承办其事者为同堂生楚溪春，蠡县人，与明智同岁生。余代为拟一联云："李长吉呕血竟千秋，囊句尘封，检点遗编齐下泪；孙伯符同年小一月，醇醪心醉，追维往事倍伤神。”

又代陈鼎康挽云：“数载藉他山，投戈讲艺，把酒论兵，生平订杵臼深交，太息烟云过眼；廿年悲逝水，算术争奇，戎机笃学，事业尽昙花幻境，弥令豪杰灰心。”明智最精算学，鼎康在陆军小学时即与同学，此联皆纪实之笔也。

又代刘清泰挽云：“羡乔宇克继家声，会友论文，无愧知人推伟鉴（明乔宇有《人伦鉴》）；叹刘琨忝为同泽，枕戈待旦，谁为蹴起着先鞭。”切姓氏生意，亦自精切不磨。

又代奉天生崔逢春挽云：“二千里居里睽违，君依恒岳，我傍榆关，同是宦游人，絮果兰因欣聚首；十馀月连床梦断，谁蹴刘琨，自惭范式，至今凭吊处，白杨衰草倍伤神。”以上数人皆同堂生也。

又代同号舍生毛凤楼挽云：“与君素未深言，观气概不凡，可许他年成国器；惟我忝为同学，痛英才凋谢，也随多士吊羁魂。”笔亦平正。

余亦挽一联云：“春秋计历，甫廿二龄，早岁播英声，学剑学书悲未竟；风雨论文，仅十馀月，诸生齐太息，斯人斯疾痛尤深。”颇合师长口吻。

张允升亦挽一联云：“命也末如何，空嗟二竖为灾，无能援手；死者长已矣，从此九京永隔，倍觉酸心。”盖明智病时，允升曾为之诊治也。

白下吴子瞻先生，亦预校国文教习也，为人素有好奇癖，挽一联云：“与君无半面缘，惟闻早岁有声，同学竞推为大器；令我兴九京感，方谓前程无限，彼苍胡竟促修龄。”按，此联首句，特见奇辟，吴亦自以为得意，惟嫌词意不能通体相称，故为僭易数语存之。

乔明智既开追悼会，于是从前死者：皖之房、江二生，直之王、甄二生，同学亦议合开一追悼大会。余乃代拟挽五生联云：“诸君皆黄种健儿，淮徐剽悍，燕赵悲歌，南北萃英才，当年把酒论兵，饫领快谈占大壮；我辈亦青衿学子，谊托祖刘，魂招屈宋，死生成永诀，此日临风凭吊，拼将热泪哭同人。”笔机亦极调畅可诵。

张允升又有代降班生，挽其同学郝联奎联。郝，山西省人，乃因病降班者。联云："忆共学已三四年，相期驱此病魔，克占大壮；距毕业仅数十日，何意传来噩耗，永诀同人。"

又："龆龄笃学，弱冠知名，恨病魔无术可驱，曾几时风雨一堂，同甘蠖屈；国士相期，命途多舛，嗟少年有志未逮，料得云山三晋[①]，凄咽鹃声。"词旨蕴藉，笔意缠绵。

又："不甘让人，反竟逊人，一息尚存，壮心未已；本期战死，乃以病死，九原可作，遗恨何穷。"三联皆切降班生意，笔意古雅浑成，尤非老手莫办。

民国六年冬，河南陈、黄二生，福建林、郭二生，先后卒，同学倡议合开一追悼大会。允升代毛志堂校长（继成）挽一联云："孙吴学派，闽洛宗风，既经隶我门墙，何意尔年不永；时局艰难，人才萎谢，益复触余悲痛，空嗟吾道其孤。"笔意亦落落大方，恰是校长口吻。

允升挽一联云："着鞭恐后，投笔争先，志愿竟难酬，忆曩时吊梦歌离，伤心永别；忆旧勒铭，招魂拟赋，英灵如不爽，料此日云车风马，携手同来。"

余亦挽一联云："聚散岂无因，或同学，或同乡，泉壤倘相逢，也应掎襟联裳，殷殷话旧；死生原有命，若者先，若者后，馨香共追悼，料得英魂灏魄，奕奕来临。"

余又代医院军医王瑞符挽一联云："鸿才骏骨，相继沦亡，每惭无术回春，束手莫能扶劫运；闽峤嵩阳，弥增凄惨，犹幸有朋追悼，伤心同此吊英魂。"

允升又代其同堂学生挽数联云："儒宗闽洛，学习孙吴，书剑叹飘零，无限伤心思旧雨；命厄甘颜，遇艰屈贾，楮香同奠醊，那堪回首溯英风。"

又："听几番晞露悲歌，那堪飒爽英姿，两载追随伤死别；尽一日

---

① 整理者按：此句似脱一字，与上联不谐。

临风追悼，料得联翩佳士，九原欢笑若生平。”

又：“国士岂无双，争奈甘颜年不永；英魂偏有耦，想因闽洛学同源。”三联对仗皆工整，惟此联切地生意，笔尤浑成。

斯时，第四期生初入校，余侄幼民，适厕其间。余亦代挽一联云：“诸君已侠骨销沈，痛辛苦半生，仗剑无从恢壮志；我辈亦后尘趋步，怅迟来数月，著鞭空自景前修。”亦自切当。

河南陈生名寿麓，余友王石卿本堂学生也，专挽陈生一联云：“珊管论文，好学无如君命短；玉楼赴召，招魂弥觉我心悲。”亦恰合师长身分，此亦允升笔也。

民国八年，第四连生吴重彝卒，余适充该连国文教习。追悼日，余为挽联云：“数载励精勤，好学如君偏短命；一堂资辨难，论文从此少同心。”的是国文教习口吻。又：“造物何心，不使斯堂留李贺；清才无寿，翻教老泪哭彭宣。”笔意落落大方。当时追悼之联甚夥，诸生汇印成册，吾乡王君道隆见之，翻阅一过，独推此二联简炼名贵，可谓知言。

黑龙江学生朴炳珊，呼兰县人，有同乡某生在民国大学肄业，卒于京师，属余为拟挽联云：“燕市云，蓟门树，尔日停车问字，惟期博学成名，讵中天风雨凄凉，顿使英雄灰壮志；兴安岭，斡难河，吾乡毓秀钟灵，不谓奇才无寿，看一路关山冷落，怎教游子送归魂。”又：“琴书冠剑，触处凄凉，廿馀龄负笈来游，剧怜异地魂销，零落孤鸿归塞北；城郭人民，几多惆怅，五千里间关无恙，料得故乡情重，翩跹化鹤返辽东。”两联皆谛切地理，词旨清新。

北洋高工学生某君，母丧以毁卒。其同乡某挽一联云：“殉亲宁孝子初心，何期哀痛过情，竟戕生命；奉母乃斯人乐事，虽曰幽明异路，依样承欢。”笔亦轻倩宜人。

献县城内牛润生孝廉，热河民政厅长牛芳九之封翁也，八十馀岁卒。余友秦君和甫挽一联云：“以贾董才，握燕许笔，奈一攀秋桂，屡踬春官，风尘中小试经纶，德望咸孚，遐迩仰瞻韩泰斗；膺先朝诰，登大耋年，更上绍前贤，下觉后进，杖履群钦矍铄，道山忽返，崔巍痛失鲁灵光。”和甫之联，思笔皆有可取，惟字里行间时带一种重拙之气，观此联亦自可见。

窝北王次菊先生，琴南孝廉之叔父也，年六十四岁卒。饶邑常济生，在保定与琴南同住莲池书院，最称莫逆，乃挽一联云：“与阿咸卅载共竹林游，忆怀刺登门，老阮先垂青眼顾；正燕市重阳对菊花饮，忽走伻见讣，陶家真有白衣来。”运典造句，如生铁铸成，允得吴挚甫先生衣钵，诚大手笔也。

任邱籍亮侪亦挽一联云：“康健如公，何止六旬馀四稔；过从有约，谁知一别即千秋。”亦自清雅，然较常联，则似平淡无奇矣。

清河预校军医正王君瑞符，余云庵叔之快婿也，其父印堂先生，就养数年，卒于京寓。云庵叔寄挽一联云：“就养喆嗣，抚育童孙，爱日方长，聚首一堂胡舍去；言念老亲，眷怀少子，终天永诀，伤心两地有馀哀。”时瑞符之祖父年八十馀，犹在堂，而瑞符之弟嘉楠，留学日本未归也。

先君子经学湛深，尤邃于《易》，设帐乡里，成就人才甚众。发引日，张子铭主政挽一联云：“一舸赴京华，尔时杯酒言欢，观象玩占公独步；数年背乡井，此日人琴俱渺，清风明月我何堪。”盖子铭尝与先君子同赴京乡试，又此时正在京充陆军小学堂教习也。词旨清新，情文兼至，云庵叔亟称之。

阜城拔贡史仲詹主政，先君子门下士也。发引日，及门公议刊石表道，属主政为文。余代拟挽联云：“瓣香敬为南丰，念一生衣钵渊源，敢忘所自；享寿竟同东野，痛十载皋比随侍，其谁与归。”盖先君子享寿六十四岁，正同孟东野也。

云庵叔亦挽一联云：“大兄为此地名师，化雨遍开桃李，四方传播，都称善诱循循，问食报几何，只赢得一枝桂，百亩田，以溉以耕，极力经营贻后嗣；小弟亦当年群从，春风早入芝兰，半世蹉跎，空叹赏音负负，念酬恩奚自，计惟有数行文，两眼泪，且歌且哭，竭诚临奠送先生。”笔意宽博有馀，情事俱尽，允为长联正则。

云庵叔又挽族兄蔚岑先生（松岩）联云：“往事不胜悲，每怀风雨孤灯，永夕笑谈真莫逆；阿兄何处去，为想泉台万里，今朝魂魄倘归来。”盖松岩有烟霞癖，故“风雨孤灯”云然。

北院寿如叔之长子瑞西，张子铭先生门下士，亦即其侄婿也。寿如叔发引，余代子铭拟挽联云：“昔驱桂子隶门墙，记曾三复白圭，忝我相攸兼戚谊；今过花朝赴窀穸，趁此二分春色，送君归去奠幽墟。”盖发引日正值民国甲子二月十六日也。

又：“君命半迍邅，少年失恃，中岁分钗，所欣式谷诒谋，看庭内玉树争荣，一读一耕绵世泽；予怀弥怅触，既属通家，复联姻好，自叹飘蓬异地，望瀛南生刍遥寄，且哭且奠送归魂。”盖是时子铭正为归绥财政厅厅长也。

吾村臧君焜三，寿如叔之姑表弟也，幼年失恃，终年居外家，最为亲密。余亦代挽一联云：“忆幼年长养外家，感兄谊等亲胞，回首沧桑频洒泪；痛晚岁摧残中表，剩我生兼贫病，抚怀身世倍酸心。”意致缠绵，情文兼至，自是得意之作。

民国己未八月，余大兄价周卒，注东二兄挽一联云：“阿兄其往乎，忆昔室开堂构，地扩田畴，数十年心血销磨，不料于今成画饼；小弟亦老矣，值兹家务纷繁，商资琐碎，凡百事仔肩负荷，有谁与我共分劳。”盖余兄弟三人，大兄支持家务，二兄经营商业，读至末二语，真一字一泪也。

余时在清河预校，骤闻凶耗，方寸已乱，直不能成一字，张君允升代挽一联云：“六十载操持家政，备历艰辛，三奏协吹埙，那堪凶耗遥传，无复联翩赓棣萼；卅馀年羁困书佣，恒疏省视，一朝伤断手，致令寸心如割，空挥血泪洒荆花。”

云庵叔时在清河王瑞符所，亦挽一联云：“六旬花甲此方周，何期躯干康强，遽令逝世；百里行程才及半，为问田庐缔造，谁任仔肩。”笔亦朴实。

族侄嘉训、嘉诰时在清河预校肄业，属余拟挽一联云：“羡世父有许武高风，忆同居共爨，在在劳心，讵知永诀崇朝，空使瀛南留矩矱；期侄辈为谢庭群从，记相送登舟，谆谆告语，不道生离几日，翻从冀北吊精魂。”盖嘉训辈伏假返校，兄亲送至沙洼上船，不胜丁宁嘱咐也。

陆军学生罗寿眉，福建人也，其族伯某，文庠生，为人慷慨好义，凡善举之事无不为，及卒，寿眉在校闻讣，属允升为拟挽联云：“乡闾垂令望，许劭品题，刘公义举，声名不让前贤，讵期凶耗传来，致令犹子伤心，涕零冀北；泉石寄生涯，苏门长啸，彭泽高吟，诗酒自怡天性，何意德华陨谢，敢谓亢宗有得，集纂江东。”按，罗绍威，罗隐之族侄也，隐有集曰《江东集》，绍威文集曰《偷江东集》，切罗姓生意，亦自雅切不可移易。

吾邑东郎中屯，李升亭孝廉（锦堂），于余为表娅行。光绪己亥，为本县钱粮事，相处甚洽，后余奔走四方，遂十馀年不相闻问。民国壬戌，余充本县高等教习，其子树桐适为本堂弟子。五月节，王县长招集绅董会议，升亭来校，话旧言欢，兼以子为托而别。不料于七月间，升亭感时疫卒，去其母之丧方七日也。余闻耗，哭以联云：“廿馀年共事最相亲，噩耗忽惊传，应为蓼莪多陨涕；重五节一谈即终古，遗孤曾见托，可能桃李促成阴。”

东杨村李莲波孝廉（仙根），后改字曰廉白，为奉天新民县知事，以罣误去官，卒于奉垣，年甫四十七岁也。其父审楼先生，陈君鉴湖之同学也。发引日，鉴湖挽一联云：“何处可招魂，空怅望辽海夕阳，沈垣夜月；知君难瞑目，最凄凉倚闾老母，侍侧孤儿。”自注云“此联读之有鬼气”，信然。

余与莲波文字交，光绪季同游京师，癸卯河南乡试，君以川资不给，拟不往，余力为筹画，以助其行，遂领乡荐，因联同谱。发引日，余挽一联云：“廿年兰谱最相知，忆都下旧游，把酒论文如昨梦；百里棠阴今宛在，问辽东宦迹，抚碑堕泪有馀哀。”

吾县高等学校校长王君铁梅，与莲波素未谋面，接其讣文，属余为联挽之。余曰："君之联语有二句最现成。"因诵曰："庞士元非百里才，韩荆州无一面识。"铁梅甚喜，即属余成之，联云："庞士元非百里才，宦迹滞辽东，剩有循声留在世；韩荆州无一面识，讣音传塞北，每为清议惜斯人。"后王荫斋见之，拍案叫绝，以为"文章本天成，妙手偶得之"也。

余友李君霁川，与莲波癸卯同年，又同谱，亦挽一联云："生同里，试同年，盟同兰谱，只惭政迹难同，塞北看鹏抟，恨未能联襶同升，翘首云端空健羡；文有声，画有法，仕有棠阴，惟惜遐龄乌有，辽东悲鹤化，曾不念倚闾有母，伤心梦里盼归来。"此与某巨公之挽塔大将军之联同一机杼，笔亦足以相赴，亦杰作也。

鉴湖又代莲波之弟仙槎、仙棫，拟挽兄联云："兄何往乎？胡不来共依老母；弟犹在此，休再嘱善视吾儿。"盖仙槎兄弟，手足之情最薄，鉴湖先生观其非能善视犹子者，故以此箴之，亦犹唐诗"此乡多宝玉，慎勿厌清贫"之意也。

鉴湖又述其挽堂兄廉堂先生联云："苦命莫如兄，丧母丧弟丧妻儿，丧父年冥路先登，大事未完难瞑目；伤心惟有我，同学同庚同曾祖，同辈中钟情独厚，抚琴无主不成声。"笔意凄恻动人。

鉴湖之父树三先生，先君子窗友也。民国初元，鉴湖充本县高等学校校长，成就人才甚众。树三先生卒，高校生赵允升时在津法政学堂，寄挽一联云："仰子舍数仞墙高，知训秉家庭，曾缘鲤退馀闻，函丈藉传诗礼教；望师门同声泪下，想悲深屺岵，为抱乌私隐痛，毕生废讲蓼莪篇。"从老师一面着想，是挽太老师一定之法。树义必坚，摛词无懦，同事赵君香甫亟称之。

鉴湖与秦君和甫，儿女亲家也，和甫尊翁卒，鉴湖挽一联云："仰德门幸托丝萝，每当弱息归宁，辄言庭有灵椿，垂荫比诸先大父；与喆嗣少同砚席，向荷封君期许，自愧质同朽木，遗型负此老成人。"从女一面生意，词旨切当，凡挽亲翁之联，皆当奉此为极则。

河城李君荣恩，和甫之门下士，亦其快婿也。李君霁川亦代荣恩挽一联云："仰阀阅以联姻，记曾坦腹师门，幸得闻训秉鲤庭，(秦)〔泰〕岳峰高桥荫远；歌薤蒿而陨涕，此后伤心甥馆，讵忍睹封崇马鬣，防山墓筑闳宫深。"是挽太岳父，是挽太老师，两面兼写，笔力绝大，惟起句调嫌太软。霁川之联，多有此失。

吾县城内王锦堂旅长(荫贵)，东田家庄陈氏之甥也，民国甲子春卒于岳州军次。鉴湖与为中表，挽一联云："身后事，豹留皮，叹雕戈君挽，铁砚我穿，以中表亲，愧乏史才胪战绩；眼中人，马封鬣，看丹旐南来，赤星西坠，为大局痛，滴残老泪哭英雄。"按，此联重一"中"字，当时余与和甫兄已将"以中表亲"句改作"戚谊本相关"，"为大局痛"句改作"干城复谁寄"，亦颇稳惬。鉴湖读之，终以为不如原联之古老，今仍存其旧。

鉴湖又代其本家桢爷(佚其名)为挽甥联云："历直豫荆襄数省间，慷慨昔从戎，所向有功，誓为吾家成宅相；就南北中外大局论，英雄方用武，胡天不吊，忍教斯世失长城。"笔意亦自浑成。鉴湖自谓"仍不及前联也"。

王荫斋孝廉，山东新城人，诗笔清秀，而联语不甚出色，惟挽吾乡前辈纪香骢先生一联，颇有可观。先是，荫斋从其同乡王亿年大令来献邑，民国癸亥秋，因公至崔尔庄，与香骢先生谈诗甚洽，不意先生至次年避难津门，卒。联云："与君有一面缘，记曾去岁秋深，醉后谈诗过丙夜；使我抱千古恨，太息名流日少，愁中洒泪在丁沽。"

荫斋所为联，语句极工整，而两联意思每不能相称，曾记在本县高等日，同事赵香甫为其祖父母及母发引，荫斋送挽联云："翁姑偕老，得冢妇随侍蓉城，果能上界团圆，琴鹤家声应共话；窀穸相安，免孝子疚心蓬颗，幸藉先灵呵护，石麟地脉自呈祥。"上联意思甚完全，下联只说一安葬，未免意尽词穷矣。香甫属余为改易存之，乃僭易一联云："百年偕老，得冢妇随侍泉台，仙界要团圆，琴鹤家声谈一室；七载宦游，与文孙常亲几席，祖风勤诵述，鲍桓遗范足千秋。"下联从己与香甫一面生意，方可对得住上联，且挽之亦觉有情也。余又另拟一联云："未交令子，先识文孙，两世贤声征教泽；荆室偕行，冢媳随侍，一堂乐事叙彝伦。"连香甫之父一面亦顾得到，可谓周匝。

河城李寿亭孝廉，余之表叔也。余弱冠时，设帐河城，时相过从，甲午会试，又同寓廿馀日，光绪季，孝廉由大挑二等，选授元城县教谕。发引日，余挽一联云："忆曩年讲室近芝兰，昕夕过从，杯酒快谈如一梦；羡晚岁泮宫毓芹藻，门墙望断，诗书馀泽泣诸生。"又："一代仰文星，每争羡乡榜知名，学宫秉铎；廿年敬父执，最难忘都门捧杖，梓里题襟。"

吾邑东北乡小垛尔庄张式侨先生（润），光绪乙酉科拔贡，丁酉科举人，工部主事，充军机章京。性豪爽，尤喜为人谋事。余于癸卯入都，设帐骑河楼胡宅，即君所荐也。后余奔走四方，遂稀得见。民国九年冬，余赋闲都门，因访先生，作竟日谈，犹引古证今，娓娓不倦，以此见先生年虽衰，而豪气未除也。不意先生于次年二月初遽捐馆。方先生病亟，余适由家抵京，先生弟子宋君从甫来，言先生之疾不可为，约余同往诊视，乃次晨余偕从甫往，则先生已归道山矣，仅为秦矢之三号而出。当时拟为联挽之，适余应天津西开中校之招，未及为，乃请云庵叔代拟，然亦不过应酬而已，于我两人之交谊，固未能道出也，于心终觉歉然，因追成二联，以写吾悲。联云："感恩知己两兼之，忆曩年作客都门，嘘植春风，到处逢人惟说项；把酒论文今已矣，痛此际归真蓬岛，怆怀旧雨，更于何日再瞻韩。"又："挥毫对客兴犹豪，卓哉横渠，记曾去岁过从，抵掌快谈明道至；问疾登堂嗟已晚，行矣元伯，知否故人践约，抚膺痛哭巨卿来。"次一付切先生姓生意，运化本事，词意尤为切当，若而有知，亦当首肯，因附录存之。

吴家潘村吴耀华，在北京开设木厂，有一妻一妾而无子，有疾归至天津卒。发引日，其戚属田君书年属余为拟挽联数付，记有代其兄挽云："十年鸾镜中分，毅魄滞天涯，返里应随妻妾影；半世鸰原望断，痴心约地下，来生还结弟兄缘。"又就其木行生理为联云："斧修月，斤运风，五凤造楼成，奇技梓人应有传；巫无灵，药无效，双鸾悲镜拆，多情嫠妇与扶棺。”又：“长袖善舞，多钱善贾，最堪悲承继无人，遗业荒凉燕市月；山木自寇，膏火自煎，尤可痛死生有地，哀音咽断海门潮。”又：“心痛首邱狐，讵中途魂断津沽，遗恨难填精卫石；神归华表鹤，想终夜风凄闺阁，哀啼忍听杜鹃声。”又：“何处可招魂，空帐望燕市夕阳，津沽夜月；知君难瞑目，最凄凉华周有妇，伯道无儿。”以上数付皆戛戛独造，而末二付尤为书年所喜，每为人称道不置云。

吾县城西陌安区有贾彩峰先生，清季科举既停，先生于区中倡办高等小学堂，成就人才甚众，师范教员王壮图即其弟子也，后先生赴河南依李济臣省长，卒于中州。归葬日，壮图属余为拟挽联云：“卅馀年故里关怀，棫朴裕良规，若论兴学育才，遗泽至今思贾傅；二千里中州望断，梓桑惊噩耗，为想停车问字，深恩犹自泣侯芭。”

刘路村路君任卿，亦当时校中弟子也，属陈鉴湖先生拟联挽之。鉴湖书一联云：“吾党有贤人，为国育才，恨未生前订兰谱；中原无净土，知君厌世，想从地下觅桃源。”任卿以为不合自己身分，持以示余，余曰：“联虽不甚切当，然想头颇佳，词旨亦带风趣，可传作也。”乃为另拟一联云：“君真歌泮水藻芹，教泽长留，应已万家呼贾父；我亦属公门桃李，典型遽失，愿偕多士哭扬亭。”此真切挽师身分，任卿得之甚喜。

联语粹编卷三

陈家坟陈君致远，陈雪桥世伯之季子也。岁壬戌，余在本县高等，致远来访，知余喜集联语，为述南皮张文达公之弟菊垞先生之卒也，其宗弟文襄公之洞挽一联云："荒径已无花，生平陶令高风，恨少五男随杖履；春池犹咏草，此后谢公清梦，喜添一弟助吟哦。"先生最爱菊，故以菊为号，又无子，以文达公次子兰浦为嗣，时文达公尚在也。两联皆纪实之笔。按，下联末句，致远偶忘却，余为足成之。

合肥李少荃相国，文达公之亲翁也，时督直，亦挽一联云："数畿内勋旧家，共称竹林谈话，菊径栽花，胜迹依然，聚族甲大河以北；考宰臣世系表，已许骥子兼宗，龙孙毓秀，高人往矣，怆怀望渤海而南。"笔意落落大方，致远最喜称之。

致远又述武强贺松坡先生（涛）之卒也，挽联甚夥，有一联云："八代文衰，濡染竞推韩子笔；九旬亲健，斑斓空剩老莱衣。"先生为古文家吴挚甫先生高足弟子也，卒时，其封翁苏生先生年九十尚健在。两联笔意简括宏深，的是名人之笔。记致远云，是吴挚甫先生之子闿生所挽，足征名下无虚。

云庵叔尝称松坡先生挽师吴挚甫先生联，云："欲跻斯世于西书所称乌托邦，以新学倡，还防失旧；将使小子如先生之挽李太傅，为天下痛，且哭其私。"按，挚甫先生挽李文忠联云："教我两言，以元气行，复入无间；别公几日，为天下痛，且哭其私。""大含元气，细入无间"，此文忠初见先生时语也，下联用东坡祭欧阳文忠语，松坡用以挽师，尤为切当也。

小营燕锡蕃先生，以名进士出仕湖南，署益阳县，不能媚权贵，三月即告归，授徒乡里，远近士多从之游。先君子与河郡王君次陶、淮镇王君凫邨，即其弟子也。先生享年七十三岁而卒，王次陶挽一联云："解组类渊明，羡先生一曲归来，高风千古；享年同宣圣，痛小子三秋侍坐，空奠两楹。"此余弱冠赴公车，闻于凫邨世叔者，末句忘却，余爱其联语，为足成之，初作"永诀崇朝"，但上联甚高浑，"永诀"句恐对不住，故用梦奠两楹故事，与"享年同宣圣"一语，亦凑合上下一串也(附识)。

吾村臧鸿勋孝廉，天才旷逸，以五亩地，打一班子弟戏，遂至贫无立椎，且无子，然一生不言贫，薪米不给，晏如也。卒时，有门下士挽一联云："先生本绝才，绝嗣绝粮，堪称绝诣；斯人有真品，真穷真乐，无愧真修。"可得先生之大概矣。记先生卒时，余方八九岁，赖先君子为之营葬，事皆如礼。此联或先君子所为，亦未可知，但余方幼，已不复省记矣。此在高等日，秦和甫兄述之如此，因附识之。

北院锡九叔，自余幼时，即喜余才，后余奔走四方，每归里，必招至家，问外事甚悉。民国十二年癸亥四月间，病，至七月廿八日卒，余哭以联云："于诸侄中最荷垂青，匪惟杯酒言欢，即当病榻弥留，犹盼归来呼小字(时余在本县高等，于是日归，而叔已易箦矣)；在叔父前愧无建白，每忆寝帷诊视，恨未医方点订，别求上解起沈疴。"

云庵叔时在河南，闻耗，亦挽一联云："三月中两兄继逝，零落何堪(时其堂兄耽甫于五月间逝世)，垂老数埙篪，剧怜朝露易晞，倍益伤心悲雁序；千里外一讣惊闻，唏嘘欲绝，登高望桑梓，为念秋风有力，可能吹泪到鸰原。"奇情奇想，得未曾有。按，当时所作二付，惟此联意致清新，词旨风韵最为可喜，故余记之不忘云。

又代周宝荣挽一联云："长才肆应，世号无双，忆从废读归田，举凡农圃工商，罔不经营称尽善；大事勛勷，群推第一，讵意悬崖撒手，倘遇冠婚丧葬，有谁继起任贤劳?"此联足概我叔之生平矣。

河城张恒久先生，锡九叔之舅也，叔与开聚泰恒生理者，垂三十年。民国十二年癸亥四月初，恒久先生发引，叔命余为拟联挽之，联云:"贾业仗提携,卅馀年白水盟心,廛肆经营,多亏舅氏;深恩同鞠育,几何日黄泉相见,山邱零落,无念愚甥。"语极沈痛,而"白水"、"黄泉",亦成强对。秦君和甫、王君荫斋皆称赏之,一时甚为得意。不料发引日,叔为总理,未蒇事而病,至七月杪卒,"相见黄泉"遂成谶语,余深悔之,故复为一挽联云:"阿叔最喜余文,讵者番代拟挽言,只相见黄泉,谶语铸成千古恨;诸侄无如我痛,忆曩日缠绵病榻,谁尚垂青眼,哀音咽断九回肠。"此联足以写余之哀矣,故并识之,以塞吾悲。

吾村李飞熊先生,余门下士芳华之叔祖也,自其父兄时即喜练拳脚,尤喜栽花木,至先生癖好尤甚,艺菊更属擅长,为人无町畦,然性戆,人皆以杠子目之。芳华少孤,其读书成名,皆先生力也。民国壬戌春,先生发引,芳华请余代拟挽叔祖联云:"忆少年陟岵无缘(芳华为其父遗腹子),诵读有诒谋,叔祖深恩同赐砚;痛曩日卧床不起,巫医愁绝术,愚孙馀泪尚沾衣。"语极沈痛,芳华得之甚喜,以为如其心之所欲出。

余亦挽一联云:"为从孙谋继书香,记杯酒延师,曾忝缝衣参末座;偕德配同登仙界,想泉台话旧,更求故剑证前缘。"先生前妻朱氏早卒,此乃携其继室樊氏同发引也。"故剑"云云,连继室一面亦顾到,可谓周匝。

余注东二兄,亦芳华业师也,发引日,适为总理,亦挽一联云:"宾东本有夙缘,公砌下芝兰,我门中桃李,相期无负陶成,纵音容已隔人天,言犹在耳;生死空嗟异路,昔终朝谈笑,今大事勗勷,亦复谁能遣抑,倘香酒难通泉壤,痛益椎心。"

余族弟彬如,锡九叔之长子也,少与芳华同笔砚,亦挽一联云:"三十年期许特深,奈奋迹未能,自惭沦落半生,樗质空劳青眼顾;百余日沈绵不起,恨回天无术,忍听凄凉一曲,薤歌齐唱素车来。"

族弟瑞西,与先生菊友也,亦挽一联云:"半生菊癖同缘,根讲培植,叶讲护持,每当秋雨黄花,委曲谈心真莫逆;数亩芳园无主,灌溉谁施,町畦谁辟,遥望夕阳丹旐,荒凉满目更何堪?"以上数联皆出余所润色，故录存之。

周君召甫，芳华之弟子也，亦属余拟挽联云：“一生习艺，超出群伦，试抚摩皮架弓刀，想见飞行真绝迹；半世栽花，公诸同好，忍抛却满园松菊，重来游览倍酸心。”先赞其技击之善，次赞其种植之精，皆纪实之笔也，词意亦极周匝。

留富庄朱某，先生前妻朱氏之内弟也，余亦代拟挽联云：“生前不愧古人，夙钦仗义平原，于我早征豪侠气；地下若逢先姊，为道焚须李勣，而今非复辘轲身。”盖朱某家素贫，先生时资助之，及姊亡后，朱某诸子皆长，其家亦渐充裕也，故以慰姊之思云。

芳华叔弟李万书，父殁，亦随其叔祖同发引，余为万书拟挽父联云：“父何往乎？应是竹林随老阮；兄犹在此，从今我蔚废王裒。”联成，总以裒字或系仄声为疑，又当时为急就章，无韵书可查，暂从搁置，后检《诗韵》，乃在尤韵，读作“抔”，意始释然，识之以见余学之陋也。

河城张衡甫四爷，郭庄于春声之岳父，而春声之姊，又为四爷之家媳，四爷发引日，陈鉴湖先生代春声拟挽联云：“内子之父，伯姊之翁，宾主迭为承厚爱；泰山其颓，哲人其萎，幽明永隔有馀哀。”“宾主迭为”四字用得恰当，词旨亦极浑成，洵非老手莫办。余当时为书联匾，甚喜之。

尹屯李君恩露，四爷之外孙也，时在浙江五省联军中充当连长，余亦代拟一联云：“随侍托孙行，记曾推食分甘，垂爱比诸王父母；宦游惭宅相，恨未凭棺临穴，伤心怎报旧恩勤。”当时虽系急就章，然出语亦自浑成，固自可存。

刘东城刘采臣先生，与余同入邑庠，其长子绳武（名炳宗），复与余同入保阳陆军师范，在清河陆军预校又为同事，谊至厚也。民国十年夏，采臣卒；十五年冬，绳武亦卒，父子同发引，余挽一联云：“相交垂四十载光阴，里居密迩，泮水同游，追文郎黉舍追陪，益钦乔梓皆贤，两世具瞻苏氏笔；一别隔九重泉道路，父子偕行，弟兄聚首（时采臣三弟亦同发引），惟下走苔岑寂寞，自愧萍蓬无定，经年未订长卿诗。”采臣有诗集一卷，余在本县高等日，绳武属余为订正，连年奔走于外，愧未能如愿以偿也。

余又挽绳武联云：“知君本旷世奇才，方期鹏路高骞，胡竟四旬登鬼录；事父乃人生乐事，为痛鲤庭落寞，拼将一瞑侍亲闱。”又：“综人间孝道，难以策万全，幸承父欢，忍闻母哭（时绳武之母尚在也）；忆冀北旧游，可为长太息，既悲君逝，复念吾衰。”云庵叔评此联云：“意致缠绵，情词悱恻。上联意新颖而词未安。”

刘君汉臣，采臣先生之族弟，因他人之关系，复联为同谱。南宫村孙君寿堂，时客津门，代汉臣挽一联云：“兄弟复结为良朋，计一生厚貌深情，与我耳提兼面命；父子竟同归大暮，剩两世孤儿寡妇，惟予目触最心酸。”上联本句稍嫌未工，故为僭易二语存之。记余亦为汉臣代拟一联，似不如此联之痛切，故不录。

余在本县高等日，与小营李君翰亭同事，翰亭之父松波先生（涛），为人慷慨好义。民国十四年春发引，属余代其妹丈张某拟挽联，云：“贫则与以财，饥则与以粟，垂爱比双亲，讵期岱岳旋倾，未报涓埃归地下；殁不凭其棺，葬不临其穴，拊膺惭半子，安得朔风正厉，为吹血泪到灵前。”盖张某于析产时，为赎宅基无钱，松波先生借与京蚨二百仟，民国九年岁大饥，又给以薪米，此时正从其同宗张秉虔参谋长在绥远，未得归。两联皆纪实也，而词旨风雅，情韵欲流，燕臻唐先生最喜称之。按，此联颇得云庵叔笔意。

翰亭兄弟五人，其四弟于民国八年夫妇偕卒，遗二子皆幼，赖祖父护持以成立。翰亭又属秦和甫兄代其四弟之岳父刘某拟挽联，云：“五株丹桂一枝摧，当时伤爱子，抚遗孤，若非白发垂怜，衣食饥寒难自立；十丈高松寸萝结，尔日婿先亡，女又丧，料得黄泉相见，晨昏侍奉有余欢。”

尹屯李倬卿先生（为章），翰亭之业师也，设帐小营日，家贫，薪米常不给，松波先生时赒恤之，因联同谱，时在山东大汶口差次，亦寄挽一联云："苔岑契合早盟心，入世数良朋，若论救困扶危，此外别无知己；齿发沧浪犹泛梗，临风挥老泪，枉自倾觞布奠，天涯何处招魂。""救困扶危"二语，是真感激涕零之词也。倬卿先生有诗名，且长于联语，此联自以为五易稿而成，亦可见其苦心孤诣矣。

相传先生在鲁，因追悼某旅长，代人拟一挽联，为某团长所赏识，荐擢书记官，由是得名。附录其联云："生于皖，起于辽，防剿于齐疆，讵今朝月冷辕门，百战功名成画饼；拜无男，哭无女，继承无戚族，痛此日风凄旅馆，孤嫠缟素与扶棺。"词意凄惋，哀艳动人，无怪某团长为之赞赏也。

王尧京王君庆铨，余之内兄也，于宣统三年卒，至民国十三年冬发引，请余为之成主。时余在本县高等，先期寄挽一联云："归真隔十四载光阴，于今玉主亲题，无那千秋成绝笔；对饮恍卅馀年尘梦（记余年二十二，俗有住新年之例，君好酒，每与余对饮，屈指已三十四年矣），值此金樽手奠，可能一滴到重泉。"不借内兄典坟作生活，而意致缠绵，溢于言表，此情之深于文者。不意此联为邮局耽误，届期未至。有宋香甫先生为代作一联书之，联云："汝士久升仙，引路有幢空望影（本文作'今韫椟'三字）；阮瞻今半老（本文作'仍故我'三字），抚琴无主不成声。"原联本句词意，稍嫌板滞，故为僭易数字，存之。

云庵叔之婿王君瑞符，交河黄官屯人也，其同乡李协屏（扁担李人）之封翁，卒于京邸。协屏充河南盐务局局长，其仲弟署永年县知事，少弟在京随侍。封翁病，瑞符适自河南归，为之医治，卒不起，来信请云庵叔代拟挽联。叔命余为之联云："三株树同侍一灵椿，比于陈太邱，不止二难竞爽；七旬翁忽作千秋想，愧非秦扁鹊，空嗟百药无功。"叔以为此联警策动人，即书以寄去。

淮镇南董家庄马君容轩，光绪季，余设帐都门，君在双盛永鞋铺，往来甚密，遂认小女为义女。后开义元鞋铺，与总统府一班朋友往来，遂好为斜邪游，鞋铺亦倒闭。曾充第七师马二营书记官，民国十四年秋，闻其卒于娼寮。是年冬，余至京师，其乡人韩菊亭谈其事甚悉。盖是日犹在菊亭处用早饭，及同朋友至班内，即觉不好，令人与菊亭打电话，及菊亭至，则已死，浑身发青，似中毒者，不知其果服何药也？余追挽一联云："相交托廿载知音，弱息许呼爷，当日看膝前怜爱；一死留千秋疑案，冶游胡作鬼，至今说花下风流。"着语无多，情事俱尽。

交河大凝屯于君齐南，余少年帐友也。光绪季，余设帐都门，君充宣化龙门县小学教习，往返皆过京师，辄留连不忍去。民国初，余在清河预校，君在张家口充下堡关小学教习，犹时通书札。后君从刘督镇华赴陕西，遂不复见。然余侄嘉训、钟鹰辈，军官毕业，见习陕军，多承关照，至今犹念念不忘。不料，民国十四年，君卒于肤施任所。余闻之甚恸，欲为联挽之，思久不属。十五年春，余赴津，舟中不寐，乃为一长联，以写吾悲，联云："卅馀年风雨论文，迨离索独居，京国张垣，犹通问讯，讵料宦游西去，遂永绝音尘，陆氏未庄荒，差欣一往情深，阿阮渥承青眼顾；百二重关河望断，忽惊闻噩耗，燕云渭树，时陨涕洟，即令丧舆东还，亦空劳吊奠，程门思雪立，犹冀三生石在，精魂重入绛帷来。"按，"重入"，"重"字作上声读，在肿韵，再也，与前不同。

留富庄周君月如，亦余门下士，兼与为中表，相契最深。民国十六年腊月初，余适自津归，而君病，余不知也。不意至次年正月八日，诸侄赴留富庄拜节，始知君以烟后痢病不起矣。余为之怆然，乃哭以联云："十年问字任探寻，门下数知心，有守有为悲不幸；一月沈疴疏省视，牖间惭执手，斯人斯疾痛尤深。"此联虽不及挽于联之有力，然词旨简净，意致缠绵，亦自可存。

唐家庄唐瑞亭先生，余方弱冠，与先生同在河城设帐。其孙益楼，后又为余族兄培垣之婿，谊尤笃挚。先生好诙谐，有东方曼倩之目，晚年精医学，内外两科皆治。民国丙寅春，先叔母病，犹请先生来诊治，及丁卯春，余客津门，则闻先生已归道山矣。寄挽一联云："先生本前辈典型，交谊订忘年，忆曩时同拥皋比，嬉笑文章，每想快谈如一梦；令孙为吾门赘婿，亲情兼知己，念客岁辱临寒舍，流连杯酒，谁知此别即千秋。”云庵叔评此联云：“文情斐亹，意致缠绵。”

余侄幼民即钟麐，民国己丑夏患对口疮，已濒危矣，经先生疗治得痊，请余代拟挽联云：“忆昔年我运厄红羊，疾患馀生，全仗刀圭能续命；叹今日公灵乘白鹤，疮痍痛定，重摩痂结倍酸心。”谛切当日情事，妙能达人所难达之隐，幼民得之甚喜。

族侄嘉训，培垣兄之长子也。先生病亟，嘉训特往省视，不料至则先生已长逝矣。余亦为拟一联云：“少宗孔孟，晚习岐黄，计为人博济一生，撒手竟完儒者事；谊托松萝，分同乔岳，恨问疾迟来片刻，伤心不见老成型。”

瑞亭先生曾在十五师充军医官，其在南京时，从曹营长剿匪江北，驻节桃源等县。该营长剿匪甚力，地方皆感之。为贼所嫉，中流弹卒。先生尝为余述其挽联云：“传家本武惠遗风，战绩著旗常，所争昔在江南，今在江北；驻节出文昌古刹（兵驻文昌宫），斯民资保障，不愧生为明德，殁为明神。”笔意亦轻倩宜人。

先生又言，有孙海秋孝廉（鹏）亦挽该营长一联云：“马伏波不愿生还，壮哉，讵料秋风一夜，噩耗遥传，搔首呼天，问他当代英雄，如公有几？来君叔猝遭戕贼，悲夫，忍令灯火万家，失声痛哭，招魂何处，留得江乡遗爱，与世无穷。”声调悲壮，的是名手。先生言时，偶忘末三句，余为足成之。

民国丁卯春，余在津访张福先于省议会。福先属余为拟挽某营长联，盖在前线应战，得胜回营，为飞子所中而死者也。联云：“凯歌甫唱，戎旆旋倾，义勇竟何成，空有大名垂奕世；流弹横飞，将星遽陨，精灵如不泯，当为厉鬼杀群魔。”联成，终嫌其不甚出色，退乃复为一联云：“转眼间顿失眼中人，流弹骤飞来，百战功名成幻梦；得意时不防意外事，凯歌方唱彻，一声霹雳破惊魂。”首二句极浑成，馀亦超脱不凡，似较前联为胜。又为一联云：“龙城飞将著先声，驻地遇彭亡，转瞬已罹灰劫火；马革裹尸原素志，命徒歌虞殡，谁知翻在凯旋时。”

词旨均雅炼可诵，故并录存之。

民国丁卯秋，前海军总长刘公冠雄（福建人），卒于津邸。余与其长子步周有旧，讣于余。余就其哀启为挽联云：“初居闽峤，终老析津，计一生西舰争衡，铁甲金戈，经营尽善，最难者国家多难，每力疾出任时艰，如公义勇深沈，横海伏波齐让步；少晓戎机，晚精释典，想十载东山养望，经文梵咒，讽诵维虔，即闻其病榻弥留，犹令人频宣佛号，从此功行圆满，洞天福地任栖真。”上联述其为国之勤劳，下联述其好佛之功果，皆哀启中事实也。

周君渔川，安徽合肥人，来津寓英界小白楼张清华所。余时相过从，其同谱段谷香之长兄少亭先生卒于津门，时其仲兄香岩公（芝贵）前一年卒。渔川既与为中表，兼有金兰谊，交至厚也。属余为挽联云：“中表犹及见先生，济人急，成弟名，末戚仰鸿仪，胡为缘谢亲朋，空有义声留梓里；上苍何不怜吾友，仲先亡，伯又丧，断行伤雁序，遥想情深手足，怎挥老泪哭荆枝。”当时联语拟出，总不惬意，此联乃其三易稿也。渔川得之甚喜，即属余书之。盖南方口音，听之不甚明了，故说来隔膜，此见为人捉刀之难也。

小营傅君伯年，先君子门下士也。长于余六岁，每相谐谑，以此相得甚欢。君素健壮，貌极魁梧，不料民国十四年冬，得消渴疾，治疗年余，于十六年三月间遂卒。余闻耗，挽一联云：“函丈共嬉游，壮健如君，司马竟以消渴死；过庭悲冷落，迂疏似我，伯鱼谁问异闻来。”恰是师兄弟口吻，可云雅切。

傅君介眉，与伯年为从堂兄弟，伯年既卒，而介眉亦以是年五月间病殁，相隔不过两月馀也。余亦挽一联云：“尊翁撰杖已千秋，记两赴公车，降德忘年怀雅量；吾友骑箕才几日，讵同遭厄运，兄先弟后有馀哀。”余于光绪甲午、戊戌两次会试，皆与介眉令尊桐瞻先生同伴往，先生年既高，于亲又为前辈，然谈笑至忘形迹，至今犹感佩之，故余之挽介眉云云。按，“降德忘年”语，出刘师中《沈侍中集序》。

城南大陈家庄陈琴甫二哥（化堂），润河世伯之仲子也，与余在保定同学，又在清河同事，每假期回家，辄结伴同返，十馀年如一日。民国八年秋，清河陆校将停办，时琴甫已得痰疾，请长假回籍。九年八月，为领陆部差遣员欠薪，相遇于京师，余见其神情大非昔比，甚忧之，因邀同看鲜灵芝戏剧，兼嘱以着实服药而别。不料归甫月馀，遂成中风不语之症，延至十七年戊辰闰二月廿八日而卒。余在津闻耗，为联哭之，以写吾悲。联云："伤心说冀北同游，风雨记连床，不道于今哭老友；回首忆城南顾曲，幽明悲异路，更从何处觅问鲜伶？"[①]琴甫为人甚方板，然最喜鲜灵芝坤伶之戏，每课余进城，必一聆其戏剧。民国六年，琴甫在家，张允升招之云："祈二哥速来，同看鲜伶。"联盖用此语也。二哥有知，亦当破涕为笑。又就其病及余两人之交情，为联云："噩耗递津沽，剧怜病已七年，倍益伤心挥老泪；交情比群纪，惟痛长余一岁，竟先撒手谢尘缘。"前联诙谐，此联切实，当可异曲同工。

刘东城卢君瑞周，余弱冠时故人也。在毅军某营充书记官，驻节塞外，崎岖戎马之间，历有年所，后归里赋闲，壮心犹未已也。民国戊辰春，暴疾卒，年五十八岁。魏君恺如与君为至戚，乃为挽联，属余改正。谨就其联语修饰之，句云："公居梓里，我客析津，数十年至好，继以亲情，回忆教言犹在耳；寿未六旬，病才一日，三百里家书，惊闻噩耗，愧无吊奠倍伤心。"笔意亦轻倩宜人。

余亦挽一联云："订交在三十年前，记室展奇才，自惭笔乏昌黎，莫续河阳温石序；从戎越五千里外，归田馀壮志，惟恨神游蓬岛，谁吟塞上杜岑诗。"两联皆切当，读之颇觉惬意。

伊家庄刘文洲先生（步瀛），先君子老友也。在京处馆，垂四十年。自余弱冠乡会试，即与之亲密。及后余在京设帐，清河作事，尤时相过从，情谊甚笃。先生为人甚长厚，而于应酬朋友间，无不周到。年八十余而卒。余撮其生平大略，为联挽之云："卌载处京华，持身以俭，接物以诚，故老至今称长者；廿年敬父执，邀饮必辞，托事必赴，遗

---

① 整理者按：此处"觅问"二字中当有一字衍。

型犹自愧先生。”又为一长联云：“八十年前辈典型，与人无忤，与世无争，毕生情性中和，即至星霜迟暮，玉树连摧（先生二子树梅、树棠先后卒），犹能排遣自如，具见蔼然真气象；廿馀载都门杖履，暇则过从，留则信宿，永夕笑言欢洽，每当杯酒酣娱，雕弓试挽（先生需一弓，时常练习以活身体），不道逍遥竟去，长令想煞古衣冠。”两联所陈，皆先生一生事实也。

云庵叔，吾邑诗赋名家也。余每为联语，辄函请斧削，不意年甫古稀，遂于戊辰六月十三日，痰疾忽发，卒。余时北游黑龙江，留滞不得归，乃为联挽之云：“七十年远震文名，赋才俊逸，诗笔清新，忆幼岁二载从游（年十一二岁，从叔读书），敢云集纂江东，窃比绍威传绝业；六千里惊闻噩耗，棋墅凄凉，竹林落寞，记今春两书申诫（春间，余在津门，叔曾两致手书，戒以勿躁进也），不道泪挥塞北，翻教小阮哭穷途。”又：“前有花王，后有次龙，屈指数梓里名贤，诗派源流如自道；八字何凭，六爻何用，回首溯竹林故事，文章得失与谁论。”叔有《赠纪香骢先生诗》云“前有花王后次龙”，“花王”谓香骢远祖纪厚斋，有《花王阁剩稿》诗集；“次龙”谓城内崔士元，字次龙，以诗赋名于时，皆吾邑诗家也。叔称之，亦以自道宗派耳。记民国九年冬，叔与余同住广顺公爉局，叔言有赵先生者，精子平，批其八字，可八十多年纪，今叔七十考终，则八字不足凭矣；又，叔好占六爻，有事必占，往往一日摇数卦，皆纪实之笔也。前一付写情，次一付纪事，皆属可传之作。以之质之我叔，其亦首肯否也？“文章得失与谁论”七字，声泪俱下矣，曷胜怆然。

冯问田科长之尊翁敏之先生，当民国丁卯秋，晋军占据涿州，奉军围攻三月，先生竟卒于围城之中。至次年戊辰四月廿日发引，余代毕君华亭拟挽联云：“晚年节厉东山，盖世功名付儿辈；客岁芒寒南极，满城风雨吊先生。”词意亦极浑成。

余亲家孙君镜忱，问田在黑龙江旧同事也，亦挽一联云：“昔年于役保阳，昕夕趋承，促膝纵谈天下事；此日怆怀涿郡，幽明睽隔，伤心不见老成人。”当时挽联甚夥，皆系华亭代收。余记有数联，前省议会议长张芍晖联云：“三月怅危城，荫萎灵椿，鼙鼓慵闻仙佛静；初冬归净域，泽留(太)〔大〕树，箕裘永佑子孙承。”

陈澈清联云：“可以从政，可以隐居，有子观桥能继起；如此人民，如此城郭，他年化鹤忍重来。”笔意尤为活脱。

问田时在江省，拟回籍治丧，亦有挽父一联云：“违晨昏才五日耳，涿郡遽陷重围，乃至卅馀日，津门始惊传噩耗，自恨侍奉汤药未能，亲视含殓未能，立即奔丧又未能，不孝之罪，擢发难数；痛行役在正月间，先灵尚稽殡窆，孰知闰二月，幼孙竟追赴泉台(问田之子方二岁，于闰二月由津赴江省，至甫二日，卒)，况值时局变乱犹是，城市凄凉犹是，家室漂摇亦犹是，我父可作，伤心何如?”字字凄惋，令人读之，声泪俱下，此不可以联语论也。

余与问田文字交，戊辰夏，江省赋闲，时相过从。问田知余喜辑联语，乃出其所为挽联一册相示。余钞录数十联，皆可喜者。冯俊甫先生，问田之伯父也。仕于畿辅，有政声，工诗善画，与津之名流严范荪侍郎等相唱和。城南诗社，最为知名。先生殁于津门，问田代其舅萧古风先生拟挽联云：“诗画自名家，一病沈吟，南社联题犹有句；梓桑惊噩耗，廿年阔别，故乡老友独生悲。”又：“三辅久著循声，及悬车愿遂，蛰伏自甘，诗酒足徜徉，应享大年娱晚景；一朝忽惊噩耗，奈执绋情殷，凫趋竟阻，山河感迢递，徒挥老泪向春风。”

严范荪侍郎亦挽一联云：“振古如兹，举世谁无老病死；惟君何憾，可传犹有画书诗。”淡淡着笔，自然凄咽，洵非老手莫办。

杨亦箴先生亦挽一联云：“骚坛雅集望频来，花鸟方春，竟驾飞辆扬素旐；雁塔同题馀几在，山河非旧，又闻哀笛过黄垆。”数联皆吐嘱秀雅，的是才人之笔。

谢履庄先生(滇南人)致仕后寄寓津门，亦入城南诗社。殁之日，问田挽一联云：“廉吏可为乎?玉堂品贵，绛节勋高，游宦几卅年，仅剩有琴剑随身，诗文行世；哲人其萎矣，莲社风凄，草堂梦冷，违颜未旬日，难再见津门大隐，滇国遗民。”按，挽先生之联，余在津门，曾由冯颖忱本抄有数付，奈已遗失，今录此联，以当吉光片羽之意云。

问田于光绪季，在川省候补，与钱均一先生联同谱。辛亥岁，民国改元，各还本省，后闻钱卒于绥远，问田挽一联云：“忆鲰生由成都去嘉定，浣花溪畔，共唱骊歌，忽忽十馀年，谁知山角水涯，鱼雁时通，到底无缘重聚首；迨文郎自张北来津门，望柳轩傍，始闻(鱷)〔噩〕耗，滔滔两行泪，从此人间天上，刍香虽奠，究于何处赋招魂。”回思往事，凄惋欲绝，有一唱三叹之致。

刘淑清先生亦城南社友也，问田挽一联云：“几度相逢，莲社壶觞谈往事；重阳已近，析津风雨哭诗豪。”下联特见浑成。

又挽杨亦樵联云：“旧话感沧桑，闻道西河曾抱痛；归装载风月，何期东海赋招魂。”盖杨或有子之丧，故“西河”云然，用子夏丧子丧明之事也。

顾君季闻亦城南社友也，其尊翁渔隐先生殁，问田挽一联云：“先生事业足千秋，桑田屡变，独风节凛然，岂惟遗爱长留，召伯棠甘歌赤县；嗣君才华擅三绝，莲社过从，知渊源有自，何意老成遽谢，故侯瓜熟痛青门。”词意清新，雅与题称。

张耕珊先生，问田之居停主人也。耕珊卒，问田挽一联云：“忆我客秋谢事，时值屡更桑海，喜获接孟氏芳邻，每感东道多情，盼良医早起沈疴，酌酒祝登百年寿；与君往日聚谈，稔知上侍萱帷，未尽了向平夙愿，何意西方归去，幸喆嗣能承先志，克家善慰九原心。”意思周到，词旨轻圆，斯为挽友人正则。

李嗣香先生，清季翰林，津门教育家，亦慈善家也。问田尝有代人拟挽李数联云：“道德五千，经传苦县；孤寒八百，泪下崖州。”又：“雁影痛分飞，回首一年，为协埙篪从地下(嗣香之兄已前卒)；龙门空结想，遗经万卷，常留模楷在人间。”又：“名重螭头，廿年嘉荫培桃李；神骑鲸尾，万户哀声动梓桑。”又：“望重析津，玉堂仙吏称前辈；神游蓬岛，金粟如来证后身(用青莲诗语)。”又：“太白是前身，三千世界神游远;崖州有遗爱,八百孤寒泪下多。”俱切李姓生意,于其生平事实亦有关会,非同泛泛。

问田又代人挽大学堂教习卢旭亭联云:“论交则师友兼资,丹旐卷馀哀,回首屋梁空落月;讲学更知行一致,青毡凄故物,满城桃李泣春风。”笔意亦极新颖。

冯季桥先生,与问田有僚谊,又系同宗。先生殁,问田挽一联云:“十载论交,久知从政畿疆,光显吾宗绳大树;一游不返,可叹招魂海渎,空瞻遗像荐生刍。”

又挽社友胡树屏先生联云:“吾社最高年,记曾樽酒重逢,喜说寿筵开八秩;先生真小隐,莫叹典型遽失,尚留诗草足千秋。”

言情之作,须自己出,方能痛切,况于家庭骨肉之间,真情挚性尤非他手所能代拟,此为人捉刀之难也。问田尝有代方立三挽兄缦云先生联,颇能说得沈痛,联云:“叹兄命之终穷,十年宦海,系等匏瓜,燕市甫归来,那知病入膏肓,撒手竟辞尘世去;问天心胡太忍,一夜秋风,吹残花萼,鸰原应废读,岂仅情伤手足,吞声聊慰老人悲。”时立三父母犹在堂也,情词凄咽,不忍卒读。

戊辰夏,余滞留江省,住十八师军士教导队,与矿务局经理金若砺(哈尔滨人)共居。昕夕相谈,甚契洽也。一日共饮,乃以酒属余曰:“吾少孤,从母氏畜于外家,吾之入中学、留学日本,皆出外祖父供给之力。今先生既善为联语,其为我豫作挽联,以写吾之心。”余曰:“豫凶有非礼之嫌,且其人尚在,事实、讳辰皆未确定,如何可以着笔?”既若砺黝之不已,乃为拟联云:“陟岵久衔哀,当年从阿母归来,饮食之,教诲之,惟期志媲阳元,藉可扬名成宅相;登堂亲问疾,此日与诸孙随侍,叮咛我,顾虑我,自愧才非靖节,无从立传报深恩(按,陶潜文集有外祖孟府君传)。”联成,终以“登堂”数语无确实事实为疑,乃复为一联,云:“少孤饮恨,来育外家,教养本兼施,白发绸缪心血尽;游宦未成,惭称宅相,恩勤悲莫报,青衫沦落泪痕多。”用笔活脱,庶无滞碍。

军士教导队学兵邹峻崑之父，以农业起家者也，戊辰五月间病殁。峻崑之同学属余为拟挽联云："羡君继樊（迟）许（行）高风，当年派衍农家，事业甫成身遽逝；有子学孙吴兵法，他日声蜚军界，显扬有道目先瞑。"又："以君与三农游，长想衣冠宗许子；有儿学万人敌，何须文赋继邹阳。"切其姓生意，亦自活脱。又："羡先生为圃为农，自是力田宗古训；与喆嗣同袍同泽，聊将助绋写哀忱。"数联均切当，词旨亦妥叶可诵。

陶君筱泉，湖南人，余江省省署同事也。有挽其同乡李石如一联云："君居马邑（属甘肃），我客龙沙（黑龙江），万里隔云程，何日故园重把酒；孀妇朝啼，雏儿夜泣，一家无担石，伊谁绝塞与招魂。"

筱泉同乡有周桂荪者，长沙人，充黑河镇守使署参谋长。卒后，遗榇暂寄哈尔滨，筱泉闻讣，寄挽一联云："铙歌边唱月三更，廿载北游，把酒曾从公瑾醉；戎幕秋风家万里，一报南返，招魂应傍贾生祠。"筱泉工诗，故联之吐嘱秀雅乃尔。

筱泉又尝述代吴某挽李姓友联云："樽酒故人情，挂剑高风，我真愧煞吴公子；屋梁明月夜，招魂何处，君是飘然李谪仙。"词旨亦极雅切。

余同事林君毓钟，其同学吴振铎之祖，讳远公，卒，讣于毓钟，属余代拟挽联云："式乡闾已逾七旬，系溯延陵，墓碣拟题宣圣笔；教子孙各名一艺（用哀启中语），风追高密（邓禹），箕裘永作世家型。"笔意亦极典切。

奉天法库县王麟阁先生，余同事张君新甫之邻居也。先生本文士，后入商界，充本县商务会会长。子洗凡，与新甫同学，现充铁岭地方检察长。先生年七十七，卒于里第。新甫闻讣，属余为拟挽联云："公以文士擅经济才，隐市挹高风，当年儒贾群推，端木特开货殖传；我与贤郎为切磋友，登堂亲道范，此日仙乡遥望，王裒应废蓼莪诗。"又为一短联云："阛阓著贤声，风规足比范少伯；乡邻钦道范，德望应追陈太邱。"笔意简老，词旨浑成。

又："羡先生小隐肆廛，谢儒林旧业，展商界新猷，群钦亿中多才，经济允传千古秘；与喆嗣少同砚席，以孟氏芳邻，亲谢家宝树，早识亢宗有子，显扬克慰九原心。"此联面面周到，较上二联尤觉惬意，故并存之。

旷君士槐，四川夔州云阳县人，在黑龙江省候补，兼充律师。工诗，与冯问田、陶筱泉、陶岫樵等十馀人共结诗社，号奎社。其尊翁琢章先生（清岁贡生，候选县丞），殁于原籍，在江省遥祭开吊。岫樵挽一联云："锦里旧知名，芋栗行吟（用少陵诗句），叹逝空教怀杜甫；奎城新结社，蓼莪废读，谈诗何计慰王裒。"上联就居里生意，下联就诗社生意，词旨雅切，亦甚新颖。

余亦代张渭渔先生拟一联云："夔府吊斜晖，招魂太息岷江远；龙沙滞游子，陟岵空悲蜀道难。"此联虽不及岫樵联之切当，然笔意浑成，词旨尤古老可诵。陶君筱泉甚喜之。按，渭渔，江苏人，岫樵同乡，亦江省候补。

联语粹编卷四

戊辰四月十六日，奉天炸车之变，张大元帅雨亭与吴督兴权氏同炸死。前已于卷一中录挽联数十付。余时在黑省赋闲，亦有代人拟挽吴督联数付，兹录存之。军署上校参谋张善培君（季英），余之门下士也，受吴之知遇最深，属余代拟挽联云："拥龙沙，坐镇七年，内安黎庶，外辑侨氓，专阃展奇才，重抚棠阴齐堕泪；侍虎幄，受知数载，察热摧锋，新民讨逆（讨郭松林），戎机参末议，追思樾荫倍伤心。"

又代军署参谋长苏炳文挽一联云："南征猿鹤已全收，老将军坐镇龙沙，亦堪雄一世，不道归途变起，遽陨台星，问狙击谁尸，怒气直冲辽海月；内地蜩螗犹未熄，大舞台竞持牛耳，应难到九边，讵期暗杀党来，竟遭浩劫，恨鼠投无忌，哀音咽断嫩江潮。"词调悲壮，气韵沈雄，一时人竞称之。

火车被炸之夕，适值月食，天意若为之示变也，故又为联云："一刹雷惊，地轴崩摧飞电掣；中宵月蚀，天容惨淡大星沈。"语亦悲壮可诵。又："与当代张巡共事以终，男儿死耳；比君家吴起伏尸而绝，天下悲之。"比喻二帅同死情状，亦甚得体。

余同事张君喆夫，黔省人，曾在督署充秘书，亦挽以联云："文能附众，武能威敌，壮哉救世英才，频年戎马追随，最难忘开幕延宾，雨露滋容敷小草；功在民国，名在边陲，允矣军人良范，此际云龙遇合，万不料殉身知己，风雷巨变失长城。"又代人拟挽联云："公以名将兼良吏才，七年布政筹边，文治武功，尽有循声歌召父；士贵舍生为知己死，一旦捐躯授命，山颓木坏，空留遗憾在彭亡。"又："白头名将古来稀，记曾政暇军闲，矍铄是翁，长日据鞍豪顾盼（吴氏体素健，平日好骑马)；碧血归魂何处觅，无那星沈月蚀，凄凉边徼，临风酬酒吊英灵。"又："未习兵法，即能治军，功绩著三边，曾从辽沈蒙疆，争仰声威寻壁垒；不读经书，乃多材艺，英雄真一世，幸有美人良马，长留手迹在尘寰。"此联足肖吴氏之生平。又："将略绍西河，武纬文经，百战勋名惊日露；哀音传朔漠，星沈月蚀，千秋遗恨继来岑。"笔亦老到。

又代路行周大令拟挽联云："杖策久追随，十馀年戎幕相从，谬邀激赏，深愧官书一命，民社再膺，贵贱亦何常，所幸攀龙依赵孟；筹边劳擘画，六七载亶圻治乂，懋著勋名，不图月蚀中天，星沈大地，死生成永诀，空存舞鹤负羊公。"盖路令曾被吴帅撤任，而又起复也，故上联"赵孟"云然。

吴兴权氏督黑时，有日本军官三人来江游历，至讷河县遇胡匪，皆战死。喆夫时在督军署充秘书，为联挽之云："此去竟何之？讵料惊魂依朔漠；壮游今已矣，那堪回首望东瀛。"

余同事陶岫樵之叔祖某公，才情横溢，而潦倒不偶，年甫四十而卒。岫樵之师常晓城先生(春锦)素与交厚，甚为惋惜，乃挽一长联云："天既生绝顶聪明，当予以唾手科名，等身著作，方显山川钟毓，特出奇材，为甚么棘院懒游，药炉坐困，四十年建功立说，全收些些，岂真造化弄人，才到高时天亦忌；我正抱满胸愤恨(时正值秋闱报罢也)，况值此深秋寂寞，长夜迢遥，陡教风雨摧残，惊传噩耗，讵者番采薪有疾(时正有目疾，不能往吊)，执绋无缘，数千遍捣枕槌床，徒呼负负，莫是玉楼作记，公今归去我何之。"语极沈痛，斯为挽友人正则。

岫樵在奉天督军署充军务厅科员，有同事刘实斋君(继荀)在军务厅资格最老，以候补县知事，谋一税务差事。奉军南下，充郑州统捐局副局长。未数月，奉军败退，君方病，卒于郑州，灵柩不得归。岫樵挽一联云："袍泽仰龙头，琴堂待聘，税课分司，赠策才几时，方冀骅骝开觉路；烽烟惊蝶梦，二竖膏肓，一棺羁旅，招魂杳何处，不堪关塞吊归云。"笔意周匝，文情凄咽。

罗庆臣先生，奉天辽阳人，保安司令部王庭五厅长(树常)之岳父也。岫樵在奉在黑皆尝从先生游,与其子绶卿、孙承维皆友善。民国十七年十二月杪,先生卒于里第。岫樵闻讣,挽以联云:"明德溯仪型,奎城侍教,沈水趋尘,频年杖履追陪,方谓精神矍铄,克享遐龄,小极纵缠绵,岂料九京完太璞;家声贻似续,梓舍称贤,兰阶毓秀,数载霁光奖借,正期堂构肯承,永延爱日,封翁胡委化,有惭一奠致生刍。"按,罗汝芳称明德先生;小极,病也,《晋书》顾和谒王导,"导小极,对之疲睡"。上联就先生一面生意,下联就子孙一面生意,词旨切当,笔意缠绵。

民国十八年一月初,黑龙江常翰香主席(荫槐)奉总司令张长官万急电,召赴奉,至十一日,与杨邻葛督办(宇霆)并枪决死。闻耗后,省署同仁拟开会追悼,第五科科长陈运山属余与喆夫、岫樵等为挽联。会虽中止未开,然余等所为之联,确有可观者,故掇其尤者存之。岫樵联云:"此去竟何之?指黑水留痕,任是哀荣皆幻境;死者长已矣,手青霜起舞,须知福寿是庸才。"又:"五鼎食,五鼎烹,为大丈夫,本当如是;几人歌,几人哭,说现身法,各有前因。"按,常公之为人,任劳任怨,不恤人言,故感之者有人,而怨之者亦众。此联足肖公之生平。而"五鼎食"、"五鼎烹"二语,于本事亦隐相吻合也,自是一时得意之作。

喆夫联云:"大星黯淡失长城,剧怜瞻望棠阴,边民有泪思羊祜;湛露滋荣敷小草,从此追怀樾荫,举世何人识马周。"按,唐马周为常何门客,荐之太宗,始知名,用典颇切当;而羊祜、马周对峙亦极工整。

余亦为联云:"绝塞吊斜晖,讵料哀音传沈水;太虚还浩气,那堪厄运并椒山。"下联略带与杨邻葛同被难之意,亦见匠心。

又:"生死比于轻尘,苌叔千秋有馀恨;是非付之清议,中郎一恸为私恩。"盖常公之所以致死既不能明言,而歌功颂德又复不便,只好如此着笔,不即不离,方为匠心独运。吾友陶筱泉见之,极为称赏。

又:"绝塞抚棠阴,黑水千秋有遗爱;故乡怀梨树,青山万古吊归魂。"公,梨树县人。笔意简括,词旨纯净。

又:“宗系溯开平,何堪目击沧桑,重抚家声齐下泪;参军愧皋羽,恨不手纵竹石,一歌楚些为招魂。”按,皋羽名谢翱,文信国谘议参军。信国被执死,皋羽于子陵台上设信国主,手击竹如意于石,为楚些歌以招之,痛哭流涕,竹石皆碎。

常公才高志大,其长黑时,拟扩充该省为一百县,且兴办铁路、森林、垦荒诸政,不数年间,黑省当另有起色也。惜乎天不祚黑,而遽歼我公也,乃仿严几道挽李文忠联之意,以致痛惜。联云:“使黑水克竟所为,知成功必不止此;倘青史直书其事,则清议又当如何。”

岫樵又有挽常联云:“入梦想开平,倍使高风怀范蠡;当时无蒯彻,不堪往事说淮阴。”按,此联气韵沈雄,议论警辟,惟嫌太露迹象,恐遭时忌。余亦有一联,与此同一用意,句云:“一旦失长城,投帻几如檀道济;千秋有同调,招魂尤惜屈灵均。”上联微露迹象,然亦可存。

杨邻葛既死,一月十四日,杨宅大门贴有一挽联云:“公死冤成三字狱;兵心寒比九秋霜。”上款书“杨公千古”,下款书“沐恩兵士全体泣血叩挽”。何人为之,无处查悉,亦云奇矣。

梁任公先生(启超),广东新会人,余己丑同年也。一生启发民智,为中国大文豪,年不满六十,卒于戊辰嘉平月初九日。东北法院院长孔昭焱挽一联云:“三十载相随,义兼师友,盟结弟昆,岂意七阅月病榻违离,绝塞凋年为位哭;六旬寿不满,天丧斯文,道穷绝笔,只恨初九日哀音传播,东瀛西土失声嗟。”

山西督军阎锡山亦挽一联云:“著作等身,试问当代英年,有几多私淑弟子;澄清揽辔,深慨同时群彦,谁复为继起人才。”亦自简括宏深,足肖任公之生平。

余亦挽二联云:“戊戌政变怕重提,记窜迹东瀛,文集空留饮冰室;己丑同年余几在,想瓣香南海,仙踪继赴大罗天。”任公为康南海先生有为高第弟子也。南海先一岁卒,故下联云然。又:“奇疾第四人,报界闲评,愈者、死者、缠绵者,胡为天丧斯文,公独未能占勿药;嘉平初九日,噩音遥递,信耶,梦耶,讹传耶,最痛星沈新会,我于何处赋招魂。”《盛京时报》载，任公之疾最奇（余偶忘其名），据美国医云得此疾者已三人，一死一愈一缠绵不死，今得任公而四矣，故上联云然。

徐前总统鞠人先生之介弟世光，字友梅，工书善画，年七十馀，殁于津门里第。鞠人先生甚为悼惜，为文祭之。余世讲魏君恺如由津钞寄一通与余，余因为联挽之云：“一门内难弟难兄，瀛岛遽归真，料应伯氏埙声，咽断津沽丁字水；七旬馀多才多艺，玉楼今赴召，从此高人韵事，空留书画米家船。”此联寄津，恺如呈于鞠人先生，极见称赏云。

魏铁珊孝廉（铖）又号匏庵，江苏名下士也。书法工魏碑，名重三津。己巳秋卒于津寓，赵幼梅先生（元礼）挽一联云：“铁真顽铁，匏亦苦匏，夫子自道也；善书戒书，喜饮戒饮，哲人其萎乎。”淡淡着墨，名手之笔，固不在金刚怒目也。魏君恺如极喜称之。

胡进士世昌挽杜君承翰之联，已录于第二卷中，惟此联系余僭易之作。余于民国十六年在津，闻孙亮屯魏先生述之，余记忆力不佳，既爱其词意新颖，又嫌其平仄欠调，故为僭易存之。后见富庄驿张先生，述其联语甚悉，故将其原联，仍录于此，以存其旧。联云：“有智慧，有才华，绝顶聪明，偏多嗜好，讵料想中道云亡，满腹文章皆是幻；无妻妾，无儿女，暮年景况，何等凄凉，最可怜临危抑郁，终宵啼泣不成声。”词意亦极新颖，但中间少二句，平仄嫌其不调耳。

河城张庆祥五哥之次子锦荣，为余门下士，锦荣之子文澜，又余在本县高等日受业弟子，可谓累世通家矣。己巳冬，五哥发引，请余为成主。余挽一联云：“卅载托知交，喜君家兰玉相承，风雨偕来同马帐；一门敦友爱，叹此日埙篪虽歇，泉台犹得话鸰原。”盖其时与其六弟一同发引也，故下联云然。

余族弟彬儒之舅傅梦九先生，在吉林七县开药行生理。民国元年归里，因痰疾卒于哈尔滨车站。至十九年春间安葬，彬儒属余代拟挽联云：“写不尽阿舅爱怜，忆当年随母归宁，分少绝甘，诵到渭阳常感泣；空留得愚甥想像，痛尔日闻公长逝，歌离吊梦，望他哈埠倍伤神。”彬儒得之甚喜，以为能先得其心也。

张善培团长，江苏萧山人，余在清河预校时，本堂学生也。留学日本，还充黑龙江督军署参谋长，改三十二团团长，调充炮团团长。海拉尔之役，随韩旅长防御赤俄，与韩旅长皆阵亡。犹记余于戊辰夏，北游江省，极蒙善培优遇，荐入省长公署，充第五科科员。今闻其噩耗，为之怆然，因为一长联挽之云：“十年前雪立程门，久知由瑟升堂，才堪治赋，犹记龙沙游宦，推毂殷勤，陆氏未庄荒，胡为视死如归，塞北回思频洒泪；一霎际云昏汉帜，深恨夷氛压境，计拙筹边，忍令马革裹尸，捐躯慷慨，狄山乘障去，纵使望空遥奠，天涯何处与招魂？”

余侄趋庭与善培清河同学，现在江省充东北讲武堂分校教官，皆善培力也。昨有书来云，万督理（福麟）将于旧四月一日开追悼会，祭海拉尔一役阵亡将士，属余代拟挽善培联语，并代教育副官李衍荪拟一联云云。余代趋庭作云：“一生豹略付轻尘，回思仗剑谈兵，空说边城齐树帜；万里龙沙稀旧雨，方谓班荆道故，翻从异域赋招魂。”

李衍荪，天津人，从善培在教导队充副官有年。余亦代作一联云：“棨戟夙追随，虎幄十年感知己；旌旗悲惨淡，龙沙万里哭良朋。”

东北讲武堂分校王教育长拟挽海拉尔全体阵亡将士联，趋庭书中亦恳余代拟，因又为联云：“死沙场原算善终，况与异族争雄，一战捐躯名亦烈；殉国难是何幸事，愿偕同袍追悼，偏师敌忾败犹荣。”又：“马革志须偿，叹壮士不愿生还，纵教血渍黄泉，正气千秋光国牒；虫沙身竟化，痛诸君同遭浩劫，料得神游黑水，忠魂终古咽江潮。”悲歌慷慨，气韵沈雄。

族侄嘉诠，己巳岁赴黑龙江，其从兄趋庭荐之张团长善培，充军需处书记官。中俄海拉尔之役，全军覆没，嘉诠幸脱其难，然奔走苦寒之地，饥渴顿踣，渐以不支，庚午春，以病卒于旅邸。趋庭来书，述其状甚惨，余挽以联云：“廿八龄易箦凄凉，念遗孤在抱，大母在堂，最可怜龙塞奔驰，贫困累人，垂死难干双泪眼；五千里盖棺冷落，痛侍侧无儿，哭帷无妇，犹幸有鸰原急难，经营葬汝，孔怀聊慰九泉心。”

瑞西弟亦挽以联云:“吾家兰玉独先摧,曾不念龙钟祖母,鹃血孀妻,赍志九重泉,料得阿咸难瞑目;旧日竹林今已冷,最堪怜襁抱孤儿,伶仃弱女,招魂五千里,长教痴叔倍酸心。”

余亦代趋庭挽二联云:“弟命难回,最怜异域相依,枉自痴情分艾痛;兄心滋戚,倘得故乡遄返,怎挥老泪唤荆枝。”又:“抚膺长痛汝知乎?去年招弟北来,转悔前书多孟浪;归骨故乡余责也,他日随兄南返,休将后事累幽魂。”数联皆凄惋动人。

吾村周君召甫少负才名,而为人刚愎自恃,有疾,自开方,忽凉忽热,卒以戕生,时年甫四十也。余哭以联云:“性情慧黠,少负才名,剧怜用尽聪明,已断蚕丝悲委化;声息低微,知非寿兆,犹痛艰于嗣续,回思燕翼倍酸辛。”盖召甫卒后又乏嗣也。又:“其为人也小有才,只因恃己聪明,尝药神农偏益疾;所谓天者诚难测,匪独促君寿数,伤心伯道更无儿。”皆足肖召甫之生平。

孔尧京孙君永言,陈鉴湖先生之甥也,自军官学校毕业后,在晋充当参谋。民国十八年卒于石家庄。鉴湖挽一联云:“一死不复生,幸已抱孙,强自加餐劝汝母;心长偏命短,性空似我,尚何成相盼吾甥。”语特质实有味。

又代其弟拟挽兄联云:“暴疾得须臾,三百里望断家门,无禄长兄,僵到木棺难瞑目;生还成幻想,越五日归来舆榇,不才诸弟,强同铁汉也酸心。”笔意极为沈痛。

鉴湖先生又言八章李明甫之发引也,有代其子婿某来求作挽联者。问其人,则在八章作营业,时常岳家招饮,即其事实也。乃为拟一联云:“懋迁喜近丈人峰,每当贸易馀闲,樽酒屡邀甥馆月;执绋忝居半子分,从此幽明异路,斗山望断婿乡云。”吐嘱极秀雅,不愧才人之笔。

东城刘文泰之母杨太孺人,卜于庚午十月六日发引。其叔某于前十日卒,议随其嫂氏一同发引。属余为拟挽联云:“弟宜从兄,卅馀年雁序分飞,今倘相逢泉路;嫂真比母,九万里鸾辩前导,也应随侍仙台。”古人云：嫂叔不通问。此等题目，最难着笔。此联可谓不沾不脱。

尹屯王耀庭先生本肃宁官亭人，自幼即寓居外家，李子瑞、仁轩两孝廉之甥也。子瑞先生书法宗兰亭，耀庭亦得其妙，尝于尹屯设蒙馆。晚年习医学，间为人诊病，以是人多称之。辛未七月十日卒，其长子子益方为天津利亚书局经理，闻耗奔丧。利亚书局同事魏君恺如呼先生为表姑丈，又与子益连襟，谊至笃也。因属余为联挽之，联云：“羡先生矜式一乡，书宗王赵，术擅岐黄，马帐托深情，讵期蓬岛仙游，剩有贤声传奕叶；与喆嗣订交十载，贾业提携，商规指导，鲤庭垂厚爱，蓦说岵峰望断，频挥热泪洒葭莩。”

余亦挽二联云：“令望著乡闾，设童蒙帐，为妇孺医，平时觉世活人，术业精详，遗惠常留辉梓里；生涯寄泉石，书有舅风，贾从儿志，终日论文赌酒，天怀疏旷，尘缘一谢返蓉城。”又：“书法外家传，何无忌酷似其舅；商才喆嗣擅，严挺之乃有此儿。”此联现成得妙，用古如己出，绝非生砌者可比。子益于余为小门生行，词意亦不嫌倨傲。

李倬卿先生（为章）与耀庭先生为同砚，时在山东大汶口差次，亦寄挽一联云：“以中表戚，兼砚席交，嗟作客廿年，犹冀归来重话旧；我尚偷生，兄先溘逝，痛长予四岁，缘何仙去不印须。”通体不甚着力，而收句特见秀雅，不愧诗人云诗。

阜城郎尔庄李秀峰先生，余弱冠时在阜东倪家灰窝设帐，与联同谱。自余光绪己丑领乡荐，到阜城拜客，与先生立谈数语而别，垂四十馀年矣，不通闻问。民国己巳冬，有先生中表葛君心一因官事抵献，持先生手书来谒。知先生尚健在，甚喜。至庚午冬，余赴献城腊月会，与心一相遇于牛凤林处，则告云，秀峰三哥死矣。询其病，则云非病死，服鸦片烟死，言时若甚恨恨者。盖先生生四子，分居已久，房产、田地皆析而为四，而先生无有也。乃于隙地别筑室三楹，课诸孙读。及病，四子皆不肯前，室无炉火，侍奉无人，先生不堪其苦，乃嘱其长子某买一元钱大烟来，次晨其子往视之，则烟盒空，而先生不知何时死也。余闻之发指，乃挽一联云："金兰订谱，卌载睽违，极目望停云，自从去岁相闻，稍慰故人。"[①]"才华重一世，看黉序蜚声，循良著绩，共羡达人有后，莪诗初罢诵，频挥血泪洒津沽。"

上缺屯刘君耀龙，先君子门下士也，与余兄弟交最笃。方年七十馀，注东二哥荐之孔尧京孙亲家处，教诸外孙。辛未四月卒，二哥命余为联挽之。余挽一联云："立雪记频来，获交先子门墙，曾话过庭诗礼训；骑箕悲永逝，为想君家堂构，应留环壁竹丝音。"又代二哥挽一联云："暮岁尚传经，吾家宅相未成童，犹荷薰陶依绛帐；善人宜有后，子舍书香能肯构，也应校读召青藜。"两联对语，皆切刘姓生意。盖耀龙之子书田入庠有声，"肯构"之说不虚也。两联皆可谓切当。

傅家庄刘凤韶表弟，先母内侄也，于从堂兄弟中次居长，生平与余亦最亲密。辛未十一月初七日，犹来余家省视，至十八日，则闻其死矣。余亲往哭之，因挽一联云："痴长三龄，每回思嬉戏前尘，亲同手足；别来几日，忽惊闻幽明异路，痛断肝肠。"言情之作，不假雕饰，自然沈痛。

余侄幼民方充第二区分团长，亦属余为联挽之。联云："与先父为中表亲，一朝泉路相逢，聚首休谈不肖子；在君家居群季长，异日高门重谒，伤心独失老成人。"可谓切当之作。

河城张君翼程，前清都司以游击补用。入民国，曾在湖南从张督敬尧，充参谋长。吴玉帅失败后，退居四川，翼程往从之，卒于大竹县，厝柩大竹山。壬申二月中，其母于太夫人发引，子泗、潜等拟以衣冠招魂，与吴夫人合葬。余侄幼民在湖南日，尝往投之，甚得其推荐之力，故属余为联挽之。联云："春风嘘植感深恩，回首望湘云，曾记登龙凡质重；夜月凄凉滞遗榇，招魂歌楚些，也应化鹤故乡来。"又："人去惠犹留，忆曩年七泽远游，余润曾经敷小草；亲离神自合，料异

① 整理者按：此处"稍慰故人"与"才华重一世"不相连属，原稿当缺页。

地一棺浮厝，英魂仍返侍金萱。”连从母发引意，亦顾得到，可谓周匝。

方佑屯赵树萱之师冯绍堂先生，待树萱极有恩。树萱家贫，从先生读书六七年，未尝奉脩金。壬申二月十七日发引，树萱属余为挽师联云：“经师易得，人师难求，当时怜我家贫，赤手坐春风，授业不嫌颜巷陋；泰山其颓，梁木其坏，此日恨余学废（树萱现充公署刑事股差役），青衫挥泪雨，酬恩自愧陆庄荒。”笔意庄重不佻，允合挽师口吻。

王尧京李如纲茂才，余注东二兄之亲家也。二兄长男钟麒为如纲侄婿，壬申二月杪发引，属二兄为书联匾。兄令予为拟联挽之，乃成二付。其一云：“与令弟早订姻盟，听伯氏埙声，奚忍骤歌蒿里曲；幸家男长依甥馆，承长公暍荫，那堪重读密州诗（按，东坡诗序，王子立谒东坡，与人云：吾梦当为密州婿。后子由以女妻之。密州，古胶西，东坡所守也）。”其二云：“七旬继苦县家声，令弟幸联姻，欲效三号哭李耳（老聃名耳，楚苦县人。《庄子·养生主》：老聃死，秦矢哭之，三号而出）；千古寻密州故事，长男欣作婿，翻教一恸报苏髯。”此联就李姓生意，李耳、苏髯对待尤为工力悉敌，自较上联差胜。

余侄钟鹰（即幼民）之子寅生忒聪明，余妻徐最爱之，自五岁即携之出门。凡有所教，无不遂其意之所欲出。不意至七岁，一病不起，二日即逝，时民国二十一年旧四月一日也。余恸之甚，挽一联云：“汝性太聪明，生甫七龄，即能宛转随人意；予怀弥枨触，病才二日，谁复戏娱开我心。”字字沈痛，读之令人酸鼻，此足与梅伯言先生男八十墓碣后先辉映矣。

内邱郝启元厅长（继贞），余之己丑同年也。后礼闱中式，屡典大县。李景林为直省主席时，委天津地方厅厅长。余自中华民国十五年抵津，即与之游，益相亲洽。辛未八月间，公病，绵延至壬申四月一日，卒于津寓。余在家闻耗，挽以联云：“七二龄老宿，屹若灵光，忆棘闱获隽，花县蜚声，夙钦召杜高风，足有千秋，宜付史官为立传；四三载同年，仅存硕果，记白首徵歌，黄垆贳酒，踏遍津沽夜月，别才几日，那堪异地赋招魂。”先生初病，余屡省视，且邀儒医刘君锡章诊视之，渐有起色，而余以津门土匪之变仓皇归里，遂不得见先生，思之黯然。

淮镇王凫郗先生（裔藻），先君子砚友也，又与余为己丑同年，且同出陆文慎公（宝忠）门下。先生性和易，喜饮酒，余每以父执礼事之。卒于光绪二十二年，因世变权厝先茔。民国二十一年冬，偕其德配张夫人及少子某同发引，属余为之成主。挽以联云："于先君为同砚，于贱子为同年，同出陆公门，尔时同赴春闱，杯酒谈心真莫逆；有德曜可相庄，有舒祺可相爱，相逢蓬岛路，此日相联仙驭，泉台聚首若平生。"

小过村郭振清先生，余之世叔也。余弱冠在河城设帐，其子润璋又受业门下。每河城集，先生必到学，与余沽饮数杯而去，以为常。润璋从余七年，出为童子师，后习岐黄术，尤长针灸，名大噪。戊辰二月十五日，先生卒，余挽以联云："与君本累世通家，记窥绛帐馀闲，把酒谈心，屡倩行沽邀夜月；有子负一乡重望，亲见青囊妙术，苏枯肉骨，也应含笑入泉台。"悱恻缠绵，情文兼至。

八章李君树荣，注东二哥之儿女亲家也。与余初未谋面，壬申正月杪卒，二月十八日发引。其子玉如求余为之成主，余挽一联云："与阿兄久订姻盟，奈一面偏悭，哭到荒村棺已盖；忝小弟素无德望，倘千秋可附，题成新主笔犹荣。"又代二哥挽一联云："廿余年缔结丝萝，差欣愿了向平，婚媾永联含笑逝；七阅月缠绵医药，争奈术穷秦缓，膏肓莫起抱惭多。"以树荣病时，二哥曾与之治病也，的是四平八稳之作。

树荣兄弟三人，友于甚笃，时其两兄树珊、树堂尚健在，余代拟一联云："忆吾家孝友蜚声，携手哭荆摧，曾助阿兄恢骏业；嗟予季膏肓抱疾，痴心分艾痛，怎挥老泪对鸰原。"哀惋欲绝，不忍卒读。

又泛挽一联云："竞爽只三人，那堪又弱一个；别离才几日，谁知已竟千秋。"着墨无多，语特矜重。

沿庄马骏图先生，余之表兄也。余弱冠时，与先生同在河城教读，往来甚厚。先生晚年耽于酒，年七十馀，精神犹健，不意于壬申七月间死矣。余闻耗，挽一联云："壮岁共皋比，旧雨追思，曾记论文分绛帐;晚年耽曲蘖,高风冷落,不堪携酒过黄垆。"清词丽句中含凄惋之意,笔妙故也。

骏图最长于丧事之礼,魏君津桥尝从相礼,屡受其指导,尝戏谓津桥曰:"予教汝等相礼,他日我死,为我唱礼,切勿唱错。设若唱错,我在棺材里跺打脚。"及发引,津桥为相礼,属余为挽联,须将此意提出。联云:"雅教久铭心,夙钦礼节详明,示我敢忘牙慧拾;戏言犹在耳,幸免班联陨越,告君毋顿脚跟来。"此等题目,羌无故实,着笔最难,妙能以文言道俗情,却俗不伤雅,巧不入纤,斯为游戏题正则。

陈家坟陈子贞姊丈,与余同岁生,少年家世鼎盛,其尊翁为山西蒲州参将,声势赫如。光绪庚子,拳匪之乱,因奉巡抚毓贤之命,戕杀教友极多。事败,父子窜居西泊头,家中田产亦为其姑母典卖一空。里居后,遂一贫如洗。余与君相别垂三十年,癸酉四月间,大姊归宁,询问起居,犹云康健。不意于六月一日而君遂死矣,年六十六岁。闻讣,乃挽以联云:"同庚人垂卅载暌违,记大姊初夏归宁,询悉起居,犹冀重来常共话;周甲岁又六龄纪算,念小弟齐年漂泊,抚怀身世,缘何仙去不印须。"悲歌慷慨,气韵沈雄,收句用李倬卿挽王耀亭联原句,亦自恰合。

陈家坟大姊,余从弟植垣之胞姊也,余又代植垣挽一联云:"青年贵介,白首清贫,落落阅风尘,羡君随遇而安,甘作灌园陈仲子;萝茑从亲,松楸凭吊,翩翩厌浊世,怜我竭诚以奠,难酬负矢赵平原。"闻君卒之前数日,犹亲自灌园,故出语以陈仲子比之,亦切其姓也。又,《史记》平〔原〕君之夫人,信陵君之姊也,信陵弃魏归赵,平原君负矢前驱,次联运典亦活脱。

又就其年寿、葬日为联云:"有三十三年清福,有三十三载清贫,命运半迍邅,荒徼东还名阀老;以六旬六寿告终,以六月六日告窆,泉台一凭吊,献陵西望德星孤。"陈家坟在献王陵西二里;又,自戊辰至庚子,正三十三年也。两联皆纪实之笔。

吾村阎君桂龄,兄弟四人,皆中年早世。癸酉秋,桂龄与其仲弟同发引，余族兄培垣之嗣母，即桂龄之姑母也，拟请培垣为总理，余代培垣为挽联云："吾之嗣母，君之姑母，幼岁许承宗，尔时晋谒外家，让枣推梨多厚爱；伯氏吹埙，仲氏吹篪，中年悲逝世，此日勔勷大事，凭棺临穴有馀哀。"

余亦挽一联云："同里最相亲，记曾场圃毗连，与我弟昆常话旧；重泉无所苦，料得室家聚合，逢君叔季益胪欢。"盖桂龄兄弟发引，皆系夫妇同归，其三弟、四弟又早赴窀穸也，故下联云然。

河间吴子范孝廉廷模，与余同出陆文慎公（宝忠）门，曾出宰武强，有善政。余家兄注东为沧石路地事，与小范镇民涉讼，得君之力维持，乃息。晚年家居。癸酉夏，余侄钟麟为讼事，羁押河间法院看守所。余往访之，拟求其代为缓颊，不料甫至，则闻君已归道山矣，为之怅然，乃为联挽之云："衣钵共师传，忆曩年出宰宣劳，雀角胥平，深幸寒门叨荫庇；箕躔沈郡治，痛此日驱车过访，马尘甫息，骤闻噩耗屡惊呼（杜甫诗"访旧半为鬼，惊呼热中肠"）。"又："同为陆氏遗庄，君追循吏，我慕儒林，各励千秋，撒手竟先归碧落；久识延陵贤裔，救乞伯仁，访殷安道，迟来数日，伤心嗟已赴黄泉。"次联笔意，尤为精卓。

献县城内牛主政芳九，光绪癸卯进士，授兵部主事。民国改元，为辽阳县知事，热河民政厅厅长。民国十七年，因葬其封翁润生先生归里，卒于家。癸酉冬发引，陈君鉴湖挽以联云："弟真宦海劳人，计岁少三龄，饱经塞北风霜，头先我白；兄本乐成迂叟，知音亡六载，望断瀛南云树，眼尚谁青。"天地悠悠，怆然涕下，真一字一泪也。

陈君鉴湖与张子铭厅长为契友。子铭充众议院议员，在北京广宁伯街有房产。民国十七年戊辰冬，卒于邸第，归葬日，鉴湖挽一联云："举国若狂，与谁论道；昊天不吊，失我同心。"笔意简括宏深。当时挽联甚多，当推此为绝唱。

鉴湖又言其在齐家桥就馆日，有代齐云峰挽姊丈联云："生者哭死者何知，忍出此一片冷言，慰予老姊；神所依人所不见，惟挥此两行痛泪，对我诸甥。”纯用白描，语尤真挚，余最喜称道之。

房君子明，余之砚友也，尝述纪致怡方伯（堪谨）挽史维桓先生联云：“凤麟有子建时名，回思世变沧桑，古道弥敦觞豆意；鸿雁无家仍旅食，遥望故乡云树，暮年益少钓游人。”按，维桓先生为史省三镇使之封翁，为人忠厚和平，古道照人，而致怡自粤西游宦归，寄居津门，闻其卒，遥挽之也。

袁家蔡村袁秀亭主政（艺林），其尊翁春帆先生以开宝丰成古玩铺致富。余于光绪季入都，即与秀亭交善，凡酒食宴会之事无不与。后余奔走四方，遂稀得见。入民国以来，因世道荒乱，秀亭挈家避居津门。民国十五年秋，余在津赋闲，与秀亭相遇，邀余群英听络子，五芳斋饮酒。自此一别，遂成永诀，及余癸酉冬至津，则闻君于客岁死矣，乃哭以联云：“津沽小寓蛰经年，记曾萍水相逢，犹喜邀阮垆纵饮；京国旧游馀几在，赢得沧桑一变，不堪忆燕市悲歌。”文情斐亹，一往情深。

冯问田科长（文洵），前已屡录其联语，其为人工诗词，长吏治，在津与孙镜忱等结城南诗社。余客津门，时相过从。戊辰春，君赴黑省，充省署第二科科长。余适为第五科科员，尤蒙其照拂。及癸酉秋，余再至津，则闻君已逝矣，乃挽以联云：“津门促膝，奎社题襟，自祖筵一唱骊歌，南北分驰，无复威风瞻大树；章武新辞（君有《津门竹枝辞》三百首；章武，津故名），通肯遗爱（君为海伦县知事，古名通肯），忽异地惊闻鹤化，幽明顿隔，空怀旧雨荐生刍。”又：“溯汉廷大树遗风，一脉相承，所争着昔裕将才，今优吏治；比荆国齐年重望（冯京），九泉遽逝，最难堪亡吾老友，复失诗豪。”两联皆工力悉敌。

深县傅炽堂君（运昌），余西开中学之旧同事也。癸酉冬，遇于津门，时充河北女子师范教习，言其校教授程蕴辉先生亦深县人，年三十馀卒，同校员生拟于某日开追悼会，属余为拟联挽之。联云：“为女师范师，遗泽薰陶，桃李芬芳君不朽；承先教授教，后尘趋步，梓桑恭敬我尤宜。”词意圆稳，末句尤合同乡人口吻。

又就其姓与学校为联云:"立雪溯前型,比君家明道先生,经学渊源冠北宋;坐风亲教泽,集全校昭华女子,心丧惨怛报西河(清毛西河授《诗》于昭华女子)。"按,此联校中女生用之。

又:"年方而立,望重经师,是真当代文中子;学本维新,道传女校,最感及门诸大家(音姑)。"此联亦颇浑成。

河城李君武堂,字可经。余在清河预校时之门下士也。工书画。军官毕业后,落拓不得志,又有烟霞癖,乃于利亚书局挂笔单,鬻画以自给。癸酉秋,君得痢症,已濒危矣,赖杨含章先生疗救,稍痊可。其子奉之以归,至家二日卒,人甚惜之。余为挽联云:"我愧抗颜师,风雨论文怀冀北;君为糊口累,晨昏作画忆津南。"寥寥数语,而交谊事实,包括殆尽,洵非老手莫办。又:"书画自名家,至今沽上流传,试追寻津海雪泥,依稀鸿爪;烟霞成积癖,叹汝病中归去,早预料滹沱月夜,凄咽鹃声。"吐嘱秀雅,情致缠绵。时余正在津门赋闲也。又:"玉楼作记正需才,零落奚囊,顿使昌黎哭李贺;珂里言旋胡厌世,缄藏画箑,长教坡老忆文同。"盖君于辛未夏曾为余画一扇,数笔墨竹,别具一种潇洒之致,至今犹缄藏之,以为纪念云。

白君桂瀛,字芳洲,祁家垒头人。癸酉秋,余在津,时相过从,尝为余述其叔外祖魏公精医学,芳洲从之受业。客岁公发引,求谷菊泉先生作一挽联,而不甚惬意,属余为改易存之。联云:"是外祖,是恩师,医学溯源流,当年面命耳提,水饮上池惭扁鹊;亦门生,亦宅相,《难经》承指授,此日呼天抢地,泪倾瀛海泣阳元。"此联面面周到,芳洲得之甚喜。

县城北街张君哲生,余少年帐友也,少于余二岁,六十四岁遽逝。余挽一联云:"卌馀年负笈从游,序齿冠诸生,忝我谬居一日长;六四载盖棺定论,伤心挥老泪,哭君是否九泉知。"缠绵悱恻,令人不忍卒读。

县城北张家庄张君珍甫,余之表侄行也,精医学,里党有求无不应,亦六十四岁而卒。余挽一联云:"读医经不坠家声,咸推学溯南阳，博济群生惠桑梓；论亲谊忝居父执，深痛寿同东野，惨挥老泪洒葭莩。”皆癸酉冬间事也。

七里冢路少章君(锡彤)，余门下士路纵如之四弟也。少章出嗣路平堂先生，继开同茂和粮店，年五十一岁，患疽发背卒。余为纵如拟挽弟联云：“五旬馀谊叶篪吹，纵教降服情疏，急难依然亲手足；三阅月愁分艾痛，自叹回天力薄，临丧几欲断肝肠。”按，切事实自然谛当。

余妹婿刘君献臣，其续娶路平堂之女，乃少章之妹也。余亦代拟一联云：“贾业媲陶朱，羡君隐市抒才，利致千金，衣钵雅堪传猗顿；亲情比杨白，痛我登堂问疾，别才几日，油幢空自忆沙哥。”按，杨汝士为东川节度，白乐天其妹婿也，赠以诗曰：“何似沙哥领崔嫂，碧油幢引向东川。”沙哥，汝士小字也。两联切当，皆见称于时。

田家庄王汝森，余之门下士也。其外祖牛公亡已十七年，而汝森始十四岁，未之见也。发引日，汝森属余拟挽外祖联云：“公去我方生，惟闻阿母悲啼，每溯音容挥泪雨；神来人不见，犹幸外婆健在，长叨庇荫仰慈云。”时其外祖母尚在也，与外祖本未谋面，无可着笔，只可就旁面生意，借作敷衍，此与余代魏树檀挽外祖父母联同一机杼，所谓亡于礼者之礼也。

猷威将军张月波中将，献南张旺屯人，余之同患难友也。记余于宣统中，充陕西第二中学堂国文教习，公适充陆军三营团长，往来甚密。迨陆军革命，余与公患难相依，间关返里，至今犹感念不忘。民国改元，公由团长升十五师三十旅旅长。直皖战后，公蛰处津门，其子彬又为旅长，在江西驻防。甲戌冬，公卒于津邸，余闻之，挽一联云：“秦陇忆前游，我厕陆校，君总师干，迨悍卒盗弄潢池，患难相依，柳雪遄征分旅梦；津沽传噩耗，丹旐东来，赤星西坠，奈文郎远羁赣水，奔驰莫及，树风馀恨抱终天。”上联就同患难生意，下联就其子一面生意，词意兼到，工力悉敌。

为前联时，犹未接其讣音，及见讣，乃知公殁于十月一日，故又为联云:“沽上将星沈,是廿三年前,患难旧交,风雪归来惭附骥;瀛南讣音递,正重阳月后,英雄末路,泉台怅望哭骑鲸。”笔意尤为爽健。

伊家庄张君文耀,为人极好胜,与人排难解纷,不遗馀力,有“张大兜”之目。甲戌八月十四日,余因事造访,君以所配并酒饮余。时君已病噎,迨送余至村头,特嘱以善自保养,珍重数语而别。不料君遽以是疾不起,于是年十二月廿五日已归道山矣,乃挽以长联云:“中秋前一日,登堂曾躬敏兴居,饮我以酒,指我以途,记相送至杨柳村头,知君痼疾缠绵,不胜临歧珍重语;周甲又六年,辞世忽魂归缥渺,难谁为排?纷谁为解?叹群空于枌榆社里,从此乡邻斗阋,更无息事老成人。”词意缠绵,凄惋动人。

乙亥端节后,余因事赴城至县公署刑事股,有赵君树萱、王君振瀛,皆余故人也,出其所为公挽主任高文海先生联见示,句云:“袍泽仰和平,讵期二竖为灾,医药无灵竟不起;室家悲落寞,全仗一身俯畜,雏儿尚幼果何依?”余视其词意亦颇工稳,但稍嫌其太平,无甚出色处。回学后,为改易一联寄去,联云:“袍泽仰龙头,十馀年刀笔追随,掾属顿惊亡主吏(《史记》:萧何为沛主吏椽);室家资鹤俸,半百岁瓶罍萧瑟,孀嫠奚恃抚雏儿。”确是挽刑事股之主任,运用典故,切当不易。

余又挽二联云:“通新刑律,理旧簿书,奚怪历任群公,必使萧何充主办;无担石储,有室家累,借问从游诸子,谁为杵臼托遗孤。”又:“刀笔吏何嫌,入室半为学律客(《史记》:萧何于秦时为刀笔吏,又《始皇本纪》:学律令者以吏为师);宁馨儿尚幼,登堂谁是恤孤人(山巨源见王衍曰:何物老妪生此宁馨儿。宁馨犹怎个也)。”此联笔意尤为爽健。

饶阳东张岗镇李君锡三,余之居停主人也。余初至馆,即为之治病,已渐有起色矣,后因不能善养,屡有反覆,乃延西医诊治。后至北平入德国医院十四日,亦大见效,嫌其花费太大,乃决计出院,不料回二三日,病复犯,廿馀日即捐馆。余甚惜之。封灵日,挽以联云:“半载托居停，每怀东道殷勤，讵痼疾日深，难以金钱回命数；三旬施补救，不料北平言复，竟膏肓莫起，是谁铁错铸医林。”锡三之病，心肾两亏，虽不能立痊，亦不至立毙，恐迁延一下痿之症，其所以死之如是速者；或者西药补剂，一味刚燥，初经注射，亦足奏效，迨药力一还，亢阳用事，遂至不可救疗，故余终咎医林之铁错也。附记。

发引日，余又挽一联云：“忆鲰生适馆赋缁衣，谬说能医，三旬馀诊视维勤，空试刀圭惭扁鹊；幸喆嗣受经依绛帐，自矜劝孝，数月间薰陶有素，惨闻风树泣皋鱼。”上联医疾，下联劝孝，恰合老师身分。按，此联不独“缁衣”、“绛帐”运典精切，而“扁鹊”、“皋鱼”亦成强对，洵一时得意之作。

账房先生齐君继文自民国十七年即在李宅管账，其时老东家在堂也。封灵日，余代拟一挽联云：“忆曩年弹铗归来，钱谷相委，会计攸司，受君家两世知，而今已矣；痛前夕骑箕大去，母逾古稀，子未弱冠，倘异日万难事，谁与商之。”恰是管账先生口吻。

锡三东翁之病，继文劝之早治，亦为延医诊视，很费心机，而无如其因循不治，以至于死也。发引日，余又代拟挽联云：“医术岂真穷，乃求中医而不终，求西医而又不终，空劳属望情殷，费尽心机归泡影；死期无足讳，惟人非可死之人，病亦非必死之病，只以因循坐误，催成浩劫谢尘寰。”词旨悱恻，情致缠绵。

又为泛挽一联云：“运去挽留难，术至岐俞无所用；缘终抛弃好，财如陶猗有时休。”此联有讥讽之意。

此间之俗，凡丧葬之事，自大门以至灵棚，其联语皆系事主口气，从无用外人挽之者。余观其旧本之联，皆家家通用之作，无一出色者，乃为代拟葬父联数付。大门云：“陟岵泣靡瞻，叹目前大好家居，风雨漂摇谁作主；肯堂惭不肖，想日后无穷世业，箕裘负荷我何堪。”于哀泣之中别具风韵之笔，允为独出冠时。二门云：“逾艾祝康强，讵期二竖为灾，奄忽顿教失慈父；析薪惭负荷，最痛一家无主，艰难何事付痴儿（《礼》：五十曰艾。锡三寿五十一岁，故‘逾艾’云云）。”仪门两旁便门云:"扶榇复扶棺,深痛送爷归土易;肯堂兼肯构,始知为子克家难。"又:"垂殁剩孤嫠,痛阿父忍于逝世;临终无嘱咐,令痴儿何以承家。"灵棚口(即吾乡之拜棚)云:"五旬又一龄,爱日方长,胡竟椿庭先萎荫;六月初九夕,终天永诀,惨教桥木不成春。"亦自潇洒出尘。暖阁(即吾乡之柩棚)云:"鲤对缘悭,自怜无父无诸父,谁启颛蒙施训诲;乌私愿阻,犹念有母有祖母,且收涕泪进羹汤。"此联尤为切当。

吾村张春田妻范氏亦再醮而来者也。春田于乙亥六月初九日卒,余于十月一节归里,彬儒弟以范氏挽夫之联见示,乃其所代拟,令余为之斧削。余视之不甚称意,乃易一联云:"我夫本季子行,比于田氏家声,定许哭活紫荆树(春田行三,上有两兄);贱妾真文君命,想到相如琴曲,不堪重赋白头吟。"联成,既以示彬儒,终觉词太文雅,于田家妇人不甚相称,乃复为一联云:"恨煞郎无情,忍抛半路夫妻,撒手竟归极乐国;伤哉妾薄命,回想十年恩爱,断肠又作未亡人。"词意亦颇凄恻动人。

吾县后孙村李寅熙先生(冠卿),余之旧友也,年五十九,于乙亥九月二十九日早晨盥漱毕,无疾而终。时其子松岭方在北平西苑充军士教导队教官,闻耗归里,则敛已十日矣。余挽一联云:"问谪仙何遽骑鲸,西土证前缘,幻梦初醒,空见屋梁余落月(用杜少陵梦李白诗);叹喆嗣犹然射虎,北平惊噩耗,奔驰莫及,枉凭棺木泣终天。"两用李姓典故,"骑鲸"、"射虎"对仗亦工。

寅熙之子松岭,军官九期毕业;其族子松崑,军官八期毕业,又生于九月十九日,卒于九月二十九日,故又为联云:"有学敌万人之子,复有学敌万人之侄,伯仲勋名光赤县;后重阳十日而生,又后重阳十日而没,去来踪迹傍黄花。"

阜城傅某,尹屯李普霖四爷之子婿也,普霖先其母陈太夫人一岁卒,丙子闰三月,与母同发引。余代傅某为挽岳父联云:"馆甥本帝世遗风,恨东岳旋倾,款婿凭谁开贰室;奉母乃人生乐事,痛南陔弃养,侍亲先已赴重泉。"于当日情事亦颇详尽。

河城李德润，字海山，年未五十遽卒，时其母七旬多病，而其仲弟与其子又皆前卒也。陈鉴湖先生挽以联云："临去几回头，寡母七旬悲既老；来观齐下泪，茕嫠三世苦无依。"情词悱恻，令人闻之酸鼻。

余在张岗日，学生太少，闲居无俚，因仿陶渊明、袁子才自挽之例，为自挽联云："吾相不当侯，一举议员，再谋县长，终困厂官，穷措大迭次名场，费尽力，用尽财，只落得捞月沧江，到头贫贱；人生全是命，少登乙榜，中蹶甲科，晚无子息，老学究频年讲席，挣过钱，吃过苦，才知道回轮瀚海，撒手归休。"

联语粹编卷五

挽　女

妇人无外事，原无事功可纪，欲表扬之，不过贤淑二字足矣，有何出色处？故凡挽女之联，多就其夫与子两面生意，方有话说，此古今人之所同也。前清之世，董文恪公之夫人，卒于嘉庆丁巳，时其子文恭公诰已登揆席，高庙遣官奠酒，加赏陀罗经被，彭文勤公（元瑞）出文恪公之门。挽联云："心怆老门生，执馈缝衣怜雪立；恩酥贤宰相，醊卮经被报春晖。"

吾乡纪文达公（昀）亦出文恪公之门，挽联云："富春江万古青山，阡表长留，慈训能成贤宰相；听雨堂九年绛帐，食单亲检，旧恩最感老门生。"彭联矜重，纪联潇洒，可谓异曲同工。而两人之联，皆以老门生与贤宰相作对，故文达公归语其孙芗林曰："惟我两人所见略同也。"

南通州张季直之夫人，提倡女学，捐资设育婴堂，甚有妇德。夫人卒，项某挽一联云："觚（匹）槻（规）三十年，相吾师扭转乾坤，崇俭习劳，盛德不渝亘今古；纵横五百里，为女界别开天地，垂养修教，仁风岂独被通如（通州、如皋）。"

曾文正公挽胡文忠公（林翼）太夫人，联云："武昌居天下上游，看郎君新整乾坤，纵横扫荡三千里；陶母是女中人杰，痛仙驭永辞江汉，感激悲歌百万家。"时文忠正为湖北巡抚也。

浙江仁和县汤蛰仙先生（曰潜），以名翰林告归终养不仕，服务桑梓，为浙甬路总办。其太夫人卒，朱剑芝挽联云："诞育一代伟人，伦同轨同，为苍生造福；压倒千秋列女，孟母韦母，有彤管流芬。"

章梫挽联云："有子管葛天下才，善于事亲，不以三公易其介；大母陶湛女中杰，行为世则，能令万人哭之哀。"

傅来予挽联云："维太夫人，处贫贱如是，处富贵亦如是，足与鲁敬姜并垂青史；有翰林子，薄州县不为，薄监司又不为，殆鉴狄梁公空望白云。"数联皆戛戛独造，不愧名笔。

吴红生舍人之妻，无子，妾有孕未诞，而妻卒。龚定庵先生挽以联云："风雨我来频，忆昨秋宾篚朋尊，屏后捣重阳菊叶；珮环仙去早，祝来岁绣绷文褓，墓前拜寒食梨花。"意致清新，词旨秀雅，的是才人之笔。

黄漱六先生(体芳)挽郭阶三太夫人联云："受经随纱幔诸郎，数末座少年，曾许黄裳堪大器；来吊具生刍一束，幸南州孺子，得交郭泰是儒宗。"下联切定郭姓生意，笔意凄惋动人，不愧名笔。

江小云妻仇氏，通文史，临终有自挽一联以训子孙。俞曲园先生挽以联云："以巾帼中人，常落落然有儒生气象，有豪杰襟怀，日对青史一编，迥异寻常脂粉辈；当绵惙之际，所拳拳者在祖宗懿训，在儿孙家法(二句是自挽联中语也)，手题繐帷数语，岂惟明白去来间？"

沈文肃公葆桢之夫人，林文忠公(则徐)女也，文肃守广顺日，被贼围数月，得救，始解围去。其守城规画，赖夫人之赞助者居多。夫人卒于中秋节，与生日同，某公挽一联云："为名臣女，为名臣妻，江右佐元戎，锦伞夫人参伟业(用《北史》冼大夫人事)；以中秋生，以中秋逝，天边圆皓魄，霓裳仙子证前身。"上联就家世生意，下联就生卒生意，题目既佳，词旨亦自新颖，的是才人之笔。

靖安天香居士舒(梦兰)之配李湘弦亦以中秋化去，居士神伤已甚，所作《秋心集》中有《挽辞录》一篇，载龚西原太守一联云："仙去何之？烧鼎白云栖断壑；神伤已甚，著书黄叶冷空山。"真才子笔也。又陈果堂联云："千佛礼鸠摩，名士案头赓昧旦；五更惊蜕羽，天香馆畔咽秋风。"胡果泉中丞联云："蟾镜掩清辉，叹当年玉宇琼楼，难觅灵九延寿药；鹿车随大隐，知此后故奁遗挂，重哦寒夜悼亡诗。"又汪巽泉学士联云："仙娥明月是前身，想归真翠水丹林，桂蕊灵香同郁烈；名士秋风添别恨，漫寄意绳床经案，虫丝落叶共凄清。"皆名笔也。

丰润张幼樵学士佩纶，马江一役，身败名裂，然性跅弛不羁，天才豪放。与闽省陈伯潜阁学同年至好，适阁学督学四川，其太夫人在籍仙逝。学士寄挽一联云："狄梁公奉使望吾亲，白云孤飞，将母有怀嗟陟屺；孙伯符同年小一月，东风不便，吊丧无面愧登堂。"时正当马江败后也，淋漓悲壮，而又自饶身分，诚杰构也。

《壶天录》载某中丞抚苏日，太夫人卒于官舍，正五月四日也，适懿安太后哀诏，亦于是日同下。有属员某挽一联云："一体君臣，同悲哀日；三吴士女，齐罢端阳。"笔意简括宏深，得未曾有。

桐城吴挚甫先生（汝纶），古文大家，所为联语，尤戛戛独造，迥异恒蹊。有挽翁大家一联云："乡绅士欲上史官，匪惟励节冰霜，开卷兼通《文选》学；儿女曹顿亡师表，记取行年八十，买丝还绣饮仙图。"大家系先生同族之孀妇，无子，尝以《文选》教其侄，先生表其墓，见文集。联中以"冰霜"对"八十"，亦仿效杜少陵"寻常"对"七十"之意也。

又，挽姚立庭之母联云："少年侍当代儒宗，东极日出，西极日入；晚岁留君家福荫，既有文子，复有文孙。"立庭亦桐城人，父姚莹，得古文家传，道光时为台湾道，以击夷船事罢官，起四川兵备道，"东极"二语，盖指此也。立庭，进士，二子皆举人，故下联云然。

又，挽牛辅廷之祖母联云："痛冢嗣为国难捐躯，建鼓求亡泉路永；有文孙继家声为吏，褰帷行部圣恩多。""负建鼓以求亡子"句，出《庄子》，造句浑成，用笔雅健，与先生挽王畏甫同年联，同一笔意。

又，挽张某之太夫人联云："生存百岁入图书，早岁鸿妻，晚岁文伯母；将养诸儿尽才俊，小儿召父，大儿朱云师。"（按，朱云为萧望之门下士。）张某（忘其名）亦桐城人，为内阁中书，其弟为知府。以上数联皆如生铁铸成，绝不假虚字串插，为生活者，固知名手为文，高人一筹也。按，先生挽女之联尚多，惜余不能多记，录此以当尝鼎之一脔云。

光绪中，署河间知府李太尊（忘其名）以名翰林出守者也，后移调宣化。吾友河邑吴君子范，随任教读，归述一事云：宣化有李氏子，年十三卒，其未婚妻王氏殉焉，绅董为之请旌建坊，李太尊题一联云："未一面仍是所天，恨无端仙李摧残，誓将缘结来生，精魂应化女贞木；不二心自盟匪石，叹顷刻梵莲零落，从此香埋并蒂，倩影长随君子花。"词意秀雅，不愧才人之笔。

云庵叔在河南日，有唐云亭将军（天喜）故公子未婚妇潘少夫人，夫殁后来嫔殉节，一时称为烈妇。叔为挽联云："于归不作未亡人，拜舅姑，见祖庙，哭祭夫茔，合礼尽情，孤诣苦心终一死；奇行虽云非正命，厉名节，振纲常，显扬父母，舍生取义，贞风烈气足千秋。"笔致新颖，词旨轻圆，足与李联相伯仲。记守节来嫔日，叔曾有赞联，因附录之，联云："双亲许字有成言，纵云六礼缺如，正分定名，之子俨然是新妇；壹意从夫无贰志，痛念两髦髡彼，入门守节，于归且作未亡人。"本非喜事，以之作贺，殊难着笔，妙能写得不沾不脱，入理入情，斯为落落大方。

吾邑韩村包信甫郎中（立忠）子源，戊戌进士，固可郡一世家也。其太夫人年九十卒，毕荆山先生代信甫之亲家杨某为挽联云："末戚托松萝，五百里遥羡坤型，子作郎官，孙成进士；高风迈桓孟，九十载足风懿德，年登上寿，诰博殊荣。"造句峭利，用笔清新，真才子笔也。

吾县城内陈铁君前辈，妹嫁窝北王氏，及铁君游宦山右，而妹卒。时其母犹就养在堂也，乃寄挽一联云："一枝铁者样椎心，记商略行踪，只拼汝南望无家，未料生离成死别；三尺躯胡为短命，痛飘零异地，即使我东归有日，怎扶萱草哭荆花。"缠绵恻怆，情溢乎词，于当日情事，亦面面周到，无怪联之脍炙人口也。按，下联首句作"顿埋短梦"，与上联不甚对，故僭易数字存之。

城内牛润生先生之姊，张君寿符之母也，寿符少孤贫，有三妹皆幼，赖母抚养成人，而寿符之祖母犹在堂，亦可谓艰苦矣。润生有挽姊联云：“弟只身少伯仲行，埙不闻声，篪谁和韵，同胞联一体，幸有女兄，自从世上长辞，此后永无亲手足；姊平生真坎坷命，夫亡子幼，姑老家贫，绕膝藐诸孤，赖兹慈母，历尽人间艰苦，回思能弗断肝肠。”此联虽不及陈联之新颖，然情真语挚，亦自凄惋动人。

许家村大姑母，北院锡九叔之姊也。适纪氏为继室，生女三而无子，前室遗一女一子，女适河城街李鹤峰茂才。发引日，先君子代鹤峰拟挽岳母联云：“教女有良规，观拙荆四德少娴，益思泰水；知人膺内鉴，叹小婿一衿强掇，尚愧韦皋。”运用典故，精切不磨。

又代其夫弟纪某拟挽嫂联云：“具咏絮才，当年闺阃著贤能，岂仅昌黎有嫂；仗解围力，此日门庭悲冷落，益伤尼父无兄。”用典活泼，两联无一弱句，诚杰构也。

锡九叔鲜兄弟，一妹适苏辛庄，已前卒，一姊又卒，先君子代拟挽姊联云：“杕杜叹零丁，幸阿姊遇事提撕，入室无忘遗训；荆花悲陨谢，剩小弟不才健在，抚棺益触酸心。”凄惋动人，不忍卒读。

姑母之甥李君绍甫，幼失恃，为舅母所抚育。先君子亦代拟挽联云：“妗不啻娘，忆当年保抱携持，顿忘失恃；甥难为子，痛此日擗踊号泣，敢谓酬恩。”情词悱恻，上联“忘”字用《左传》卫国忘亡意，颇佳。

先君子于姑母为兄行，感其遇之不佳，亦挽一联云：“守志廿馀年，看看女，看看男，直到死时难瞑目；受田四五顷，省省衣，省省饭，回思生际倍伤心。”盖姑母所生三女，婿家皆渐贫，前室子又复不肖，分与地两顷，不数年立尽，故姑母虽勤俭持家，终至产业日削也。联语亦质实有味。

边埠王崇甫先生之妹，东韦庄武孝廉韦凤朝之夫人也，发引日，属余为题匾联，先君子代崇甫拟挽妹联云：“生乏鸰原，女弟也堪同急难；惊传鸟使，愚兄亦自叹零丁。”着语无多，而情词凄惋，自能动人，宜其夫侄韦子蒲见之极为称赏也，可谓知言。

武强贺苏生先生，松坡先生之父也，为故城县教谕时，有挽妹一联云："六十年苦节凄凉，伤哉归妹；三百里梦魂惊扰，邈矣同胞。"亦着语无多，而情词凄惋，与王联相伯仲，所谓名下固无虚士也。

吾献前县知事苗韵轩大令（玉珂）后署永年县任内，其姊卒于故里，时吾友秦和甫先生正随任教读，代拟挽姊联云："七旬馀福躬康健，追维畴昔，胥仗恩勤，忆前年官舍欢迎，方欣珍卫咸宜，由古稀以臻大耋，乃天心难测，摧我肺肝，冥路痛微茫，思再为煮粥燎须，须期来世；三十载薄宦栖皇，凝眺乡关，实深轸念，况此日运途多舛，几欲摒挡壹是，返故里而视起居，讵祸孽无端，折予手足，浮名愁绁绊，愧未能焚香奠酒，藉慰幽灵。"言情之作，多主爽健，此独洋洋洒洒，至六十余言，未免辞费，而一纵一横，其气足以举之，亦自难得。和予之联，极效曾、左诸公，然斧凿痕太重，亦是一玷。

民国初元，倪嗣冲督皖，继之者马联甲也。联甲在皖为师长日，其太夫人卒，无为于静夫先生挽一联云："相夫子成名孝廉，望隆淮海，又况篝灯画荻，分训龙韬，巾帼胜须眉，早心伤华族式微，乱世文章难救国；看郎君为贤将帅，勋烂皖江，方欣侍辇迎莲，承欢鸠港，慈帏亲色笑，蓦肠断薤歌凄恻，暮春风雨赋招魂。"语特矜重，亦秀雅可风，非此大手笔，固不足以传伟人之母也。

张云门孝廉，有友在他邑就馆未归，而妻卒，云门挽一联云："胡为糊口四方，病里盼归装，不为封侯应更悔；谁是到头一线，愁中怀故剑，从知佳耦总难谐。"时云门亦赋悼亡，"故剑"云云，盖自道也。

浙江张亮卿之夫人，本日本产，因病求医归宁而卒，以三月杪归葬西湖。丁珮苍知事挽一联云："母国海中遥，蓬岛齐天少灵药；婿乡湖上好，樱花满地送归魂。"词旨清新，吐嘱秀雅，的是才人之笔。

江苏省长韩公之夫人，卒于任所，有属员某挽一联云："回思故国三千，有虎有猫称乐土；赢得俸钱十万，营斋营奠怆元公。"上联切夫姓生意，下联切省长生意，笔意落落大方。

辛亥清帝逊位，下共和手诏者，隆裕太后也。太后崩，挽之者甚难着笔。淮安陶岫樵同事，述一联云："后亦先帝之臣，得变政心传，遂公天下；礼为旧君有服，况共和手诏，犹在人间。"余向在《楹联类纂》见易实甫代统一党拟挽一联，似不如此联之光明正大，而"礼为旧君"一语，尤用得切当不易。惟不知为何人所撰，为可惜耳。

附录易联云："本来生生世世，不愿入帝王家，从黑暗中放绝大光明，全力铸共和，普造金身四万万；以后岁岁年年，有纪念圣后日，为清史上现特别异彩，同情表追悼，各弹珠泪一双双。"笔亦清新。

烟台陈仲若先生，名下士也，有挽某妓殉夫一联，最脍炙人口。先是，烟台某妓随王某从良，未一年而王病殁，妓亦尽节殉焉。仲若挽之云："这女儿家，竟自刀山剑树上，历历挥脚过来，有英雄气；是娼门子，能由天经地义中，一一从头作去，具丈夫风。"字字如生铁铸成，真好笔力。

仲若先生又有挽王烈妇联云："妇本从夫，何必百年称偕老；生不如死，无非大义所攸关。"又："一死相从，饮恨绝胜望夫石；三纲久废，闻风顿忆首阳山。"皆名笔也。

余向读徐鞠人总统所为张氏二烈女碑，辄向慕其为人。后于卢月亭君（守恒）处见二烈女小说一本，叙述二烈女事尤详，末附挽联若干首，余记有邑绅李士钤一联云："轻性命，重名节，更难得手足同心，似者般誓死全贞，才算挽叔季浇风，扶乾坤正气；读碑碣，谒祠堂，皆足令须眉减色，愿我辈舍生取义，从此知世间羞耻，澹分外荣华。"立论正大，足以激浊扬清，不愧名人之笔。记当时录有数付，但日久底稿遗失，但存此以当凤毛麟角之重云。

交河南家庄南麟阁先生，其父母虽乡人，最热心公益，先生奉亲命，于南家庄创立高等小学校，成就人才甚众。其母王太夫人卒，博征哀挽之词。余友陈鉴湖先生时在本县充高等小学校校长，为挽联云："教子为将，教子为相，不如教子为师，梓舍设经筵，道媲河汾，转眼看他年将相；劝夫立功，劝夫立名，未若劝夫立学，枌乡开义塾，颂兴中水，荣身胜奕世功名。"词意皆戛戛独造，颂美处亦甚得体。

又为其门下士拟一联云:“欧母荻,陶母发,柳母熊丸,教子广培桃李荫;程门雪,扬门车,韩门膏火,为师永废蓼莪篇。”两联笔意均庄重不佻,持论尤为正大,不愧名笔。

清河陆军学生刘明昭,甘肃人,民军起义,与裴君世藩同参甘省军事。民国元年,明昭入陆军第一预备学校,世藩充甘省议员,在京,而裴母卒于原籍,在京开吊。明昭属余友张允升先生为联挽之,联云:“昔年同泽河湟,曾瞻懿范,我惭绿衣末座,君希锦袋殊荣,方期迎养板舆,讵瑶池青鸟忽来,太息慈云西去;此日论交燕蓟,共慰离悰,温峤并未绝裾,毛义何妨捧檄,惟忆承欢璇室,恨蓬岛红尘遮断,伤哉卿月东游。”吐嘱秀雅,丽句天成,的是得意之作。

民国二年暑假时,四川生罗哲归家省亲,适值二次革命,道路梗塞,不得返校。其母卒于原籍,有同乡生刘万富者属余为挽联云:“归里似田文初,方期日永莱衣,返哺川南,从此长依萱草室;登堂愧鲁子敬,不道星沈婺宿,惊闻冀北,何堪为诵蓼莪诗。”

湖南陆军学生傅绍烈,有小学同学刘某充衡山学校教习,其母罗太夫人卒,绍烈属余友张允升先生拟联挽之,联云:“柳丸欧荻,异代同称,群钦有子承家,引领衡南施化雨;仉范陶风,于今未艾,太息故乡多难,伤心冀北拜慈云。”

山东陆军学生王金铭,闻母病请假回籍,因假期太多,不得已返校,乃未及半月来电,则母已卒矣。其同学刘钟淇属余为联挽之,联云:“噩梦惊天涯,料应游子归来,怕检缝衣慈母线;讣音传冀北,空使羁人陨泣,莫聆隔幔女师箴。”又:“侍疾效周谟,谁知造物弄人,偏使绝裾成恨事;登堂愧鲁肃,自顾他乡落魄,无从助绋写哀忱。”合两联之意,于当日情事乃尽,故并录存之。

江西陆军学生乐钧天有义母,夫为名医,钧天少时多蒙抚养,义母卒,钧天在校闻讣,属余为拟挽联云:“义比陆令萱,节寒留爱,佐读分甘,忆曩年罔极难酬,即当云舍暌违,犹自梦呼乾阿奶;贤如孟德曜,仁赞董林,礼修梁案,痛此日徽音不再,遥念慈帏冷落,那堪肠断宦游人。”此等题目，羌无故实，最难着笔，妙能写得亲切有味。按，此联只“乾阿妳”一典，却能运化成文，所谓一茎草化丈六金身也。

清河陆军第一预备学校校长钱子廉先生，为军学司科长日，为其祖母杨太夫人发引。太夫人青年守志，旌表节孝，发引日立碑并入节孝祠。其同学王君石卿，余清河同事也，属张允升先生为拟联挽之，联云：“桑梓溯贤声，冰霜励节，勤俭持家，群钦福寿兼隆，无愧宣文昭令德；栝棬仰遗泽，祠宇增辉，阡原志表，此日哀荣并至，从知尚武有诒谋。”钱、王皆雄县人。收句“尚武”云云，谓供给子廉入武备速成毕业也，“宣文”、“尚武”借对亦工。

廖君宇夔，余清河同事也，其兄宇春，任命为黑龙江省教育厅厅长，未赴任而母太夫人卒于京邸，余挽一联云：“直北仰慈云，谁知养弃潘舆，甫逾古稀归蕊府（母寿七十一岁）；远东资化雨，不道捧来毛檄，翻教游子泣萱帷。”与允升代傅绍烈挽罗太夫人之联同一机杼。

北院族祖云岚公之继室张孺人有淑德，待前室子女皆有恩。民国三年，与长媳李氏、次子松圃同发引，余云庵叔为挽族伯母联云：“当年入室抚遗孤，男仅成童，女犹在抱，萱堂几度费恩勤，读蓼蓼者莪，方知慈母苦心，朝夕拊循非易易；此日联舆归寿域，长媳随侍，次子偕行，蒿里一声增感痛，念萋萋宿草，只得家人聚首，晨昏定省永依依。”笔意宽博有馀，词旨绵密无间，此叔之擅长处，吐嘱秀雅，犹其馀事。

发引时，余注东二兄为书匾联，遗书命余撰联数付。余友张允升代松茂叔拟挽继母联云：“弱稚苦丁零，痛先母云亡，劬劳未报，方自谓萱堂重庇，返哺承欢，讵期春日难留，擗踊又悲失恃；家庭遭末造，念寡妻无禄，中馈谁司，更何堪棣萼摧残，吹埙莫和，从此夜台永隔，抚膺能勿衔哀。”上联由生母之亡说到继母，次联由妻之亡说到弟，直似时文二小比，而词意明析，扫尽浮烟瘴墨，亦自可存。

余亦代松茂叔挽一联云：“少年幸未芦花，迄于今得侍慈颜，自愧不如仲氏；此日涕零萱草，痛此后莫酬罔极，承欢惟嘱亡妻。”朴实说理，不假雕琢，自尔隽永有味，此文之以情胜者。

河间张勉斋，余友张允升之族兄也。勉斋之妻卒，刘养吾先生（浩）代其弟辅周拟挽嫂联云：“闺阃著贤声，痛尔时二竖为灾，束手莫能援嫂溺；家庭无内主，恨此后重泉永隔，伤心谁复为予炊。”用典巧合，自然新颖，宜允升之极为称述也。

交河城场店苏静如先生之族嫂，少年读书，曾受其供给，后出仕江西，闻嫂卒，寄挽一联云：“解笑不为炊，十馀年餐馆丰盈，最感同宗苏季子；惊闻浑是梦，二千里音书恍惚，顿亡隔幔女中师。”同一为炊用典，用之不姓苏者亦妙，况其姓苏乎？余世叔唐渐逵孝廉最喜称之。

河间周锦章先生（诰）筮仕云南，其夫人殁于原籍，停柩古寺十馀年。先生归，始为之殡葬，有挽妻一联云：“万余里绵绵远道，复水重山，凶耗忽遥传，不料尔半世弃予，直令结发夫妻，涕洟天末；十数年寂寂孤魂，凄风苦雨，荣华悲未享，犹幸我归来葬汝，躬率成群儿女，泣拜灵前。”按，夫人无子，儿女皆庶出，宜先生之谱弟张月舫先生见此联，谓锦章曰：“此非挽大嫂，直气大嫂也。”相与大笑（“来”旧作“家”）。

山东梁慕皋学士之妻，卒于清明后一日，余友塔君式古述其悼亡一联云：“生甫廿三龄，方期纸阁芦帘，与卿偕老；去逢百六日，每值雨丝烟柳，触我怀思。”词意清新，不愧玉堂人吐嘱。

城内牛润生先生，牛芳九厅长（兰）之封翁也。芳九少失恃，先生有悼亡一联，最为人所称，联云：“归吾来兮，从无半句言，致生口角；舍予去也，留兹一块肉，长挂心头。”对仗既工，写情亦极真挚。

余母刘太孺人，年五十殁，先君子为悼亡联云：“三十年苦口鸡鸣，教子持家，多亏尔助；半百岁伤心马鬣，天长地久，谁慰予怀。”

又：“愧我未出头，见爷娘代为再三解说；慰卿早瞑目，抚儿孙定须加倍恩勤。”皆能道出自己心事，而第一联尤为沈痛。

先君子尝述富尔庄杨五爷（忘其名）悼亡联云："阿妇往乎，应是怕还儿女债；老夫髦矣，至今犹讨子孙嫌。"最为质实有味，斯为言情文正则。

有李姓好持斋念佛，家有病人，辄求巫祈祷，其妻产难不下，亦求神拜佛，卒无效，母子俱亡。李某挽一联云："缘叙六年，替我愁，分我忧，奈中道长离，回首夫妻成一梦；产难四日，祈无灵，药无效，叹浮生泡幻，伤心母子竟双亡。"睹联语仍提说"祈无灵"，亦可谓执迷不悟者矣。

又，某君终年作客，于逆旅中惊闻妻亡，寄挽一联云："如此艰辛，知卿必死，所恨者夫妻十六载，眉皱未舒，顿教夜榻风凄，梦里时惊儿觅母；几经飘泊，于我何堪，今已矣云水数千程，归期难卜，从此秋碪月冷，天涯谁念客无衣。"情真语挚，令人不忍卒读。按，原联作"应叹客无衣"，似嫌呆滞，余改作"谁念"，倍觉沈痛，此诗之贵于推敲也。

《壶天录》载，粤督何璟，字小宋，挽其夫人联云："勤俭本家风，记曾割臂疗姑，愚孝回天吾不及；别离能几日，纵使爱身为国，久居重地老何堪。"按，某报载此，下联作"音容空想像，纵使承欢有子，衰年丧偶泪难收"，似不如此联之沈痛，今录存其旧。

饶阳迁民庄常君济生，吴挚甫先生之高足弟子也，有集句悼亡联云："刻意伤春更伤别；与君营奠复营斋。"亦自活脱。

交河王君瑞符（家傀），云庵叔之快婿也，其同学马恩浦之妻郝夫人卒于松江差次，属余为联挽之。联云："十年宦迹相随，惜未鹿车归梓里；一夕婺华忽陨，忍教鸿案冷松江。"对仗工稳，云庵叔每喜称之。

尹屯张子铭前辈，为归绥财政厅厅长，时其二夫人段氏卒于任所，时云庵叔在齐旅长惠庵处教读，惠庵闻讣，属为拟挽联云："眉黛笔犹新，剧怜京兆风流，燕婉十年浑是梦；琴堂弦忽断，为问胡天月夜，鸾骖一去竟何之。"意既切当，词亦清新，不愧才人之笔。乃惠庵因嫌画眉事似太轻薄，坚属另拟联寄去，真辜负满腹珠玑也。

云庵叔复为拟二联云："嘉耦多才，紫塞重来方佐阃；美人命薄，红颜未老遽登仙。”又:“夫人佐阃十年,千里追随,曾伴使君重出塞;仙子堕尘卅载,一朝圆满,还归天女旧司香。”亦自秀雅。

城里刘君雪桥,与余世好也。雪桥虽为伯父树梅公承嗣,然其生母陈太夫人、叔母李太夫人之发引,皆雪桥承办其事。民国十年正月间,以车来,请余为作祭文、挽联等事,余代其弟仁溥营副之谱兄张绍庭营长拟一联云:“茹蘖有馀甘,每忆诲陈荻画,节励松筠(李太夫人守志四十馀年,无子,以仁溥承嗣),贤宛若艰苦备尝,自惭交订贤郎,终未登堂瞻淑范;束刍伸薄敬,回思声渺断机,影留截发,女宗师联嗣以去,为问来嫔诸妇,伊谁入室嗣徽音。”笔意落落大方,词亦秀雅可风。

单桥鲁东侯(锡田),雪桥之亲家也。余亦代挽一联云:“六十年并著坤型,恨援挈稍迟,仅得于次媳归来,聆悉郝钟礼法;三百里遥伸奠悃(时东侯在津住家),痛音容莫睹,犹幸与贤郎缔结,备闻敬孟遗风。”于亲谊晚辈身分恰合。

抛庄朱汉卿(子昭),雪桥之姑表弟也,时在潼关为团副,余亦代拟挽舅母联云:“渭水久无情,更不图三四年中,两哭舅母;秦关从作客,又谁复二千里外,一念愚甥。”联中迭下数目字,皆切当不易,云庵叔极称赏之。

李太夫人,刘仁溥之嗣母也,民国九年,病瘫痪卒。时正值直皖战事,仁溥在十五师代理营长,未得奔丧,余代拟挽嗣母联云:“三四年病竖缠绵,恨定省未亲,每念终天常抱疚;五百里军书旁午,痛饭含莫视,回思往事尽椎心。”悱恻动人,不忍卒读。

余友陈君翚甫充教育局局长日,与天津商务印书馆副经理刘芝田往来甚密。刘母杭太夫人卒,翚甫闻讣,属余为挽联云:“喆嗣振家声,饷世靡穷,天禄校书成万卷;女师留阃范,束刍遥奠,欧阳画荻已千秋。”切刘姓生意,切印书馆生意,王荫斋孝廉读之,甚为推许。

柏乡武绍庭孝廉(丕承),余清河旧同事也。后余在本县高等,绍庭太夫人卒,讣于余,余寄挽一联云:“羡贤母得寿七九龄,受福不那,忽向文殊证佛果;与喆嗣订交十馀载,其人如玉,尚惭徐孺致生刍。”笔意浑成,不拾人牙慧。

军官第九期生南昌刘亚雄,与余侄嘉训、钟麐同学也。其祖父从合肥李文忠公平定江苏、上海,有战绩。文忠督直,移调北洋营务处,其父在保定速成毕业,可谓以武世其家者矣。民国十二年,其祖母王太夫人卒,嘉训等属余代拟挽联云:“鸡鸣苦口劝从戎,夫君战绩所经,北抵津沽,南抵吴越;燕翼诒谋宗尚武,贤母劬劳之报,既有令子,又有文孙。”按切事实,庄重不佻,得吴桐城先生笔意。

吾县城南大陈庄陈欣三先生,吾友陈勤轩(献之)之族祖也。勤轩继母卒,余适以高等学校公事赴津,欣三先生属为拟挽侄妇联,句云:“溯贤媛来自名门,继室信难为,誓将变熄芦花,淑德久闻桑梓重;叹阿咸遽失内助,贫家方待理,吟到薪添落叶,悲怀谁遣竹林寒。”时勤轩之父尚在堂也,词意俱落落大方。

古里庄马鳞波先生,魏君津桥之岳父,亦即其业师也。先生前卒,其夫人与长子相继逝,母子同发引,津桥属余为拟挽联云:“数年感泰水逝波,文子幸相依,足令受惠韦皋,怅望鸾軿稍慰念;千古寻尼山故事,我师如见问,为道及门公冶,凄凉鸟语尚安贫。”此联之佳,自以下联为奇特,然上联因父子相依句,贴不到子婿身上去,打合处煞费苦心。“鸳鸯绣出从君看,莫把金针度与人”,此以见作文一道之难也。

吾县前实业局局长曹君焕章,其外祖母郭太夫人年八十馀卒,焕章属余代其父为挽岳母联云:“寿考本家风,溯厥初系出汾阳,胡为靳与期颐,余荫不教留岳母;人伦推内鉴,忆特选识同苗氏,恨未持来使节,深恩有负说韦郎。”闻此联寄去,该事主有一执事老先生,吟诵不置,以为亲友联语虽多,当推此联为独步。老先生必沈深于此道者,故见赏如此。

民国十二年秋,滏阳河自赵桥东决,所淹武邑、武强、交河、献邑四县地。次年春,四县会议于赵桥,以谋善后。吾县派高等学校校长陈翠甫往，与武邑商务会长王子香会议。后王母卒，讣于陈。母青年守志抚孤，旌表节孝，赐“节操冰清”匾额。余为拟挽联云：“羡贤母可百世风，节操冰清，赐额足偿茹蘖志；与郎君仅一面识，丰姿玉立，伤心顿失断机人。”词意亦颇浑成。

富尔庄杨绩仙先生（篆之），其妻孔孺人卒，为悼亡联云：“九重泉晤我非遥，纵今朝暂隔幽明，愿珍重前途，漫垂别泪；四十载相予匪易，倘来世仍为夫妇，将溯洄往事，怎补劳心。”从来世为夫妇想情，意特奇辟，词亦精当可取。

绩仙又代其甥河城李荣恩为挽舅母联云：“护我养慈云，愧小子长自外家，宅相未成今半老；望空成幻想，问阿舅依谁内助，盆歌独鼓已耆年。”

又代其婿某拟挽岳母联云：“驾鹤竟何之，痛后生再谒坤仪，惟仰瞻泰岳峰头，独零秋雨；乘龙原有愧，幸内子克遵懿训，尚堪向蓬莱岛上，稍慰春晖。”词旨秀丽，笔意缠绵。

又代其内弟孔某为挽姊联云：“几度陨荆花，念同气摧残，尚私幸庇及葛根，仲由有姊；一声歌薤露，痛连枝折尽，更孰悉摘空瓜蔓，伯道无儿。”时孔某之姊妹尽殁，而又连丧子也，故说得尤为沈痛。

余友张君允升少失恃，兄弟五人，其父月舫先生皆分出，令自谋生，以故允升无田产，教读为业，妻子多年住在岳家，皆岳母维持之力也。故于岳母发引日，允升助资百元，以报其德，并为挽联云：“七旬三龄寿母，冰霜励节，勤俭持家，伫看彤史褒扬，留得千秋遗训；二十四载馆甥，眷泣毕承，涓埃未报，自恨青衫沦落，弥增半子哀思。”皆纪实之笔也。

陈家尧京陈竹轩，张子铭先生之弟子也。而子铭之弟炳汉，又为竹轩之姊丈。竹轩母死，陈鉴湖先生代子铭拟挽姻伯母联云：“忆贤郎杖履从游，痛抱屺山，益信传经无过孝；幸弱弟丝萝缔结，感深泰水，遥知执绋有馀哀。”按，原联中句以床东对堂北，余谓堂北尚现成，《诗》“焉得萱草，言树之背”，背即堂北也。若东床坦腹，只是仰卧东床,非仰卧于床之东边也。亦犹近人以池西对堂北,所谓西池者,西王母之瑶池,亦非池之西边也。与此同一习而不察耳,故为僭易二语存之。

孔家尧京孙老姻伯母陈太夫人,卒于乙丑九月初六日,寿八十九岁。时镜忱亲家方署获鹿县事,闻母病,请假归,侍养以终云。余当时挽一联云:“距九秩仅一龄,胡使萱帷留憾事;近重阳才三日,好携菊酒奠尊灵。”

太夫人与余嗣母李太宜人为结义姊妹,故发引日余又为挽联云:“福荫绵延,记从犹女于归,两谒萱堂瞻淑范;亲情稠叠,想到慈帏结义,一歌蒿里写哀忱。”

余又代注东二兄为挽太亲母联云:“十馀年缔结丝萝,每当弱息归宁,辄谓重慈多厚爱;九阅月缠绵医药,自愧藐躬诊视,并无一术起沈疴。”盖太夫人之病,二兄屡为诊治,终至不起云。

西张定张祥甫旅长,少与镜忱同学,而其妹又为镜忱之冢妇,少寡,极为太夫人所体恤。余代祥甫为挽太姻伯母联云:“与文郎砚席观摩,得瞻淑范,迨书遗封鲊,俾成两字循良,罔极本难酬,纵教表列陇阡,无笔能宣贤母德(言发引日即立碑也);幸弱妹丝萝缔结,亲侍坤仪,洎曲谱离鸾,益荷重慈怜爱,相依胡舍去,犹记札飞雷岸,总言未报祖姑恩。”词丽以则,面面周到,不愧才人之笔。

又为泛挽一联云:“为梁鸿妻易,为文伯母难,当年劳逸详箴,列女传中推第一;子以循吏称,孙以法学显,此日哀荣并至,瑶池会上亦无双。”笔意亦自浑成。

余嗣母李太宜人,年廿五岁守志,有一女,适田家庄刘献臣,亦早卒。过余为嗣,勤俭持家,每值余在外将归,必一日到门瞭望数次。民国丙寅三月十一日去世,余泣挽一联,悬之灵前,以写吾哀。联云:“母竟长辞,每当中夜徬徨,倾耳如闻欬枕语;儿将何恃,从此他乡游宦,伤心无复倚闾人。”联成,每一读之,声泪俱下,次联语尤真挚也。

北院锡九叔母，傅孺人，与李太宜人甚相得，宜人于丙寅三月十一日殁，孺人亦于次年丁卯三月十二日卒，相去恰一年也。记是年二月初七日，东城刘绳武家发引，求余为成主。余于初四日由津起程，值雨后道路泥泞，至初七日早九点始抵家，十一日复又返津矣。劳乏之馀，未遑亲诣问安，忽闻噩耗，殊自恨也。乃为挽联云："匆匆由故乡而返，甫及三旬，噩耗忽惊闻，恨者番风雨归来，未奉起居愧犹子；忽忽距阿母之亡，已周一载，慈颜复见背，倘宛若泉台话旧，莫教忧念到痴儿。"词意兼到，于当日情事，亦颇详尽，故自可存。

鲁东侯锡田之夫人，卢家楼卢子忠之姊也，因贾业关系，同寓津门。姊病年馀，中西医药皆罔效，岁丁卯春，子忠为其长子宪文回家完婚，别五日而姊卒。至发引前三日，始返津，属余代为挽姊联云："素乏李勣深情，痛阿姊卧病经年，终未焚须亲侍药；为了向平俗愿，恨小弟别虽几日，空教洒泪一凭棺。"此余急就章也。当时子忠催促甚急，词句未暇斟酌，"一凭棺"，"一"字初作"仅"字，细思终未妥，改作"一"字，乃觉圆活。古人有一字师，即谓此也。按，首句亦有改易。

朱子桥将军(庆澜)扬历数省，粤东及黑龙江政绩尤著。其夫人戴氏有淑德，创立江省女学校，教嫡庶六子，皆循有礼法。民国丁卯春，卒于锦州里第。孙镜忱亲家，朱之江省旧属也，属余为联挽之。联云："相夫成当代名臣，将军迭建勋劳，龙塞羊城，政绩长留资内助；教子秉母家礼训，喆嗣动循规矩，凤毛麟角，贤声远播见坤型。"可谓切当。

涿郡冯问田科长，亦朱之江省旧属也，发引日，亲往襄理大事，亦挽一联云："林下挹清芬，随夫君龙塞羊城，勤襄内政；凌河沈宝婺，看喆嗣凤毛麟角，足报春晖。"亦以"龙塞羊城"、"凤毛麟角"作对，深笑我两人之有同心也。

问田又代冯季樵挽一联云："四德俱备，入门即善事姑嫜，更兼治家有道，教子成名，助夫君纬武经文，得使忧无内顾；卅载以还，相处则谊同叔嫂，讵意秋老凌川，神归蓬岛，叹此日翘诚礼奠，不知涕之何从。”凌川即锦州古名。

前县长薛公凤鸣，字紫翼，山西霍县人也。与吾县张子铭前辈、孙镜忱亲家为壬寅补行庚子辛丑恩正并科同年，民国丁卯去献后，署理赵县，其尊阃王夫人卒于任所，讣于天津孙公馆，兼寄悼亡诗四首，诗虽不工，亦可见公之深于情者矣。时镜忱在京供差，不在津，其三少叔锐属易迪庵先生为挽联，而属余代书联云：“六十年闺阃流芳，每钦羡出政相夫，读书课子；数千里关山隔路，最凄凉太行云断，易水风萧。”余以为上联颇稳惬，下联似近空泛，“太行云断”尚切到山西去，“易水”非赵地也，殊难切合，乃为另拟一联云：“相夫子成循吏名，胡令梁案风凄，德曜未偿偕隐志；与使君为同年友，遥想花封月冷，安仁怎赋悼亡诗。”尚觉面面周到，乃未即书，而余有宝坻之行，亦未知其联之果用与否也，(联)〔聊〕志之以为谈助云。

戊辰春，余在津赋闲，叔锐又代其同学崔某属为挽连襟之母，联云：“末戚托邢谭，记曾拜母登堂，得伴贤郎聆淑训；高风追敬孟，忽讶走伻见讣，痛教妻鄗失坤型。”此等题目，本无甚情，只可藉作敷衍而已。

张恕堂先生，山东济宁人，冯科长问田之内兄也(其子伯明与余在江省同事)。恕堂太夫人卒于里第，时恕堂在津，问田代拟挽母联云：“痛吾父弃养十二年来，支持家政，上累慈怀，撒手谢尘寰，空说相依西蜀竹；叹小子奔丧一千里外，匍匐寝门，未聆遗训，摧心挥血泪，何时哭活北堂萱。”语极沈痛。

问田亦有挽岳母联云：“自癸丑(民国二年)拜别已十年，虽通丹简，黑水云遥(时在黑龙江省)，者番幸返里门，犹私冀春夏之际，慈幰贲临，聚首常聆贤母训；维甲子(民国十三年)纪元第一日，甫立青幡，金萱顿萎，此耗惊传沽上，何忍见兄妹相依，长途奔赴，伤心弥重馆甥悲。”

至发引日，问田适署理满城县知事，又为联挽之云：“内子前岁归宁，说慈颜消瘦，体尚康强，方期享上寿百年，谁知蓬岛栖真，片霎竟能成佛果；皣生此番作宰，叹公牍繁劳，事多羁绊，未获临寝门一哭，纵使刍香遥奠，寸心曾否达泉台。”情词凄惋，令人不忍卒读，言情之作，可谓绝唱。

问田又有代人挽张太夫人联云：“有子为教育家，为政治家，为军事家，云路竞鹏抟，画荻当年承懿训；作人以孝慈著，以忠厚著，以勤俭著，江城闻鹤驭，束刍何处仰坤仪。”

问田之友董右岑之太夫人卒，问田挽一联云：“喆嗣于行政立法各界，懋著勋猷，早岁播英声，克报乌私无缺憾；贤母有和丸画荻遗风，垂为槼范，徽音播彤史，惊闻鹤驾遽归真。”

问田又代人挽张辑五太夫人联云：“距百岁仅二龄，知太君誉美郝钟，四德早传中馈日；以一身兼五福，况令子绩昭樽俎，九原早慰断机心。”盖辑五长于外交，故下联云然。

又挽陶树铭太夫人联云：“有令子三径盘桓，棠荫犹存，封鲊知承贤母教；逾周甲二年荏冉，萱花遽萎，登龙弥重故人悲。”切陶姓生意，语有根据，笔亦条畅可诵。

余在黑龙江省公署，有同事张君喆夫，黔省人，清光绪癸卯科副榜，为人记忆力甚佳，尝为余述咸同间翰林叶某，四川人，其夫人某氏才学兼优，著述甚富，叶某主成都书院，士子之文，多由夫人评定甲乙，洵女才子也。夫人后叶某卒，有名下士挽一联云：“也曾续史，也曾续经，瞻落落名山，博议书成，竹素双栖留只影；未敢言仙，未敢言佛，叹茫茫宇宙，大家身在，柏舟一叶指迷津。”吐嘱风雅，才人、学人当一齐颊首。

喆夫又尝代徐某挽吴母太夫人联云：“家乘溯延陵，故楚人争颂贤母；讣音传朔漠，束刍我欲绍前休。”吴，湖南人，就两人之姓生意，亦见匠心。

江苏淮安陶君岫樵（际唐），亦江省同事也，其伯母余太夫人守志多年，卒时，岫樵之师常晓城先生代其佃户某为一挽联云：“宇下托鸿恩，松菊一庭瞻淑范；云中悲鹤驭，桑麻满地动哀情。”颇合身分。

殷少波先生亦挽一联云："风范棱棱，竹耸一枝青有节；霜华翦翦，菊开三径淡无言。"上联切节母生意，下联切陶家生意，词旨清新，洵不愧才人之笔。

岫樵在参谋部供差日，其夫人吕氏卒于京寓，有悼亡一联云："廿馀年贫贱相依，叹百事多乖，生不逢辰死亦已；二千里家山空望，痛一棺浮厝，君今归去我何堪。"语极沈痛，盖其时参谋部迭次欠薪，正艰窘不堪时也，故言之愤激乃尔。

吉林督军张辅卿之太夫人卒，岫樵代奉天王贵山处长挽一联云："鸾驭蔼慈云，一刹那小别娑婆（娑婆世界乃痛苦之意），证果应归极乐国；鸡林怀懿德，亿万户同声爱戴，感恩争颂太夫人。"不沾不脱，允合挽女联正则。

江省无线电台监督张君楞生出洋考察事件，其夫人卒于差次，无线电台副官李衍荪属余为挽联云："十馀年棨戟瞻依，记节序登堂，曾睹齐眉修举案；三万里藁砧望断，痛音容隔世，不堪回首忆归槎。"

锦州王永盛团长，其母孙太夫人抚前室子永魁、永昌兄妹如己出，生三子四女，其三女则黑龙江万督之夫人也。寿八十，卒于江省公馆。永盛适委任满洲里三十二团团长，发引日，朱焕庭营长、张廉甫总队长等皆属余代拟挽联，余成联数付，联云："有大德应享大年，匪惟赒贫济困，乡里称仁，相夫君止孝止慈，梁案千秋堪媲美；生贵子兼联贵婿，试看秉节绾符，边陲著绩，知贤母多福多寿，板舆一笑遽归真。"此隐括哀启中语为联也。又："丹桂五枝芳，况兼生女壮门楣，群钦柳母和丸，当膺厚福；金萱千古谢，犹忆登堂瞻阃范，重话陶家截发，最感深恩。"

又专为朱营长拟一联云："五株丹桂共峥嵘，女亦壮门楣，馀荫胥由贤母教；八秩金萱悲萎谢，我曾参末座，少年惭负贵人期（用潘孟阳母谓杜黄裳语）。"得林少穆挽陶文毅联笔意。

又就其家之姓氏与其子之官阶为联云："母系溯江东，诸郎亦麈尾风流，泪洒乌衣嗟陟屺；噩音传塞北，季子乃龙沙屏蔽，心伤墨绖事从戎。”意既新颖，词亦浑成，的是一时得意之作。

余侄幼民，即钟麐，在晋军充营副，与营长刘君品一最称莫逆。岁戊辰，驻军保阳，品一之母太夫人来就养，幼民时登堂晋谒，最为太夫人所优待。太夫人于是年八月因病旋里，至己巳二月九日，终于里第。幼民来函，请余为联挽之，联云：“保垣驻节板舆来，记瞻谒慈颜，曾许黄裳参末座；瑶岛离尘仙驭返，恨羁留军务，尚惭徐孺致生刍。”笔意雅切。

又，军需长某从品一营长最久，亦属幼民求余代拟挽联，联云：“顺昌旗帜久归依，习闻训秉慈闱，报国尽忠镌有字；孟仉杼机方景慕，不道年臻稀寿，登堂拜母恨无缘。”时太夫人年正七十也。

余之小女嫁张武扬张氏子，受姑虐遇，夫妇因以不和，在家住二年馀，后经其戚属调停，于戊辰九月间复言归于好，讵至己巳二月初归宁，一病不起，呜呼痛矣。余哭以联云：“偿女债卅载劬劳，奈错订姻缘，怨耦每嫌予计拙；受夫家数年磨折，纵重赓好合，郁怀谁解汝心悲。”字字沈痛，令人不忍卒读。记前阅《益世报》，载有兄挽妹一联，与此同一机杼，因附录之以备览。据述，妹受姑与小姑虐待六年，悬梁自尽，兄挽一联云：“兄欲慰衰老慈亲，奈当初错配姻缘，五夜思量终莫解；妹去见阎浮王者，问前世有何冤孽，六年凌虐竟如斯。”意极愤激，而出语却极蕴藉，不愧才人之笔。

民国己巳七月十九日，二家嫂王孺人卒，寿六十有九。记嫂于归日，余甫十一岁，昼夜相依，真不啻母也。故余为挽联云：“忆我未成童，嫂氏于归，宛转相依真若母；痛今先逝世，阿兄奚慰，凄凉垂老叹无妻。”语特质实，倍觉沈痛。

二嫂于庚午九月十七日发引，余又为挽联云：“计析爨未十年，已频惊慈闱弃养，弱息早夭，讵期嫂溺莫援，搔首呼天，胡使六亲同厄运；去古稀才数月，遽抛却结发夫妻，满堂儿女，尤痛弟围谁解，伤心彻幛，怎挥双泪报深恩。”笔意缠绵，情文兼至。

余又代其子婿孙永铨拟挽岳母联云：“泰岳具蹶父孔武才，那堪白发凄凉，主馈遽亡贤德曜；闺房有丈夫知人鉴，自恨青衫沦落，成名犹愧古韦皋。”又：“十年感东岳深恩，蓦听鼓盆歌，每欲陈庄叟忘情，娱公晚景；千古寻南康故事，愧膺知人鉴，何处效韦郎持节，报母春晖。”心思绵密，词旨清新。

又代其孙婿马树楷拟挽太岳母联云：“一从五载缔姻盟，记内子来嫔，辄言敬戒无违，追溯良箴原大母；未及七旬归寿域，幸太公健在，惟祝康强犹昔，藉分馀荫比孙行。”数联皆笔意飘洒，面面周到，可谓匠心独运。

吾村周召甫之祖母张太孺人，伊家庄张文耀之堂姊也。己巳冬，太孺人发引，余为文耀拟挽联云：“饷馔感深情（唐郑脩家人为夫人备馔，夫人顾其弟曰：‘我未及餐，尔可权且点心。’），忆从路隔重泉，入室复谁怜馁困；焚须悲往事，记取年逾八秩，登堂犹共话寒温。”朴实说理，虽无甚出色处，亦自笔意缠绵，可存作也。

又代召甫之内弟陈某为挽太姻伯母联云：“闺阃播贤声，记曾阿姊归宁，辄言荫托重慈，足为吾家垂淑范；栝棬仰遗泽，幸与文孙缔结，益信祥征累叶，胥原王母有诒谋。”恰是姻再晚口吻，是谓切当。

东城刘文泰之母杨孺人，余侄钟麟之姨也，中岁家落，衣食不给，至为人佣仆。后文泰与弟文珍在哈埠营业，家渐裕，而母于民国庚午夏间卒。发引日，余代钟麟拟挽姨母联云：“本为我母连枝，姊妹命难齐，半生来茹苦含辛，仅得馀甘回蔗境；正祝阿姨老福，郎君才竞爽，千里外牵车洗腆，那堪一恸失萱帷。”

又代其内弟杨庆友为挽姊联云：“饥寒可忍，佣役犹甘，历尽万分难，阿姊算来真苦命；夫未成家，子能跨灶，受他一日养，诸甥何自报春晖。”

又代文泰拟挽母联云：“愧幼岁无负米才，致我母困苦颠连，不读蓼莪犹陨涕；幸近年遂牵车志，尽小子晨昏奉养，忽伤风木倍酸心。”词意恳挚，令人不忍卒读。

杨孺人本张文耀之表姊，而文耀又与文泰有金兰谊，表亲已提不起来。发引日，文耀适为总理，余为拟挽世伯母联云："与文郎为金石交，曾参末座，屡谒高堂，慈竹忽霜摧，忝我菲才襄大事；叹贤母真贫苦命，老境方甘，病魔复扰，枯杨逢运厄，凭谁椽笔发潜光。"末句余有自负意。

陈家尧京陈鉴湖先生言，堂妹迪庵殁于光绪四年。妹母沈太孺人，年二十二居贫守志，五十馀年如一日，里党亲族咸怜敬之，民国十九年庚午五月廿九日卒，寿七十七。卜于六月初八日发引，乃挽一联云："苦节百年心，真觉得冷饭犹温，破衣亦暖；菲才一枝笔，只作到志书编传（民国十四年，鉴湖协修县志，以沈孺人事编入），学使旌门（宣统元年具呈请旌，学使傅增湘旌以'巾帼完人'四字）。"

又代其堂叔幹卿挽一联云："二二守志，七七归真，中间五十年，百折千磨，苦海茫茫全大节；邑乘录贤，学司褒德，时在一九岁，六月八日，佳城郁郁葬贞魂。"

又代沈孺人之弟拟挽姊联云："吃残剩饭，穿补缀衣，历尽万分难，似此守贞谁及姊；无绕膝男，有遗腹女（孺人止一女），平生一点血，那堪临去屡呼娘。"数联皆朴实说理，词无枝叶，言情之作，以真挚为上乘也。

东韦庄韦君泽霖，鉴湖先生之门下士也。泽霖母卒，鉴湖挽以联云："高堂一夕忽登仙，嗟绕榻儿孙，垂泪常怀机杼教；吾道半生惟劝孝，悯居庭弟子，传经废讲蓼莪篇。"颇合老师身分，与余挽刘晓舟之父同一用意。

又为泽霖之父鸣岐先生拟悼亡联云："家庭事辛苦相予，遽尔长眠，一夕竟成千古梦；儿女债完全付我，忍教老骨，七旬犹荷两肩愁。"笔意质实得妙。

又代泽霖之前妻内兄李某拟挽太亲母联云："母贤乎哉，一夕竟能成佛果；妹亡久矣，九原犹得见慈姑。"语亦切当不易。

培垣大兄与余为义兄弟，嫂刘氏尤善谈噱，每余至其家，辄喜置酒食，故余弱冠时，常与培垣兄共饮，至今犹不忘也。民国辛未七月初八日，嫂氏卒，余时客津门，闻耗，挽以联云："忆幼岁登堂情话，辄喜为炊，酒食溯前尘，余惠尚铭苏季子；痛尔时异地宦游，有疏问疾，音书传噩耗，吾宗顿失宋宣文。"亦用为炊典，却自按切情事，非同泛泛。

培垣兄之子嘉训，前在黑龙江东北讲武堂充兵学教官，于去冬辞差旋里，得亲侍母病，故余又为联云："想阿咸龙塞归来，赋闲半载，得侍慈颜，到而今含饭躬亲，失马始知还是福；叹大兄鳏居落寞，垂老七旬，遽失内助，从此后齑盐手捡，离鸾自顾倍伤神。"就子与夫两面生意，似一则吊唁文字。

又为培垣兄拟悼亡联云："远游有子寄当归，绝塞奔驰，偏使愿偿乌返哺；垂老无妻惭独活，空房落寞，何堪曲谱《雉朝飞》(《雉朝飞》，琴曲名。齐宣王时，犊牧子五十丧偶，见雉朝飞，雌雄相和，触意伤心，而为此曲)。"与上一联同一机杼，而对待工整，词意尤为新颖，允属得意之作。

又泛挽一联云："昨宵银汉渡双星，离别偏长，天亦为人挥泪雨(俗谓七月初八日雨为泪雨)；此日瑶池增一座，幽明顿隔，我于何处拜慈云。"此切其死之日生意也。

贾家庄吕金贵之母张孺人，余侄钟麐之岳母也，晚岁，儿妇、孙媳相继逝，遗孤待母抚养，家复中落，劳瘁不堪。卒之日，余为挽亲母联云："贤母真苦命劳人，桑榆日薄，尚抚遗孤，料应令伯陈情，罗拜阶前兰亦泣；爱女为吾门佳妇，萝茑从亲，惊闻噩耗，愁睹阿咸执绋，归游林下竹犹寒。"上联叙事，下联言情，可谓面面周到。

余又代钟麐为挽岳母联云："数载抚孤雏，忍抛却稚齿孙曾，竟离尘劫；廿年惭半子，空掬此满腔血泪，莫报春晖。"笔意亦自爽健。

河城张树桢之母于太淑人，郭庄于春声之姊也，而春声之妇实为姊之夫妹，前于挽张衡甫四爷联已经叙明。淑人生三子，长树桢，清都司，以游击补用，入民国，充第三师参谋，从孚威将军入川，卒于大竹县；次树梅，务农；三树森，在第三师充某营营长。淑人卒，偕树桢夫妇同发引，余代春声拟挽姊联云："羹汤先遣小姑尝，记内子归来，辄言中馈攸司，阿姊妇工真绝世（妇工不专指女红而言，班昭《女诫》妇工条：'洁治酒食，以供宾客。'则调羹亦妇工也）；机杼夙推贤母教，喜诸甥竞爽，纵使长君无禄，吾家宅相已成名。"经营惨澹，不拾人牙慧，斯为切当。

余又代其子婿刘某撰挽岳母联云："三株树蔚作一庭春，忽失亢宗人，直到瑶池伤建鼓（建鼓，典出《庄子》，见前）；卅馀载忝居半子分，愁吟望岳句，奚从泰水认慈航。"

余又为泛挽二联，尤觉词意浑成，联云："教诸儿为当代英材，大儿一韩，小儿一范；将贤母比千秋列女，婴母知废，陵母知兴。"出语如生铁铸成，得吴桐城先生笔意。

又："当年困苦抚遗孤，三冬画荻，五夜断机，慈训本勤劬，早教韬略罗胸，圻父爪牙光国牒；此日联翩归寿域，长子偕行，冢媳随侍，仙軿休寂寞，犹得晨昏聚首，家人言笑到泉台。"词既面面周到，笔亦落落大方。宜郭君泽绵见之，极为称赏也。

杨家园杨奎章武孝廉之母倪太宜人，余之族姑母也。民国辛未二月间，偕奎章夫妇同发引，其孙寿图之同事郭君泽绵、陈君利宾属鉴湖先生（利宾伯父）为拟挽联云："登堂不见断机人，况兼子妇同归，庭院荒凉，萱草秋霜增痛泪；会葬忝为执绋客，正是清明将近，旗幡掩映，杏花春雨送仙灵。"首句高唱入云，收句词尤秀雅，的是才人之笔。

又为泛挽一联云："巾帼中大有完人，备四德，晓三从，而今天上催归，左携佳儿，右携佳妇；刹那间忽离尘世，驾青鸾，游紫府，此后堂前留影，男侍慈母，媳侍慈姑。"笔亦雅健。

鉴湖又代杨雪桥拟挽嫂及侄夫妇联云："弟少壮即痛兄亡，嫂又弃予，可否重泉相聚首；侄夫妇同随母去，天真厄我，那堪垂老屡伤心。"又："佩钦谢女贤能，及笄年归到吾家，每遇弟围赖嫂解；嘱咐阿咸夫妇，倘泉路得逢汝父，莫言予老令兄悲。"两联笔意皆哀怨缠绵，令人不忍卒读。

傅家庄傅炳文之母，杜柯白辅臣明府之姊也。辅臣三岁失恃，赖姊抚养成人，故发引日，为姊立碑，以报其恩，时侄孙恩润在傅家庄教书，属余代白辅臣拟挽姊联云：“忆幼年树背无缘（《诗》‘焉得萱草，言树之背’），幸蒙阿姊爱怜，十载劳心同顾忧；痛此日焚须莫及，惟托名流濡染，千言表道报恩勤。”词意落落大方。

汝南张君鸣钦，余清河预校之门下士也。鸣钦军官毕业后，屡充军事要职，民国二十一年，充浦东公安局局长，其母姚太夫人就养沪上，卒于公寓。余侄趋庭、幼民闻讣，皆以同学谊，属余为联寄挽之。趋庭联云：“维太夫人，继滂母高风，始信汝南多间气；有亢宗子，效潘舆故事，胡为沪上失慈云。”幼民联云：“相夫挽鹿，教子丸熊，萱室久操劳，遥望中州留淑范；毛檄娱亲，潘舆迎母，兰陔胡弃养，长教歇浦咽悲潮。”两联皆就地生意，可谓切当。

吾村周宝荣先生之室王孺人，生五子：长世林、三世桥，皆务农；次世桐，充绥靖军某营马医长；四世栌，在奉军某营充连长；五世棕，在江西军某营充营长。孺人卒，世栌、世棕先后奔丧，皆有同事赠联，但以仓促未书字，属余为联，悬之灵右，联云：“主持内政四十年，于今世界娑婆，爱日难留周顗母；痛哭慈帷三千里，此后天涯游宦，望云犹怆狄梁公（世棕在江西差次奔丧，故云）。”又：“教成诸子半从戎，想望断倚闾，转悔有儿求远志；奔哭慈亲多陨涕，痛愿虚返哺，谁教无药寄当归。”此联笔意尤为精卓。

余嗣母李太宜人殁于民国十五年，停柩未葬，日夜疚心，今拟于秋后发引，乃预为挽联云：“冰心对四十载青灯，叹娇女早世（余妹廿八岁卒），遗息复继促芳龄（外孙女十六岁卒），老景逼桑榆，五夜素帷余涕泪；苦节博九重天丹诏，羡嗣子能文，显亲更晋邀芝诰（由孺人晋封宜人），清风标绰楔（旌表之意，见《隋书》），千秋彤管有光辉。”意既绵密无间，词亦工力悉敌，允属杰作。

余又代尹屯表弟李秀山拟挽姑母联云：“苦命其惟姑，夫早亡，女早亡，一外女孙又早亡，毕世未舒眉，长此伶仃完大节；伤心无若侄，父前卒，母前卒，两同母弟复前卒，重泉烦寄语，莫教辗转念孤儿。”时秀山之弟秀峰、秀岭已殁矣，哀怨缠绵，情文兼至。

余又代妹婿刘献臣挽一联云：“仙去何之？倘瑶池及见先慈，为言连育孙枝，破涕漫弹思子泪；缘多未了，想泉路定逢爱女，务嘱长依母氏，宽怀休上望夫山。”时献臣之母早卒，又自妹亡，再续路氏，已生一女两子，皆成立矣。文生情耶？情生文耶？洵不愧为名笔。

余又为柩棚联云：“停柩每疚心，惟遵阿母遗言，权假殡宫供子职；凭棺常悚目，恐罹生人浩劫，且将坏土妥先灵。”上联述所以停柩之故，下联述所以安葬之由，一片精诚，可告天知矣。

吾村周文朋之母王孺人之卒也，开吊日，属余为联匾，余代其舅王墨林先生拟挽妹联云：“垂老怕伤心，谁知景迫桑榆，又哭女弟；考终应瞑目，试看芳联兰桂，可告夫君。”淡淡著笔，轻倩宜人，以写情之作，原不在词藻擅长也。

北院翼庵二叔母杨太孺人，性贤淑，生五女而无子，簉室纪氏生二子而翼庵卒，遗孤皆幼，太孺人与纪氏抚之成立，又葬姑及夫皆尽礼。未几，纪氏亦卒，太孺人独力支持家务者又十馀年。民国甲戌春，年八十，以呕血卒。余挽以联云：“廿年垂老抚遗孤，而今婚嫁已成，差堪上对藁砧，下安簉室；八秩考终馀恨事，念彼零丁益甚，最是童孙尚幼，寡女何依。”盖孺人长男聘之断弦遗一子，年甫十二三；又第四女夫死家贫，终年寄食母家，尤为颠连困苦也。

又联云：“以一个妇人，克支持门户，料理婚丧，群钦巾帼须眉，属纩定知无愧色；问百年后事，有失恃童孙，食贫寡女，谁念零丁孤苦，盖棺未免太伤心。”两联皆按切情事，词意缠绵，雅与题称。

云庵三叔殁于民国十七年戊辰七月，叔母张孺人殁于民国二十三年甲戌四月六日，孺人自民国四年即住于女婿王瑞符家，为抚外孙兰生，至于成立，今已十九岁，北京高级学校毕业矣。故余为挽联云：“相夫子博人海文名，风雅习闻，钗荆不愧梁家妇；抚外孙成胶庠学子，聪明夙擅，宅相应归王氏甥。”按，魏舒外家宁氏，有形家相其宅当出贵甥，时(盛)〔王〕氏甥颇聪明(按原典作盛世甥，此偶未检)，人皆属意，舒曰：“吾为外家成此宅相。”此用王氏甥，典颇雅切也。

又就其卒日为联云：“计望夫七年，化石凄凉，今倘相从归乐国；先浴佛二日，拈花解脱，固应一笑赴灵山。”吐嘱秀雅，绝世风姿。又：“入梦想从夫，鹤背伴应偕德曜；归真先浴佛，龙华缘欲证如来。”仍是上联之意，而此联尤觉简老庄重，要之皆名笔也。

北院瑞西弟之大姊嫁乔尔庄房君墀，晚年目盲，而勤劳不少息，甲戌四月中，三媳亡，亲为浣濯秽衣，以致手生水疔而卒。余代瑞西为挽联云：“与大姊本属连枝，苦命相怜，竟尔晚年同病目(时瑞西亦患青盲)；恨小弟空劳侍药，痴心未已，犹期来世再焚须。”想到来生仍为姊弟上去，痴情奇想兼而有之，与曾文正挽弟贞幹联同一用意。

余与大姊同岁生，姊于归日，余亲送之，乃自此三十馀年，余奔走四方，竟未得一见，遂成永诀，为可悲也。故挽一联云：“生同族复忝同庚，卅年前亲送于归，谁知此别千秋，竟与女兄成永诀；痛丧明非因丧子，六旬后自忘残废，闻道临终数日，犹为亡媳任污私。”亦纪实之笔也。

大姊之病，瑞西亲往视疾，归语余，见房君子明(余之旧同学)，述李文忠公督直日，有挽南皮张文达公太夫人一联，的是名人手笔。时文达公罢豫抚任，终养家居，而太夫人殁于正月十五日也。联云：“棠甘南国憩名臣，绕膝莱衣(原联作‘埙篪’二字)，连年绿野晨昏，彩衮有状元宰相；桃熟西池拜王母，归真(原联作‘仙游’二字)蓬岛，此夕珂乡士女，笙歌罢社火春灯。”按，此联末二句作“今岁元宵灯火，白云遍天上人间”，余谓“元宵”，“元”字与“状元”字重，“天上人间”亦似对不住“状元宰相”，故为僭易存之，以俟博雅君子。

翼庵二叔母杨太孺人之卒也，已为联挽之，今闻将与侧室纪氏同发引，乃为并挽之联，云：“樛木弄贤声，记从井臼同操，风什允宜赓燕燕；蘼芜寻旧迹，料得藁砧相见，泉台重与和乌乌。”取材精当，词旨风雅，犹其馀事。

又单挽纪孺人联云：“绣褓育佳儿，贵至孝文，驰谕何曾讳侧室；织罗随大妇，贤如络秀，归真犹得伴夫人。”不讳侧室，亦不鄙侧室，颂扬得体，用笔恰有分寸。

又代杨雪桥先生拟挽姊联云：“姊其贤乎，当年甘蔗旁生，亲抚双雏如己出；弟将老矣，此日荆花毕谢，自怜断雁尚孤鸣。”伤心惨目之词，令人不忍卒读。

齐家桥齐君树铭，翼庵叔之快婿也。余代拟挽岳母联云：“智比懿氏妻，曾喜当年谐凤卜；贤如陶侃母，幸为择地得牛眠。”盖发引有期，树铭曾为觅葬地也。

树铭之妻，姊妹五人，妻最居长，此时襟兄弟所存者无几矣，故又为一联云：“结褵犹在女儿身，桓孟重遗传，每藉拙荆思泰水；执梃忝为僚婿长，邢谭悲冷落，只馀小草报春晖。”首二句特见新颖，余亦面面周到，字字轻圆，允属得意之作。

又代聘之兄弟为挽母联云：“鞠育维勤，长想孤儿绷月夜；劬劳莫报，那堪两母痛泉台。”

吾县城内齐德林之室张孺人，余故人子珍之母也，民国二十三年甲戌十一月卒，寿六十三岁。记民国辛未九月间，孺人因病瘥还愿，演剧酬神，属余为书联匾，今才三岁耳，而孺人遽逝，故余为挽联云：“勿药不重占，忆曩年庆协更生，演剧酬神，曾为题词挥醉笔；徽音难再睹，痛此日节逢长至，春来阳复，翻教助绋送仙灵。”盖发引日正逢冬至也。

又代齐德林拟悼亡联云：“六三岁垂老长辞，忍抛结发夫妻，漫说来生还比翼；九重泉从容竟去，试看当前儿女，敢言已死不关心。”词旨哀艳，笔意缠绵。

余友赵君树萱，于甲戌十月间赴安徽六县公安局差事，不意去未三月，其母即于次年正月初七日卒矣。余为挽联云：“夫君好合卅馀年，内助历多艰，胡竟心伤炊臼梦；吾友远游二千里，南行才几日，不堪肠断绝裾人。”时其父方五旬馀，犹健在也。

乙亥冬，余自张冈归，适抛庄刘汝明师长之室唐夫人卒，其中表孟昭俊属为联挽之，联云：“顺昌旗帜夙瞻依，况兼中表亲情，喜睹夫人执桴鼓；德曜钗荆空想像，忝系将军部属，忍闻蒙叟发盆歌。”又：“本德门女，为名将妻，塞北佐元戎，曾羡执桴成伟绩；以中表亲，兼属员谊，瀛南沈婺宿，尚惭助绋送仙灵。”余弟彬儒以为次联尚圆和也，余以为切实自数首联。

陈家尧京陈光斗团长之母李太夫人，津北塔尔沽人，发引之日，陈鉴湖先生代其内侄李某拟挽姑母联云：“五百里远隔云山，乐寿婺星沈，南望徒增犹子痛；七旬馀遽离尘世，汉沽秋月冷，北归无复内宾来。”又代光斗之叔为挽嫂联云：“国难未已，时局日非，阿嫂早知机，懒在人间历荆棘；家室不宁，寓居靡定，次男忽迎养，愿从地下觅桃源。”盖其次子先亡也。

尹屯李兴九先生之继室陈太夫人，寿八十有五而终，前室子三人，亲生子四人，前室子除次子春霖出嗣外，伯与叔皆先太夫人卒，四子普霖亦先亡，附寄祖茔未葬，拟随太夫人同发引。余与李宅本系老亲，因此请余成主，兼以挽联相属。余代其外孙左某拟挽外祖母联云：“人作老娘呼，计携舅氏同行，梓墓欢迎，虽已及泉如在世；我承阿母训，为道外婆垂范，芦花变息，视他前室若亲生。”又代其外孙桑园吴某拟挽外祖母联云：“阿母负继室贤声，知训秉慈帏，抚孤永息芦花变；外婆赴瑶池仙会，幸欢承舅氏，有子长依萱草阴。”又代陈某为挽姑母联云：“行谊比鲁义姑，保抱著恩勤，犹子至今怀盛德；家声溯周元女，神明延似续，内宾何幸嗣徽音。”次联就陈姓生意，可谓强对。

阜城傅家沙窝傅某，四爷普霖之婿也。余又代之拟挽太岳母兼挽岳父联云：“廿载缔朱陈，记曾内子归来，辄言教秉重慈，敬戒胥原王母训；一朝先桓孟，想到妇翁随侍，益复愁生贰室，涕洟难解女孙悲。”两联工力悉敌，树义必坚，摛词无懦。

成主日，余亲临吊，见二门书有张世惠营长挽曾岳母一联，乃宋香亭茂才笔也。联云:“末戚托丝萝,三五年拜别慈颜,化日舒长,方祝彭龄八百寿;芳型迈桓孟,数千里羁留薄宦,临风凭吊(原本作‘欷歔’,平仄欠调),徒泣泰水两重围。”余谓上联“彭龄八百寿”似挽男语,次联“泰水两重围”亦凑亦晦,因归为易一联云:“十馀年谊托丝萝,泰水溯渊源,忝随有道曾孙,得荷帡幪瞻寿母;数千里身羁游宦,慈云失庇荫,每读思齐太任,空挥涕泪愧胡公。”按,武王以元女太姬配胡公,则太任即胡公之曾岳母也,此等羌无故实,只可借作敷衍。又即此意变化一联云:“祖岳为文母长男,三世仰慈云,忝附曾孙聆淑训;胡公配邑姜元女,一源寻泰水,胥从太任嗣徽音。”此联运用,不沾不脱。

联语粹编卷六

双　挽

夫妇双挽之联，出色者绝少，即观古今楹联刻本，辑录者亦甚寥寥。余历年乡里应酬，遇有夫妇发引之事，辄刻意经营，亦间有可采者，因另录一册，以备观览云。

《楹联丛话》载郑仁圃挽廖封翁夫妇一联云："卿蔼焕朱门，石奋郎君皆贵士；仙风飘绛节，刘纲夫妇并归真。"封翁夫妇，一月中相继而逝，即钰夫、仪卿二太史之父母也。

《益世报》载袁无咎鹾使挽徐班侯夫妇同被广济难联云："白首偕归，山好竟无埋骨地；伤心一哭，陆沈同是覆舟人。"末句用意深远。

又丁某挽一联云："齐年登上寿；大海落双星。"亦自简老。

《楹联类纂》载曾亮挽彭某夫妇联云："六十年花甲同周，是木公住世，金母现身，特地赏清闲风月；第一峰蓬莱共赴，看白鹤凌云，青鸾披雾，大家拜和合神仙。"

有潘某夫妇，年皆五十一岁，夫卒于二月十九日，妇卒于六月十九日，俞曲园先生挽以联云："佛诞志观音，最难伉俪归真，季夏仲春，同逢十九日（二月十九观音大士诞，六月十九日观音大士成道）；仙筹添大衍，却好期颐分享，锦琴瑶瑟，合成百二年。"按切情事，用笔巧合，不愧才人之笔。

余在本县高等日，校长王君铁梅一日以其挽太亲翁夫妇及其亲翁一同发引联见示，属为斧削，余观其意致缠绵，惟词藻稍嫌冗长，乃为润色数语，联云："设以常理论，痛星沈斗婺，树谢梓桥，剧怜我秦晋联欢，恭挽灵轩增感慨；若作达人观，念天上瑟琴，仙乡堂构，孰如公室家聚首，相偕泉路免凄清。"大开大合，直似时文二小比，于对联中亦自别开生面。

祁家垒头魏君骏生，本县教育局局员也，一日与余言其师王鹤龄先生夫妇同发引，属拟挽师及师母联，并为其同学张白二君多拟一联。余为联云："先生道望媲河汾，匪惟系出相同，经学渊源原一脉；阿母徽音齐任姒，想见刑于所致，师门轨范足千秋。"又："廿年低首拜经师，抚前席诗书，忍使遗庄荒陆氏；七秩传经资内助，对后堂纱竹，回思教泽泣彭宣。"又："讲筵久已帐云封，每怀引注批笺，手泽犹存诸弟子；隔幔亦知怜雪立，为感缝衣执馈，心丧无间老门生。"挽师之联易作，兼挽师母，则难于着笔，此三联以老师为主，以师母带言，允合双挽正则，亦可谓良工心苦矣。

吾村周逾梁先生生四女，皆嫁士族，而王友村鲁会清茂才则其长婿也。先生夫妇同发引，云庵叔代鲁会清拟挽联云："漫言玉润冰清，愧当年甥馆栖迟，谬长东床僚婿；何事山颓水竭，痛此日岱宗瞻望，空怀北室椿萱。"吐嘱秀雅，词丽以则，不愧才人之笔。

吾村从前有丧葬大事，就余所见，为总理者，则有解月三先生、周逾梁先生、余锡九家叔及价周大兄；为执事者，则有李飞熊先生、臧书田先生、解焕堂四爷。迨民国以来，诸公皆已谢世，惟焕堂四爷独存，乃亦于民国十二年壬戌秋逝世，及次年癸亥秋，其夫人亦卒，一同发引，属余为书联匾。当时彬儒、瑞西、芳华辈皆有挽联，余视之无当意者，乃立书一联云："故老渐凋零，剩兹一殿灵光，仍归泉壤；仙家嫌寂寞，呼得七旬德曜，同住蓬莱。"语极浑成，词亦雅健，芳华等见之，乃大钦服。

余窗友席君子衡，河城张恒久先生之内弟也。子衡，交河西新高人，少孤，见凌于乡里，乃移家河城，依先生以居。及先生夫妇同发引，余为子衡拟挽联云："君著平原望，我非无忌才，当年异地播迁，欢迓前驱惭负矢；姊有宪英贤，弟犹辛敞义，此日仙軿并驾，感怀往事泣沾巾。”两用典故，切合情事，古人联语中往往有此，而出联于子衡迁居事，尤有关合。

吾县方佑屯蒋寿山医士，为其父母发引，其乡人赵君香甫，余之高等同事也，属余为拟挽联，记有代其孙婿挽其太岳父母联二付，其一云：“十载结朱陈，尔时记内子归来，辄言敬戒无违，遗训本诸王父母；一朝失梁孟，此日偕女孙临哭，自愧恩勤莫报，挽歌空效众宾朋。”其二盖其妻已亡者，联云：“闺中嘉耦久称贤，回思桃李方秾，争羡肃雍能备礼（《诗·何彼秾矣》篇有‘平王之孙’句，故以之切女孙）；地下女孙如见问，为道栎樗依旧，总惭好美负知音（用张负以女孙与陈平语曰：‘岂有好美如陈平而长贫贱者乎？’）。”当时卢君筱轩、陈君晓云为礼相，见此皆深推许之，以为用意深远也。

余又代寿山之舅拟挽姊丈及姊联云：“窃符救难忆千秋，自愧信陵多侠气；煮粥焚须才几日，空教李勣哭灵帏。”纯借典故贴合情事，与子衡之联同一机杼。

河城张衡甫四爷之发引也，已有单挽之联，录于第三册，但当时本系四爷偕其继室同发引，故余又有双挽联附记于此。联云：“厚德可延年，羡二老梁孟齐辉，复九十曰（髦）〔耄〕，七十曰耋；善人宜有后，看诸孙戚俞媲美，如伯氏吹埙，仲氏吹篪。”盖四爷寿八十九岁，其继配寿七十一岁，而其孙树桢，清时升三营统领，入民国为吴玉帅参谋；树森为营长，皆纪实之笔也，而用笔措词尤现成得妙。

八章刘梅于余为外祖行，其少子晓舟，又为余门下士。民国乙丑冬，夫妇同发引，请余为成主，余观其联语，亦有署余名以挽者，然不甚当意，乃立书一联云：“老人本外祖同宗，夙钦伉俪皆贤，忆当年茹苦食贫，留兹遗泽；季子乃吾门高弟，自负生平教孝，看今日来观大悦，与有荣施。”颇合先生口吻，词亦浑成可取。

陈欣三先生，吾邑城南大陈庄人也，先生自先世即与单桥秦氏为至好；先生微时，又在广顺永帮忙，故秦谢庭兄弟皆以三叔呼之，世谊至笃。谢庭名宝树，兄弟十人，次居长，年五十馀无子，夫妇相继卒。民国十五年丙寅冬发引，余适客津，先生属余为挽联云："交谊比荀陈，自惭望减太邱，负汝应门尊父执；高风迈梁孟，惟恨命齐伯道，凭谁跨灶振家声。"此联寄至单桥，吾友秦和甫先生称道不置，早知为余之笔也，可谓知言。

吾村周公布三，字立成，为人慷慨有古侠士风，幼孤贫，不能自存，及长，经商永平一带，家以稍裕。其德配刘孺人亦贤淑，公卒，教子抚孙，皆成立。庚午春，夫妇同发引，其三子植棠状公行，请余为表其墓，发引日，复请余为之成主。余挽一联云："朱郭溯前型，一生肝胆照人，愧乏史才传游侠；鲍桓仰遗范，此日幽明异路，频挥老泪写碑铭。"盖纪实也。

边埠村马君玉田，公之子婿也。公卒后，乃联姻，余亦代拟挽联云："伤心无命识冰清，惟闻仗义疏财，甥馆喜谈游侠事；坦腹有年惭玉润，况值山颓水竭，婿乡忍听挽歌声。"翁婿本未见面，故出语极有含蓄。

八章刘君景泰，公之内侄也。余代拟一长联云："公何憾乎？想六十年商业经营，克兴家，克昌后，克济困扶危，高义式乡闾，自从鹤驭上乘，谁续散金范蠡传；姑其逝矣，叹廿馀载夫君诀别，能训子，能抚孙，能含辛茹苦，徽音传戚党，际此鸾骖并驾，愧无志墓少陵才（杜甫有姑母万年县君墓志铭）。"详叙夫妇事迹，两联工力悉敌，无一弱句，作长联宜有此警拔之笔。

余又代李芳华挽一联云："入《游侠传》有公，入《货殖传》有公，一生磊落光明，铁里铮铮好男子；读《泷阡表》思母，读《陈情表》思母，半世勤劬劳苦，女中矫矫大宗师。"用笔如生铁铸成，词亦铮铮有声，矫矫不群，联中之语，如其自赞也，当是极得意之作。

又为倪瑞西挽一联云："济人之急，扶人之危，古豪侠排难解纷，剩有义声传奕世；夫倡于前，妇和于后，贤伉俪含辛茹苦，永留遗范式乡闾。"词意绵密，尚非应酬俗套。

布三公有长女嫁杨家园魏文海长子意如为室，夫妇皆早夭，而文海未与立嗣；今发引，遣人质问其弟兄，果谁为之后，合族商议，乃立其三弟之子树檀承祧。植棠坚属余为拟一挽外祖父母联，以实其事。余初难之，继思无不可为之题目，岂枯窘题即无佳文耶？乃立书一联云："事与愿违，于外公外婆无一面缘，漫说飞腾成宅相；礼缘情制，为伯父伯母奉千秋祀，也随趋拜比孙行。"确是过继之外孙，又确是未见过面之外孙，于羌无故实之中，而能自完其说，此等联语，非寻常文字可比也，而"礼缘情制"四字，用得尤为恰当。

交河陈辛庄陈楷印先生，陈君德宣之父也，性和易，充本村村正，每为人和事。庚午春，与其元配浑孺人同发引，刘君秉文、张君瑞桢、丁君焕青皆与德宣为同谱，属余为合挽一联云："先生本系出太丘，排人难，解人纷，息事具深心，贤聚应书五百里；我辈亦分同犹子，木称公，金称母，登堂拜遗像，刍香可到九重泉。"笔意雅切可诵。

北峰齐君清洁[①]，其父殁于民国十六年，因兵燹，权厝先茔之侧，后其母卒，始发引合葬。辛未冬，清洁因杂税股曹先生介绍，属余为拟祭文、挽联等事，余代清洁兄弟拟挽父母联云："椿荫久凋零，剧怜黄土一棺，移殡无须鄹曼母；萱帏方冷落，从此白云孤舍，思亲尤甚狄梁公。"是改葬其父对联移不到寻常挽父联去，是谓切当。

又代其子婿蔡某拟挽岳父母联云："田舍翁苦力支持，产业薄，子姓繁，历尽千辛回蔗境；丈人峰频年望断，山既颓，水复竭，空教半子泣萝阴。"盖清洁之父母一生艰苦，晚年稍裕，故挽词多以此命意，此联笔调铿锵，词旨典雅，而对待亦复工整，洵佳构也。

又就齐姓为一联云："表海溯雄风，当年甥馆来游，敢比淳于为赘婿；坦床惭雅鉴，此日岱宗失望，翻教逸少哭郗公。"上联用《史记·滑稽列传》"淳于髡齐之赘婿也"，典颇切当；下联用东床坦腹事，亦对得

---

① 整理者按："北峰"两字朱笔圈去，旁改为"县北祁家庄"，并有眉批："按清洁，祁家庄人，非北峰也。"

住，此文之以典丽胜者。

又代其甥某拟挽舅父母联云："说不尽舅氏艰辛，回思平日操劳，任是无情伤渭水；拭难干愚甥涕泪，想到外家鞠育，何堪抱恸过州门。"笔意沈痛，分外精彩。

又代其内侄某拟挽姑丈姑母联云："公何往乎？平生历尽艰辛，差欣晚节馀香，身后犹荣五枝桂（清洁兄弟五人）；姑今逝矣，幼稚夙蒙怜爱，自愧少年失学，墓前未志万年碑（典见前）。"吐嘱秀雅，笔意缠绵，亦杰作也。

贾家庄吕金堂之母殁，余既为挽联，并代侄钟鹰为挽联，已录于卷五中。然金堂之父，瑞凤亲家，亦停柩未葬，壬申正月间发引，请余为书联匾，余为双挽之联云："末戚托松萝，记阿咸甥馆归来，辄言伉俪如宾，不独冰花推乐丈；贤声播桑梓，与喆嗣津门游处（余与金堂于辛未岁在津同住数月），愁说瞻依失所，何堪风树泣皋生。"于亲谊交情，两面发挥尽致，笔亦足以赴之，固自可存。

余亦代钟鹰为挽岳父母联云："忆当年甥馆栖迟，布履荆钗，领略田家风味，奈山颓水竭，贰室凄凉，回首溯前崖，总觉永托丝萝，空射雀屏惭半子；痛此日岱宗瞻望，瑶琴锦瑟，顿成隔世仪型，况运蹇时乖，诸孙孤露，伤心挥老泪，纵使相安窀穸，怎歌麟定慰双灵。"所以为长联者，以别于前挽岳母之联也，曲折如意，笔若游龙，洵极惨淡经营之作。

又代其内侄张雨鸿为挽姑丈姑母联云："公亦劳人哉，当年为老圃，为老农，念一生长者堪称，梓里至今推盛德；姑真苦命也，晚岁丧子媳，丧孙媳，剩两世遗孤待抚，兰闺谁复嗣徽音。"瑞凤亲家一生惟知耕作，不问家事，洵不愧为"长者"；张孺人晚年家业凋零，抚两世孤孙，时形拮据，"劳人"、"苦命"二意，皆纪实也。然非至戚，亦不易说得如此亲切有味，此文之以情胜者。

尹屯王耀亭先生之卒也，余既在津为挽联，复代魏君恺如为挽联，前已详录。壬申春，恺如来函，子益之母王孺人久亡，亦未发引，今夫妇将于二月间同发引，前联系单挽，恐不适用，属再为双挽联寄去，且言已求谷菊泉先生挽一联，因其未提子益提携一层，不甚惬意云云。余复拟一联云："儒医兼擅，从德夙娴，内外著贤声，幸吾家两世攀援，末戚与窥梁孟范；婺宿早沈，箕躔复黯，幽明成异路，感喆嗣十年提挈，同仁为废蓼莪诗。"此联于戚谊交情，面面周到，可云雅切。

余族弟瑞西与王耀亭论尹屯李宅，为表叔行；与王孺人论张房李宅，又为瑞西之表姊；又耀亭尝与瑞西讲字学，谊亦至笃。故瑞西亦属余为联挽之，联云："末戚托葭莩，尔时麈教选承，说字论文真莫逆；新歌传薤叶，此日鸾辀并驾，束刍奠酒有馀哀。"此联寄去，余终觉笔意平妥，无甚出色处，乃复为一联云："论祖姑家，为表叔行，论外氏家，为表姊行，两地结良缘，夙钦举案齐眉，不独亲情有瓜葛；谈右军书，则兰亭帖，谈河南书，则乐毅帖，廿年聆伟议，每恸悬崖撒手，曷禁血泪洒葭莩。"树义必坚，摛词无懦，以此质之瑞西，亦为之眉飞色舞，当是极得意之作。

河城孙九亲家寿昌，余侄钟麟之太亲翁也，中年落魄，晚因其子芳林等在吉林延寿县贸易，境稍裕。壬申秋，偕其元配周孺人与其长子同发引，属余为拟挽联数付。余代其子婿卢家场刘某拟挽岳父母及内兄联云："山颓抱恸，水竭兴嗟，自怜小婿不才，入赘君家愧冯布；萱荫久凋，椿庭复冷，犹幸冢男随侍，承欢地府有莱衣。"按，《孙氏日钞》云："宋冯布入赘孙庆家，庆每有事，即使布代，后因呼婿为布袋。"此典切孙氏，他家移用不得。

又代其内侄东韦庄周某拟挽姑丈姑母及表兄联云："谊自我姑推，当年反马偕来，颇蒙先祖爱怜，宾主迭为除贰室；情与诸父等，此日骖鸾并去，幸有长兄随侍，晨昏无间到重泉。"从前双挽姑丈姑母之联，多分联并说，此独摄合一片，力量较大，而"反马"之典，用得尤切当不易。按，《左传·宣四年》："叔姬高固来，反马也。"反马即今之回门礼。

又代其外孙拟挽外祖父母及舅联云："宅相托虚名，记曾雅嗜枣梨(王安石有赠外孙诗:‘年少从他嗜梨枣,长成须读五车书。’),真赏谬邀安石句;外家逢厄运,正说愁闻蒿薤,哀音又唱渭阳诗。”此联甚典雅,似不宜于庄户人家,然其外孙刘某亦小学堂毕业者也,即以典雅出之,当亦可用。

余亦挽一联云:“末戚托松萝,恨吾家援挈稍迟,未领鲍桓遗范;贤声播桑梓,羡喆嗣懋迁有道,克追陶猗高风。”笔亦落落大方。

八章李树荣亲家,癸酉春二月十八日偕其德配张孺人发引,前已录有单挽之联四付,然尚有双挽之联,今附录于此。注东二兄挽亲翁及亲母联云:“姻好缔朱陈,记从诊视沈疴,起死愧无扁鹊术;遗徽迈梁孟,为想赁春故事,偕行稍慰伯鸾心。”笔意亦颇平稳。

余亦挽一联云:“一门中雍穆如新,友于(第)〔弟〕,刑于妻,当年秦晋联欢,喜与我家同臭味;九泉下倡随依旧,夫别兄,妇别姒,此日樊刘仙去,空教吾党溯风徽。”按,树荣兄弟三人,父母殁,同居者垂三十年,一门雍穆,称孝友焉;余兄弟三人,自父亡后,同居亦几二十年,故结婚之日,以为我两家有同调也。又,树荣夫妇双亡,而两兄夫妇皆健在,两联皆纪实之笔也。余所拟诸联,并未有提及此意者,故复为此联,以示表扬之意云。

李君镇卿(树屏),树荣之堂兄弟也,亦属余代拟一联云:“阿兄本琴瑟知音,家政共勤劬,竟尔骖鸾悲逝世;小弟久埙篪歇响,宗盟复零落,倍教断雁泣离群。”按,镇卿有两兄,皆于光绪二十八年染时疫卒,计已三十一年矣。上联挽堂兄嫂,下联志鸰原之感,镇卿甚喜其雅切。

余又代梅庄张某兄弟拟挽姊夫及姊联云:“君绰有赵胜遗风,负矢何为,自愧才非魏无忌;弟素负女媭懿训,抚砧犹在,几令哭煞屈灵均。”又就张姓为一联云:“战国赵公子,侠气可师,高义附婚姻,愧非无忌奇才,有负前驱矜宠意;吾家陆氏姑,遗徽未远,内宾能似续,纵洒睢阳血泪,怎酬旧日补缝恩?”按,陆氏姑,张巡之姊也,常在巡军中为兵士补缝,人称陆氏姑。运用典故,不露牵扯痕迹,笔之高妙无匹。

余又代侄钟麟拟挽岳父母联云:“漫言玉润冰清,当年射雀偕来,执梃忝为僚婿长;何事山颓水竭,此日骖鸾并去,抚棺弥触馆甥悲。”盖钟麟之妻,树荣之长女也,移易他子婿不得。

树荣发引日,陈尧京陈利宾(鸿万)充礼相,实树荣之子婿也。利宾亦属余为挽岳父母联云:“十馀载幸缔丝萝,自从爱女长辞,愧我登堂疏省视;九重泉犹偕伉俪,惟是馆甥增恸,怜予望岳失瞻依。”此予急就章也,然笔亦足达其所见,不流局促。时利宾之妻久亡,亦移易他子婿不得。

小过郭振清先生,卒于民国十七年戊辰二月十五日,年八十三;其配魏孺人,卒于民国二十二年癸酉二月十五日,年八十二。夫妇之卒,先后同日,抑亦奇矣。余为挽联云:“噩耗志花朝,最难双佛归真,同值仲春十五日;高年推梓里,却好八旬得寿,尚赢奇(鸡)数二三龄。”时日、寿数计算毫厘不爽,得俞曲园先生笔意。

又:“内外著贤声,正欣八秩齐登,遽尔双星并陨;后先证佛果,谁识百花生日,却为二老归期。”只就殁日相同掉文弄笔,此等联语无甚深意,为联语者尚须于情性中求之,方不味同嚼蜡,故余又就其姓为联云:“寿考本家风,咸钦八十年华,不愧汾阳传嫡派;花朝为疾日,好趁二分春色,同归蓬岛证仙缘。”此联亦带用花朝意,却自活脱。

傅家庄傅炳文之父母与其兄嫂同发引,余从孙恩润为书联匾,属余为拟联语。余代炳文拟一联云:“椿萱并萎,棣萼复摧,门祚叹衰微,雪虐风饕天独惨;屺岵靡瞻,埙篪莫和,家庭悲冷落,形单影只我何堪?”语极沈痛,不忍卒读。

又为泛挽一联云:“翁姑偕老,子妇随行,泉路依然携眷属;桥梓联芳,慈听济美,乡邦长此仰仪型。”笔意面面周到,虽系泛挽,却自切当不易。

城内西街牛永慧,余门下士王汝森之表兄也,其外祖父葛公亡已三十余年矣,民国癸酉,其外祖母亦卒,将同发引。汝森属余代拟挽联云："葛洪仙去已经年，丹诀长留，终度外婆归阆苑；宁氏宅成谁应相，青衿自误，且扶阿母哭灵帏。"盖永慧年十七已废学也，外祖久亡，并未见面，挽之殊难着笔，妙即就葛姓生意，想出一葛洪成仙之典，便觉有情，此文之贵用意也。

男女杂挽联

挽　男

男女单挽之联，已经详录，然更有其人各别，其事各别，观其联则有趣，而不可以列于正格者，因附入杂联，另辑一册，以备观览。

清毕中丞秋帆自营生圹于邓尉山，并自作挽联云："读书经世即真儒，遑问他一席名山，千秋竹简；学佛成仙皆幻相，终输我五湖明月，万树梅花。"

嘉庆间，周莲塘大宗伯卒，代之者德州卢南石也。时费西墉为京兆尹，与周至好，往吊日一哭而殂，京师戏为作挽联云："一品头衔让南石；三声肠断失西墉。"

杭州符幼鲁郎中哭扬州马秋玉一联云："心死便为大自在；魂归仍返小玲珑。"小玲珑山馆者，马氏花园也，属对甚巧。

宣统二年，余充陕西陆军第二中学堂国文教习，时有四川生某得疾，医官刘济周包险不听其出校医治，及某生死，诸生大动公愤，非抨击医官不可，经全堂员司调停始息。开追悼会日，四川生张为书一挽联云："不知医而医，古有此医士乎？久已世无黄种；可以死则死，今犹非死所也，伤哉我之青年。"

清河陆军预备学校第二期生乔明智卒，全校学生为开追悼会，有附课连者，本系贵胄学堂学生附属陆校者也，与正课生不甚交通，乃戏为一联，请其国文教习贾德润为之斧正。余与贾同室，得从旁窥之，记其联云："来学亦复奚为？吃三顿饭，拿两块钱，上五遍堂，终日间劳碌不堪，竟随鬼去；追悼究归何益？出半张纸，买一锭墨，写数行字，满心里凄怆难过，惟有天知。"

江宁涂爽亭精小儿医，工诗，年九十馀以卒。袁子才先生挽联云："过九秩以考终，从古名医，都登上寿；痛三号而未已，伤吾老友，复失诗豪。"

江苏工人杨景春以手镘起家，创建浦东中学校。许稚梅挽云："大笔淋漓圬者传；义声澎湃浦江潮。"用典切当，言简意该。

又汤蛰先挽云："东南兴学止二人，浙一商（甬江叶氏创办澄衷学校），苏一匠；先后云亡只七日，曾吾友（曾少卿，申江商界闻人），杨吾师。"

梁山舟学士挽明中和尚联云："画里传衣，夙契偶同永长老；山中献盖，前尘谁证衲禅师。"自注云："余画过去僧像，师为补衲。又师与先人同入诗社。"又挽佛裔和尚联云："竹萎焦枯，此日是师真面目；焚香洒水，当年惟我旧朋俦。"

密通和尚者，卓锡虎邱寺，苏州城中永定寺为其所重建。俞曲园先生挽云："看君赤手，兴两处三门，此事由心精力果；愧我白头，亦六旬一岁，至今犹带水拖泥。"

吾国大文豪梁启超先生有挽八指头陀联云："云归何处寻，行脚直追文长老；径凉徒延伫，吟魂不让贾飞仙。"按，贾岛字浪仙，或作阆仙，飞仙未详所出。

《花月痕》载心印和尚挽韦痴珠先生联云："梓乡极目黯飞云，即当病榻弥留，犹自伤心南望；莲社晚年稀旧雨，方谓高斋密迩，何期撒手西归。"盖痴珠因世乱不得南归，流寓于晋，所居即寺之西偏也。痴珠久别父母妻子，愁郁以死。此联亦纪实也。

王泽生挽伶界张二奎联云："田舍奴我岂妄哉？忆顾曲当年，最难忘崔九堂前，岐王宅里；广陵散今兹绝矣，访旧游何处，更休问贞元朝士，天宝遗民。"

刘大白挽新剧界徐谊臣联云:“人世几泡影,春婆富贵,转眼成空,抛却臭皮囊,不自由者毋宁死;天地一戏场,优孟衣冠,现身设法,数来新脚色,如可作也谁与归?”盖徐以清季县令光复后入新剧界,合上联吐嘱风雅,皆不愧才人之笔。

挽 女

某女士挽女友联云:“懿范可亲,一种温柔真我友;劳尘方息,十分惊恸抚君儿。”语极沈痛,读之令人酸鼻。

吴门陈竹士之室金纤纤,才女也,著有《瘦吟楼稿》,早卒。汪宜秋女士挽以联云:“入梦想从君,鹤背恐嫌凡骨重;遗真添画我,飞仙可要侍儿扶。”人争诵之。

金纤纤者,袁子才先生之女弟子也,嫁陈竹士,结褵五年,竟死。先是金纤纤以书上子才先生云:“此日碧云秋雁,奉一面于明月楼中;他时绛帐春风,受双拜于海棠花下。”先生到苏,果受其一拜,遂成永诀,故吊以联云:“双拜花前,已偿负笈从游愿;五年灯下,未了抽簪劝学心。”

弟之挽师,师之挽弟,皆易着笔,至师之挽徒弟妇,则措词难矣。曾文正公有挽门下士黄子寿太史之夫人一联云:“得见夫子为朝廷侍从之臣,虽死何憾;但观人言于父母昆弟无间,其贤可知。”从旁面着笔,淡淡写来,颇合老师身分。

冯问田科长有代朱六太太挽朱五太太联云:“十五年井臼同操,每思待我恩情,亲如姊妹;一旦间人天忽隔,眼看满前儿女,寸断肝肠。”写情真挚,固不必以对待工整见长也。

孔传金孝廉为其庶母持三年丧,集经语为联云:“慈母如母,贵父之命也;顾我复我,鬻子之闵斯。”字字如生铁铸成,可谓不刊之作。

曾敏惠公纪泽挽乳母联云:“一饭尚铭恩,况保抱提携,只少怀胎十月;千金难报德,论人情物理,也应泣血三年。”余自光绪季在京师授课胡宅，即与恩仙洲兄弟交，得闻此联，今已三十馀年矣，录此以当旧雨之思云。

某挽未婚妻联云："尔何人，我何人，无端六礼未成，惹得者番烦恼；生不见，死不见，倘若三生有幸，愿图来世因缘。"于无情之中，说来却似有情，此等联最难着笔。

严问樵有姬人殁于清江，问樵哭以联云："不合时宜，惟有朝云能识我；独弹古调，每逢暮雨倍思卿。"

某有妾殁于五月，挽以联云："风信落华鬘，照眼榴花刚五月；香魂招楚些，多情桃叶倘重来。"

又某挽友人妾云："分处其难，不畏难，不逾分，是当于贤婉中求之，固应永诀伤怀，夫子夫人齐涕泣；积劳成病，犹讳病，犹任劳，无非为幼冲者计耳，闻道临危握手，小儿小女遍摩挲。"词旨悱恻，一往情深。

郑仁圃言，里党中有林姓妇，素通文理，中年遽卒，相传其自挽一联云："我别君去，君何患无妻，倘异时再叶鸾占，莫谓生妻不如死妇；儿随父悲，儿终当有母，愿他日得酬乌哺，须知养母即是亲娘。"出语告夫，对语教子，悱恻动人，亦可传也。后阅《楹联类纂》，亦有是联，而字句稍有异同，或者传闻之异词耳。

江小云妻仇氏（即前俞曲园所挽者）有自挽一联云："平生尽为谁忙？代夫子辛劳，敢言人已；家法原非我设，把祖宗懿训，敬告儿孙。"

杨轶群自挽云："十年为妇妇无成，恨事翁不逮，事姑不终，辜负有情郎，痛深鳏泪；一语告君君须记，叹梦熊未卜，梦蛇未协，毋恋薄命女，缓续鸾胶。"

京师女伶金玉兰，色艺双绝，而守身如玉，年十八以喉疾殁，某名士挽一联云："顾曲我来频，剧怜绛树双声，碧玉原非小家数；盖棺卿论定，太息昙花一现，木兰犹是女儿身。"用两人名嵌"玉兰"二字，吐嘱秀雅，的是才人之笔。

曾文正公有挽妓联，妓名春燕，联云："未免有情，忆酒绿灯红，一别竟成春去了；似曾相识，恨梁空泥落，何时重见燕归来。”亦嵌“春燕”二字，笔意蕴藉，不愧名笔。文正儒者，乃亦有挽妓之联，可知游戏文字，即圣贤亦所不免也。

陆眉生所眷妓，以花朝前一日生，以三月末卒，挽一联云：“生在百花前，万紫千红齐俯首；春归三月暮，人间天上总销魂。”亦自悱恻动人。

又某挽妓联云：“薄命太无依，况屡经雨雨风风，身世飘零，此去反为安乐；繁华原是梦，告大众花花叶叶，光阴荏苒，从今好自护持。”词旨艳冶，笔意缠绵，的是才人之笔。

联语粹编卷七(外编)

应酬联(集句　集字附)

余素有虚名,自清光绪季入都,同乡介绍求书者日众,应酬既多,不得不广为搜辑,遇有佳联,辄手自抄录,久之积成卷轴,乃汇为一编,以备应用云。

余在都时,适宋君从甫在北池子张兰浦宅佣书,述有数联云:“坐因佳客常虚左;帘为春风半卷东。”又:“众中论事归多悔;醉后题诗醒已忘。”又:“诗墨淋漓多负酒;云山浓淡自开屏。”后见《楹联丛话》集句栏内亦载有一联,上联与此相似,出联“多”字做“不”字,下联作“江山雄丽洵宜人”,似不如此联之精当。

余幼从先君子读书河郡,见王晋笙前辈所书联语,有云:“得好友来如对月;有奇书读胜看花。”又:“避俗花犹堪作史;著书茶亦可名经。”后在津于范又博处见晋笙先生书有一联云:“其文有经术者贵;于山见泰岱之高。”余以为“泰岱之高”似不如竟用颍滨《上韩太尉书》“于山见华岳之高”原句较妥。后余在京,见牛芳九表叔书此联,上联一样,下联作“所居在廉让之间”。余亦尝书此联,终以为两联不甚对,乃竟以晋笙原联易“泰岳”为“华岳”二字,下联用陶靖节语为一联云:“其人是羲皇以上;所居在廉让之间。”方觉匀称。

余向在保阳莲池书院,见拓有郑板桥一联云:“春风放胆来梳柳;夜雨瞒人去润花。”亦有别致。

余在津见李学曾书有数付云:“六欲却除明妙道;一经授受是家

风。”又：“深潭细篆观澄水；叠石层峦拥画屏。”又：“露冷白于初剖玉；柳残黄似半回春。”

余在津西开充私立中学教习，见校长范又博处有一联云：“有万夫不当之勇；无一事自足于怀。”此一联似格言。余亦为一联云：“一日当知何所事；此生常愧不如人。”语尤纯粹。余又于学生书橱内见有数联，亦颇新颖，联云：“早稻结胎香绿嫩；新菱卷角冷红鲜。”又：“雪水烹茶天上味，桂花煮酒月中香。”又：“须将酒钥开愁锁；莫把心机织鬓丝。”字句鲜妍，真仙品也。

余在都闻淮镇王云卿述一联云：“不除庭草留生意；爱养池鱼见化机。”具见儒者位育气象。

牛芳九表叔又尝书数联云：“人影在地见明月；天香满袖来清风。”又：“清兴高于初上月；豪情浓似欲开樽。”又：“敲诗静夜翻书叶；仿帖凌晨汲井华。”首一联见《集字圣教序》栏内，惟出语作“忽见月”，对语作“知有风”，只差三字，为先生所改易。后二联未详所出，或系先生自制者，亦未可知。

南村郑伯琴先生梓，拔贡举人，善书法，尝为余书联云：“书城博极金楼子；诗社温于玉局仙。”书法苍劲，的是名家。

蠡县齐晓山先生（振林），前清孝廉，充陆军部军学司司长。余在清河预校日，尝求其代书二联，七言云：“修身岂为名传世；做事惟思利及人。”六言云：“竖起脊梁立行；放开眼孔观书。”书法学黄山谷，老气无敌，余以为首联是集《争坐位帖》字，次联是永嘉陈观楼先生所制也。

清河预校同事武绍亭孝廉丕承，书法学张濂卿，尝为余书一联云：“诗吟岛佛何妨瘦；书到坡仙不碍肥。”

余在本县高等日，尝见王铁梅校长为人书联云：“红黄霜树珊瑚海；黑白云华玳瑁天。”又：“五风十雨梅黄节；二水三山李白诗。”二联皆有别致。

淮镇王幹臣世叔，王云卿之父也，虽系回教人而喜交文士，又好为善举,张文达公(之万)尝书一“学吃亏”三字匾赠之。余在京日亦书一联为赠云:“不因果报方行善;岂为功名始读书。”虽是成语,却是格言,先生得之甚喜。

余在高等日,尝见陈鉴湖先生为人书联云:“苦心未必天终负;辣手须防人不堪。”余谓此汪龙庄旧联也。又:“肯受苦方为志士;能吃亏岂是痴人。”余谓此梁山舟学士句也。又:“欲知世味须尝胆;不识人情只看花。”余以为梁茝邻伯父资政公之联也。三联皆系格言,允宜为座右铭。

许宁郭叔谔先生,王君铁梅之师也,书法长于八分,尝为余书一联云:“胸中我自有泾渭;笔下君已倾昆仑。”不知是成语,抑系先生自撰。

余友张允升先生尝述一联云:“拳石画临黄子久;胆瓶花插紫丁香。”纯用活对,语极峭丽。

余最爱刘石庵先生所书“水能淡性为吾友;竹解虚心是我师”一联,余每为人书之。

天津日界旭街利亚书局,书画之渊海也。余在津赋闲,每乐观之,因得辑有多付,联云:“竹里坐消无事福;花间补读未完书。”又:“窗虚暗觉云生壁;夜静时闻雨滴阶。”又:“好书悟后三更月;良友来时四座春。”又:“莫放春秋佳日过;最难风雨故人来。”又:“竹外飞花随晚吹;树头幽鸟试春声。”又:“三径菊松陶靖节;一船书画米襄阳。”又:“笔健乍临初拓帖;手生且理旧传琴。”又:“松墨半浓评《砚谱》;竹汤初沸补《茶经》。”又:“曲引急流归远港;微删密叶显新花。”又:“种鱼有术寻渔父;断酒无心学醉翁。”又:“云在岫无争出意;石当流有不平鸣。”又:“立脚怕随流俗转;留心学到古人难。”以上十数联皆可喜者,故录之。

陈鉴湖先生最喜书格言,尝述一联云:“居室务存三曰苟;齐家先戒五之其。”书味盎然,真治家之格言也,余亦喜为人书之。

牛芳九表叔又尝书一联云:“石自米颠袖里出;诗从摩诘画中

来。”余亦尝仿书之。

余记郭叔谔先生有书一联云：“除却诗书何有癖；独于山水不能廉。”（按，此联见左乔林《瀛南诗稿》。）余族弟瑞西最喜此联语，尝属余书作门联云。

余在津郝起元厅长处见壁上悬一联，最为秀雅，句云：“桃花流水春开瓮；细雨斜风客到门。”

瑞西弟亦尝述一联云：“老耄师丹浑忘事；壮年烛武不如人。”盖自伤其境不佳也。余因赠一联云：“笑我师丹常忘事；羡君张籍不盲心。”以瑞西病青盲而又喜谈文也。

阜城史仲占主政（纪昌），余同学友也，尝为人书一联云：“春极和时兰长足，气无曲者竹生初。”语极浑成。

余在城内荣甡药庄见一联云：“一帘花雨诗中画；半榻茶烟醉后禅。”较古人“一帘风雨王维画，四壁云山杜甫诗 ”一联，尤为超脱也。

余每为人书一联云：“世间惟有读书好；天下无如吃饭难。”此闵鹤初先生所述也。后阅《随园诗话》，见薛皆三进士有句云“人生只有修行好，天下无如吃饭难”，出语略有参差。惟闵云“惜不知作者为谁”，想亦未见薛联耳。

余幼时在锡九叔家见一联云：“闲寻古史翻新义，细检残编得旧诗。”后阅《随园诗话》，陈梅岑有句云：“怕锄野草伤新笋，偶检残篇得旧诗。”二联意义，不分瑜亮。

锡九叔家又有贺寿慈所书一联云：“纵横联句长侵晓，次第看花直到秋。”余甚喜为人书之。今叔家世业零落，不知此二联尚存否也。

余在东张岗镇李宅亦见有贺寿慈所书一联，云：“深院钞书桐叶雨，曲栏联句藕花风。”《楹联类纂》载此联，“联句”作“寻句”，似“寻”字较为佳耳。

族兄培垣家，出门即见云台山，房西即积水坑。余尝为题门联云：“槛外远山排闼至；楼前积水当湖看。”此李雨村所题看云楼联语也，用之此处，尤为切当。余又尝为人书联云：“四面有山皆入画；一年无日不看花。”此祝枝山题凝翠轩联语也，与前联意境相似。

余终年为人佣书，乃自制联云：“写就千缣消积债；留将一息理残书。”亦颇可喜。

又尝制联云：“园多草木春无数；世有风波志不移。”既而阅《楹联集句》，有联云：“园中草木春无数；湖上山林画不如。”上联东坡句，下联和靖句，则余之上联袭古，下联乃自道所得也。

余尝师陈白崖先生联意，为联云：“事到无求方足乐；人非有品不能闲。”后阅《楹联类纂》，有联云：“事到可传皆是癖；人非有品不能贫。”两联较为匀称，余谓“人非有品不能贫”即“小人穷斯滥”之意，若“人非有品不能闲”，则人之求富贵利达者，终身胶胶扰扰，永无休时，正所谓“非有品不能闲”也，故余之此联亦不可废也。

余最爱古联“闲愁早释非关酒；旧学重温为课孙”，因仿其意为联，以赠二家兄云：“闲来沽酒因留客；老去温书为课孙。”二兄得之甚喜，以为颇肖己之情事云。

书联多用行楷，鲜有用草书者。余在利亚书局见有草书一联云：“就船买得鱼偏美；踏雪沽来酒更佳。”笔墨飞舞，意味深长。

余尝制一联以示瑞西弟云：“胸中垒块须浇酒；笔底波澜只写诗。”瑞西读之，以为对语似不如出语之浑成。余在田家庄制一联云：“天寒有酒春生座；地僻无人月到门。”乃觉字字沈着。

余最爱陈白崖先生手题之联云：“事能知足心常惬；人到无求品自高。”每为人书之，以当座右铭云。

余幼时从先君子读书河郡韩氏家，见其客堂悬一八言联云：“半日读书，半日静坐；一客听琴，一客荷樵。”以《诗品》对朱子，字字如生铁铸成，允推杰构。余亦因制联云：“有酒学仙，无酒学佛；翻手成雨，覆手成云。”亦以古诗对东坡，可谓不刊之作。

牛芳九先生尝在京与余居停讷寿卿，书一联云：“坐雨吟风，卧云听月；敲诗说剑，读画眠琴。”字字生砌，当是先生自撰。

余家书室有一旧联云：“壮思风飞，冲情云上；和光春霭，爽气秋高。”余尝为人书作春联，后阅《楹联丛话》集句有联云：“壮思风飞，逸情云上（谢朓《七夕诗》）；朗姿玉畅，惠风兰披（孙康《团扇赋》）。”重一“风”字，似不如此联之浑成。

袁子才先生随园中有一联云：“此地有崇山峻岭，茂林修竹；是能读三坟五典，八索九邱。”现成得妙。（“邱”应作“丘”）

余云庵叔亦尝集句为联云：“此地古称多感慨悲歌之士；何人能拔尔抑塞磊落之才。”笔墨亦自奇特。

余在津于李华峰处见有篆书一联云：“芝草无根，醴泉无源，人贵自立；户枢不蠹，流水不腐，民生在勤。”集成句为联语，的是一篇格言。余谓此程梓庭中丞官斋中联语也，作格言也可，作官箴也亦可。

余幼时在河郡，见王晋笙先生为先君子书扇一联云：“潇湘雨，洞庭月，沧海日，赤城霞，广陵涛，彭蠡烟，庐山瀑布，合宇宙奇观，绘吾斋壁；少陵诗，摩诘画，右军帖，薛涛笺，司马史，相如赋，屈子离骚，收古今绝艺，置我山窗。”合三十馀字为一联，洋洋大观，浩渺无际，奇观也。余在津赋闲时，尝为聚兴合诸友书此联，笔飞墨舞，亦分外精彩，因附识于此。

集　句

余读《楹联丛话》，见古人集句楹联，多有可喜者，因择其尤者录之。五言云：“即事已可悦（杜少陵）；赏心还自怡（刘方平）。”“阅古宗文举（卢纶）；临风怀谢公（太白）。”“智勇冠当代（杨巨源）；卓荦观群书（左思）。”“跌宕孔文举（储光羲）；风流贺季真（太白）。”“江山澄气象（高适）；冰雪净聪明（少陵）。”“汲古得修绠（退之）；开怀畅远襟（褚亮）。”“酒香留客在（香山）；诗好带风吟（姚合）。”“美花多映竹（少陵）；乔木自成林（孟浩然）。”“暗水流花径（少陵）；清风满竹林（崔峒）。”“颇得湖山趣（刘长卿）；不知城市喧（吴筠）。”“高松来好月（太白）；野竹上青霄（少陵）。”“春秋多佳日（靖节）；山水有清音（《子夜歌》)。”“逢人觅诗句(元遗山);留客听山泉(右丞)。”“松柏有本性(刘公幹);园林无俗情(靖节)。”“上客能论道(右丞);虚怀只爱才(少陵)。”“虚舟任所适(元章);飞鸟相与还(靖节)。”“采菊东篱下(靖节);读书秋树根(少陵)。”“举杯邀明月(太白);荡胸生层云(少陵)。”“墨研清露月(李洞);琴响碧天秋(许浑)。”“接垣分竹径(张说);微路入花源(储光羲)。”“溪静云生石(姚合);窗虚日弄纱(义山)。”“柳深陶令宅(太白);月静庾公楼(少陵)。”“愿持山作寿(武三思);常与鹤为群(少陵)。”“深情托瑶瑟(贾至);逸兴横素襟(太白)。”“雅琴飞白雪(杜正伦);逸翰怀青霄(高适)。”“绿树村边合(孟郊);清泉石上流(右丞)。”“明月松间照(右丞);春风柳上归(太白)。”“蹑石苔黏屐(方回);弄花香满衣(于良史)。”“明月照积雪(顾长康);平畴交远风(靖节)。”“声华满冰雪(高适);节操方松筠(储光羲)。”“有水园林活;无风草木闲(李安溪句)。”“多情怀酒伴;馀事作诗人(昌黎句)。”“竹石得幽秉;壶觞多雅游(文同句)。”

六言云:“无丝竹之乱耳(刘禹锡);乐琴书以清忧(靖节)。”“读书不求甚解(靖节);鼓琴足以自娱(庄子)。”

余尝有为人书之联,虽不知为集句之联与否,然词意清新,自属可存,今附录于此。联云:“竹粉有新意;松风含古姿。”此联似乎集句,但不知为何人句耳①。又:“泉声晴亦雨;松影夏如秋。”②又:“风云激壮志;礼乐发群英。”③

余阅古人七言集句楹帖,至美不胜收,今择其尤佳而适于用者录之如左:“光芒六合无泥滓(少陵);濡染大笔何淋漓(义山)。”“万卷藏书宜子弟(山谷);一日过海收风帆(少陵)。”“玉琴瑶瑟倚天半(诚

---

① 整理者按,此两句系陆游《晨至湖上》其二之颈联。

② 整理者按,此两句系元尹廷高《翁村翠流阁》之颈联,惟“泉声”作“溪声”。

③ 整理者按,前句出李白《赠张相镐二首》其一;后句出李白《留别金陵诸公》,惟“发”作“秀”。

斋)；白波青嶂非人间(东坡)。”“春风蕴藉如相识；风入襟怀只自知(方岳句)。”“林花经雨香犹在(莱公)；芳草留人意自闲(永叔)。”“撑肠文字五千卷；试手清凉第一篇(元遗山句)。”“旧书不厌百回读(东坡)；佳客时来一座倾(道潜)。”“傍花行酒发新唱(君谟)；解带量松长旧围(放翁)。”“供家米少因添鹤；送酒人多不典衣(放翁句)。”“行乐及时惟有酒；无言对客本非禅(东坡句)。”“张颠草圣雄千古；焦遂高谈惊四筵(遗山句)。”“粉墙丹柱动光彩；高崖巨壁争开张(韩句)。”“平生独以文字乐(宛陵)；此日翛然水竹居(朱子)。”“白日放歌须纵酒(少陵)；青灯无语伴微吟(微之)。”“忆事怀人兼得句(义山)；引杯看剑坐生风(东坡)。”“我书意造本无法(东坡)；此老胸中常有诗(放翁)。”“古来才大难为用(少陵)；老去诗名不厌低(放翁)。”“钟鼎山林各天性；风流儒雅亦吾师(少陵句)。”“松间明月长如此(宋之问)；身外浮云何足论(香山)。”“眉宇之间见风雅；笑谈与世殊臼科(山谷)。”“胸中已无少年事；门外犹多长者车(山谷)。”“窗含远树通书幌(李贺)；风飐残花入砚池(高九万)。”“笔老诗新疑有物；水清石瘦亦能奇(东坡句)。”“轻鸥白鹭定吾友(山谷)；绿竹高松无俗尘(刘公是)。”“文字纵横乃如此(山谷)；金石刻画臣能为(义山)。”“酒令虽严莫嗔虐(山谷)；草书非学聊自娱(东坡)。”“每逢佳士辄心许(放翁)；不辨仙源何处寻(右丞)。”“仙心欲捉左元放；大草闲临张伯英(东坡)。”“长笑右军称圣草；要知摩诘是文殊(东坡)。”“坐牵蕉叶题诗句(方干)；醉折花枝当酒筹(香山)。”“闭户著书多岁月(右丞)；挥毫落纸如云烟(少陵)。”“沽酒独教陶令醉；狂言屡发次公醒(东坡)。”“除却读书无所好(放翁)；恍如造物与同游(贾复古)。”

黄萃田先生有集句云：“数点雨声风约住[①]；一枝花影月移来。”“柳摇台榭东风软；花压栏干喜昼长。”“平生当著几两屐；长日惟消一局棋。”余按集东坡句联云：“平生当著几两屐；此墨足支三十年。”余

① 整理者按：“雨声”前原衍一“好”字。

喜饮者也,弱冠时亦当集句为联云:“平生当著几两屐;会须一饮三百杯。”

余阅《随园诗话》,见其句有可作楹帖者,因辑录之如左:如惠椿庭中丞句云:“月扶花影偏宜月,风得棋声亦带秋。”鲍雅堂句云:“道心静似山藏玉,书味清于水养鱼。”鄂西林相国句云:“闲云倚岫心常住,明月沈潭影不流。”王葑亭句云:“月斜人影忽在水,风过秋声正满山。”徐位山句云:“文标司马尊元狩,帖检来禽署永和。”杨子载句云:“寒星欲灭见渔火,小雨无声添落花。”任武承句云:“叠石略存山意思,莳花聊破睡工夫。”王家骏句云:“衣因乱叠痕常绉,书为频翻卷不齐。”又:“宿云似幕能遮月,细雨如烟不损花。”尹似村句云:“看花好似寻良友,得句浑疑是旧诗。”又有句云:“竹枝风影更宜月,荷叶露香偏胜花。”“月借日光成半面,雨收云气泛馀丝。”此二联亦《随园诗话》中诗句,但不知为何人所作耳,俟后再考。

集　字

集《兰亭》字为联云:“林间虚室足觞咏;山外清流无古今。”又:“知足一生得自在;静观万类无人为。”又:“山水之间有清契;林亭以外无俗情。”又:“人品清于在山水;天怀畅若当风兰。”“与可情怀常作竹;少文乐事在游山。”又:“人品若山极崇峻;情怀与水同清幽。”又:“大文间世有述作;至乐在人无古今。”又:“契古风流春不老;怀人天气日初长。”又姚姬传先生集《兰亭》字为联,赠罗子信太史云:“室临春水幽怀朗;坐对贤人躁气无。”郑云麓观察亦集《兰亭》字为联云:“为人不外修齐事;所乐自在山水间。”“有时自向竹间坐;无事一至兰若游。”“室因抱水随其曲;竹为观山不放长。”

又叶琴柯中丞题景风阁,亦集《兰亭》字为联云:“林间虚室足觞咏;山外清流无古今。”

集《圣教序》字

“黄昏花影二分月；细雨春林一半烟。”“灯火夜深书有味；墨花晨湛字生光。”“九万里风斯在下；八千年木自为春。”“天机清旷长生海；心地光明不夜灯。”“清华词作云霞彩；典重文成金石声。”“机云才学有天趣；王谢风流本性成。”“松涛在耳声弥静；山色照人清不还。”

集《争坐帖》字

“身向尺天崇位业；人从香海望才名。”“畏友恨难终日对；异书无有故人藏。”“书到右军难品次；文如开府得纵横。”“满室古香人有会；当阶清荫月初中。”“率意不知行径远；遂心时得异书藏。”又何子贞集联云：“身修天爵贵无比；心有菩提香益清。”“心同佛定香烟直；目极天高海月升。”

集《东方朔画像赞》

“作者多大方家数；望之如神仙中人。”“德星人是东方朔；雄辨文如石曼卿。”

集《砖塔铭》字

“天然文吐春云润；悟后心如秋月超。”“书求往迹得其化；文有真宗鉴乃神。”

陈曼生有集《三公山碑》字八言联

“老屋三间,可蔽风雨;空山一士,独注《离骚》。”

集柳诚悬《玄秘塔》字

“山静日长仁者寿;荷香风善圣之清。”“穷经安有息肩日;学道方为绝顶人。”“情词超迈高常侍;书法清圆赵集贤。”三联皆极自然,绝无凑砌痕迹,是为集字联极则。

余设帐田家庄,学生多临《玄秘塔》者,余乃为集数十付,虽不及古人所集之自然,亦自可存,今录之如左:

五言联云:“道大方无我;学成可济人。”“深得山林趣;静观天地心。”“度不可思议;现绝大光明。”“仁风扬海内;皎月集天中。”“和风生柳上;甘露集林端。”“祥光生福地;理趣集情天。”“情田当种善;福地自生祥。”“修善方为福;行仁即是天。”

七言联云:“圣经贤传无奇行;益友严师有至情。”“观心水月有真趣;息虑山林无俗尘。”“道心清静词皆妙;世事通明识益超。”“禅心悟后清于水;学业深时静若山。”“情田坦白无如我;心地光明大有人。”“人能修德即修福;道可济世方济人。”“我心绝不在金紫;人道当思济赤苍。”“倾心常在师儒善;乐事无如子弟贤。”“和风甘雨升平世;智水仁山道义门。”“明月清风无尽藏(去声);高山流水有知音。”“书山有约造其极;学海无穷得所归。”“学无畔岸深于海;书有会归崇若山。”“和平自造家人福;仁厚尝闻长者风。”

八言联云:“金玉其声,日月其彩;仁义为友,道德为师。”“事大如天,心坦如地;日长于岁,人静于山。”“谈论生风,观瞻仰日;心情若水,道德如山。”“月比光明,山比清静;海有注纳,川有会归。”统观以上所集联语,皆笔意浑成,词旨纯粹,允可与古人所集相颉颃。

学生又有临颜鲁公《元家庙碑》者，亦属余为集数十付，今录之如左：

五言联云："元为善之长；文是国之华。""生好贤人酒；家传异代书。""州里称盛德；时代发高文。""为同人介寿；乐大有书年。""学出清秘阁；文传《道德经》。"

七言联云："传经远式文中子；好学多称卫武公。""德能行远是为善；道不异人长率真。""文能华国追先达；春善迎人保太和。""守道始为卿士选；传家犹乐子孙贤。""好书悟后月同朗；美酒尝时喜自生。""贤士家居芝有阁；清时国史凤书元。""有为有守真名士；无好无能是异人。""识量不居三代后；文词远出六经前。""六经而后无文字；三代之前有德功。""安居无事真为乐；好学多能始是贤。""门多弟子文名远；家有孙曾乐事多。""愿同终日赏清酒；乐有故人赠异书。""文史多经名士赏；芝兰自是善人居。""书城厚集贤人府[①]；酒国弘开学士兵。""文名日盛喜兰长；邪行多为茂草生。""韶光大好是三月；元德犹能兼四时。""随时行乐赏清酒；终日无为好异书。""平生好酒德无乱；终日学书勤有功。""先德传经勤以乐；高年好道寿而安。""寿介同人喜日永；年书大有国光长。""前生好酒李学士；异代善书颜鲁公。""有人介寿为春酒；无事随时学草书。""秦碑字识瑯邪篆；汉代文传太史书。""学书不为名垂后；行事多称和待人。""传家安有长生道；经国终为不朽人。""识远学精三代品；人贤酒美四时春。""子孙和乐家无事；卿士贤明国有人。""经称隋代文中子；功是汉家关内侯。""士有德功真不朽；人无城府自能贤。""自居不后能文士；同好尤多识字人。""传经学道有终始；居家待人无后先。""有品始为真道学；无功自愿不公侯。""德行远追颜子乐；文词终是远公清。""士有秘书尝自赏；人无真品不为贤。""德仪无乱好行酒；词翰能工兼学书。"

八言联云："待人和平，传家仁厚；内训子弟，出事公卿。""礼以为

---

① 整理者按："贤人"前原衍一"集"字。

门,仁以为里;勤而不德,和而不同。""仁里名高,礼门德峻;书城日永,酒国春长。"

《元家庙碑》多叙家世,并无行文处,以故无甚风雅字,其虚字亦甚鲜,集字为联,最易拘束。今乃集至三十余付之多,而不嫌重复。笔仍宽博有馀,心思活泼,层出不穷,其间亦间有可取者,故悉录存之。

投赠

余阅古人投赠之联,皆雅切可喜,绝非应酬俗套,因录存之,以备观览。

陶文毅公赠钱次轩先生联云:"人言此老古开士;我生之初新翰林。"盖钱为戊戌翰林,而公适生于戊戌也。

陈曼生尝书一联赠张白冶云:"冷淡古梅如老衲;护持新笋似婴儿。"张白冶即仿其意和之云:"佳卉移栽如选色;异书借录抵徵歌。"又:"奇书贪录如增产;佳卉分培当树人。"

花晓亭先生有赠人一联云:"寻梅骑驴,一天风雪;对竹思鹤,万古云霄。"俊语可喜。

刘石庵尝为纪文达公书联云:"两登耆宴今犹健;五掌乌台古所无。"盖公自撰也。梁山舟学士亦赠以联云:"万卷编成群玉府;一生修到大罗天。"上联盖指公修四库书也。

曹文敏公(文埴)以右庶子视学江西,曹文恪公赠联云:"韩愈官为右庶子;庄周篇有《大宗师》。"自然切当。

彭文勤公赠杭州守邵齐熊联云:"杭州太守湖山美;康节先生安乐窝。"亦可云切当。前辈于应酬文字,不苟如此。

王梦楼先生赠蒋心余联云:"前辈典型,秀才风味;华嵩品格,江海文章。"江剑潭先生亦有赠联云:"沽酒近交乡父老;解衣平揖汉公卿。"

冯鱼山先生赠莫善斋广文联云:“奉母《孝经》看在手;教儿《文选》读从头。”

吴兴包果峰有著作才,阮芸台先生赠联云:“吴兴山水,古来清远;包咸《论语》,今尚流传。”切地切姓,的是名笔。

刘金门先生赠赵象庵舍人联云:“只以菊花为性命;本来松雪是神仙。”先是先生借赵园亭觞客,酒阑,主人出素纸求楹帖,先生问主人:“何好?”曰:“无他好,惟以菊花为性命耳。”因信手书云:“只以菊花为性命。”而未有其对。又问主人:“何姓?”曰:“姓赵。”乃一挥而就云:“本来松雪是神仙。”一座叹其工敏。

李啸村赠郑板桥联云:“三绝诗书画;一官归去来。”时板桥解组归田,方宴客,见啸村出联,以为难对,令客对就方食,既久之不属,启视见下联,咸叹其工妙。

赵雨楼出守镇江,过吴门,梁章钜赠联云:“醉中掷笔金銮殿;睡起鸣笳铁瓮城。”此乃集宋人句也。

梁章钜守荆州,程春海侍郎赠联云:“南中喜得秦淮海;天下愿识韩荆州。”时梁方擢海鹾监司也,人咸服其工敏。

程春海赠龚闇斋观察,即定庵仪部之父也,联云:“使君政比龚渤海;有子才如班孟坚。”

王楷堂比部(廷绍),北直大城人,屡分校春秋闱,所得多南省佳士,陈莲史三元即出其门。林文忠公赠联云:“南士渊源承北学;秋曹门馆坐春风。”

张云巢盐政罢官后,就杭州买宅以居,适得其喆嗣馆选之信。林文忠亦赠以联云:“清门甲第传儿辈;旧部湖山作寓公。”盖云巢曾久令于浙中也。

潘芝轩相国与其兄树庭中翰咸为名诸生,梁章钜赠其封翁云浦先生云:“老苏文学能传子;小宋才名不让兄。”未几,芝轩中乾隆癸丑状元,树庭颇恶此联,为易去之,亦诗兆也。

百文敏公总制两广,平定海氛,有世袭轻车都尉之赏,其时公子尚未生也,蒋伯生献联云:“天子知从无事日;郎君贵在未生时。”文敏逢人辄诵之。

吴山尊尝于岁除向孙渊如先生贷金,先生方自制室内桃符,谓曰:“君能代我成一佳联,便当如所请。”山尊应声曰:“上相教除名士气;至尊亲许读书人。”上句乃董文恭公教渊如之言,对句乃先生试差复命时所亲承天语也。先生喜其雅切,即如所请金与之。

翁同龢赠李鸿章联云:“中国相司马矣;老子其犹龙乎。”上联用《宋史》,下联用《史记》,亦切李姓。

张文襄公之洞,南皮人,有门下士某赠联云:“师事几人心北面;感恩知己首南皮。”处处皆用活对,心事巧妙无匹。

钟西芸集《争坐帖》字赠曾文正,联云:“文中子之门出将相;郭令公所至如天人。”余亦尝仿其联,集《争坐帖》与《元家庙帖》为联,赠某达官云:“门出将相文中子;家有孙曾高密侯。”

阮芸台赠扬州太守魏(喜)〔春〕松联云:“两袖清风廉太守;二分明月古扬州。”

“子建之才八斗,我得一斗,天下共分一斗。”此谢灵运语也。才以斗计,亦奇矣。有曹姓人为彭泽令,其友某赠一联云:“二分山色三分水;五斗功名八斗才。”运典恰切。

孙寄龛赠石子韩联云:“万石风流传阀阅;一时文藻满江关。”时石正权汉关也。

刘瀛洲赠张朗斋中丞(耀)联云:“西域横行班定远;东方大治管夷吾。”上联谓其征西域回匪,下联谓其巡抚山左也。

余小霞赠汪西芝联云:“菜根滋味知君惯;潭水交情爱我深。”林文忠公赠梁章钜联云:“曾从二千石起家,衣钵新传贤子弟;难得八十翁就养,湖山旧识老诗人。”

朱野云赠龚定庵联云:“灌夫骂坐非关酒;江教移床那算狂。”

某赠陈伯熙联云:“诗成掷笔仰天笑;酒酣拔剑斫地歌。”

龙雨仓赠袁随园联云:“羲皇以上怀陶令;山水之间乐醉翁。”又蒲忭赠云："六代云山随杖履；一园花鸟尽聪明。"又黄之纪赠云："到处自开诗世界；无人不拜老神仙。"又陶怡云赠云："方朔少时，二十万言书尽读；傅隆老去，八千馀纸手亲抄。"

《随园诗话》云："生面果能开一代；古人原不占千秋。"此子才赠云松诗也。"作官不曾逾十载；及身早自定千秋。"此云松赠子才诗也。吴秀才楷即摘子才第一句配赵之第二句，赠掌教云松云："生面果能开一代；及身早自定千秋。"天然雅切。

山西胥明府（绳武）读《小仓山房文集》，见赠云："风回海上波争立；春到人间草怒生。"

余在高等日，因事至津，寓利亚书局，魏君恺如求余书联为赠，联云："书能益智须多读；言易招尤要少谈。"此真修身之格言也。

族弟瑞西目不能视物，而喜与余谈文，余赠联云："才若丁仪何碍眇；文如左氏不嫌盲。"瑞西之盲，非生而盲者也，余又为联云："近来不识子都姣；老去犹余师旷聪。"

余之就张岗馆也，荐郑星桥自代，在田家庄教书，瑞西弟欲赠以联语，有一联云"渊源家学溯康成"，出语思久不属，余至馆为足成之，句云："任侠遗风同汲黯（郑庄）；渊源家学溯康成（郑玄）。""好古家风宗校理（郑涵）；传经世泽仰司农（郑玄）。""馆开广文传绝艺（郑虔）；门旌通德有遗经（郑玄）。""疏礼笺诗家学远（郑玄）；能书工画绝才多（郑虔）。""何氏山林寄游典（郑虔）；灞桥风雪助诗情。"数联皆可作郑氏门联用。

张岗书房与账房同室，管账先生齐继文脾气甚好，与余最相契，惟其人素不谈书，满身无诗书气，与之谈文不知也。余为联赠之云："身无蕴藉诗书气；腹有经营钱谷才。"又："无药可能医俗病；养花聊为寄闲情。"以继文之爱养花也。又："收债每推弹铗客；量沙也作唱筹人。"账房每至秋收时，凌晨即下地，至日夕方归，真刻无暇晷也。馀又为联云："刻无暇晷秋收候；绰有馀闲晚坐时。"亦纪实之语也。

张岗学生名李祺谱，性最爱菊，虽家中无地艺菊，然至重阳月，必购数十种。余赠联云:"黄菊乍添彭泽景;青莲自是谪仙人。"对仗极为工整。

祺谱之二姑,从余问字两月馀,从其夫李君恩波赴新城差次。余赠以联云:"一双夫妇无多产;两月师生有至情。"盖恩波君喜游荡,家以中落,而又无子女也。

齐梅麓有女弟子张云裳,张丽坡参戎之女也,才貌双绝,事梅麓如父,梅麓赠以联云:"前身来自众香国;佳句朗如群玉山。"又:"几生修到梅花骨;一代争传柳絮才。"云裳尝为梅麓题画册、画卷,梅麓亦为云裳题邓尉探梅玉照,并报以联云:"清才足敌黄崇嘏;生世都疑萼绿华。"词旨艳丽,逼真玉台体格也。

投赠之联,不仅文人学士也,下至医卜星相、优伶倡妓,皆往往有之。林文忠公赠何书田医士联云:"橘井活人真寿客;簳山编集老诗豪。"盖何居北簳山下,工诗,故云。

有赠牙科云:"饭疏食没齿无怨;感大德每饭不忘。"现成得妙。

又赠卜《易》家云:"吉凶悔吝生乎动;天地苍茫老此才。"

又赠星命家联云:"三百六旬推甲子;二十八宿罗心胸。"

又赠堪舆家联云:"山水之间翁所乐;日月其游我安归。"

以上数联,余爱其词意清新,故录之。

王可庄赠金山寺僧秋崖联云:"千古英雄浪淘尽;天下名山僧占多。"

伶人金德辉工度曲,昔曾供奉景山,以老乞退,粗通翰墨,喜从文士游,一日请于严问樵曰:"某老矣,业又贱,他无所愿,愿从公乞一言,继柳敬亭、苏昆生之后。"问樵感其意,为书一联云:"我亦戏场人,世味直同鸡弃肋;君将狎客老,名心还想豹留皮。"

古人赠妓之联,见于《楹联类纂》者,不一而足,余无暇录,仅就余所见闻者录之,以备观览。吾县许村王君笃生,尝为述代人赠妓蕊珠联云:"蕊绽半偏蜂有意;珠穿九曲蚁无声。"藻思芊绵,雅与题称。

余亦代人赠妓妙兰联云:"静者心多妙;佳人气若兰。"又:"妙手空空挽侠气；兰言娓娓诉幽情。”

癸酉秋，余游津门，魏君骏生属余代赠所眷妓佩珍联语，余立书数联以应之，联云：“佩环映月疑仙子；珍宝如山赠美人。”又：“佩钦一见如相识；珍重临行嘱再来。”此联颇有趣，非久于娼寮者不知也。又：“佩玉无瑕人益惜；珍珠有曲蚁能穿。”又：“多情仙解腰间佩①；善舞人为掌上珍。”又：“佩玉鸣鸾罢歌舞；珍珠翡翠相新鲜。”此联亦现成得妙。

朱韵午先生眷一妓名小毛，赠一联云：“两小无猜各天性；一毛不拔岂人情。”嵌“小毛”二字，俱用成语，所谓“文章本天成，妙手偶得之”也。

某君赠妓十三红联云：“绮岁娉婷怜荳蔻（暗切‘十三’）；美人颜色胜胭脂（暗切‘红’字）。”自然典切。

某君赠妓莲卿联云：“管甚莲似郎好，郎似莲好；试问卿怜我多，我怜卿多。”亦有别致。

某君赠妓小如联云：“小住为佳，得小住且小住；如何是好，要如何便如何。”嵌“小如”二字，绝无呆象。

某君赠妓银红联云：“银汉一樯通，刚好是梦渡辽西，春归塞北；红牙双板合，正唱出如花美眷，似水流年。”

袁项城江南落拓时，赠妓商英联云：“商妇飘零，一曲琵琶知己少；英雄落魄，百年岁月感怀多。”慷慨激昂，颇称工稳。

河间行别营裘某赠妓联云：“温柔乡有限光阴，姿色倾城，转眼看秋娘老去；沦落人同兹况味，风流绝世，回头忆张绪当年。”“坐中下泪谁最多，江州司马青衫湿。”斯联有此笔意，余世叔刘文洲先生亟称之。

---

① 整理者按：“腰间”前原衍一“解”字。

门联(书室附)

余尝自制桃符,民国九年,析居分有菜圃,余拟归老田园,因自号半农居士,大署于门曰:“带经而锄先世业;请学为圃古贤风。”初拟作“心”字,王荫斋见之曰:“不如‘风’字佳耳。”遂用之。

余素有短视疾,民国十一年屡病目,倍益昏花,乃署于室门曰:“落拓一生惟纵酒;昏花两目尚临池。”云庵叔见之,极赞其浑成。

余之大门联屡易,联云:“经学渊源宗御史;天怀迂阔溯云林。”此两联皆切姓为文也。“家承千乘箕裘远;春到三阳雨露新。”此一联切姓,一联切时令为文也。“不识三民新主意;无忘千乘旧家风。”此一联切时尚,一联切姓为文也。

余家居室逼窄,无待客室,乃将西厢房隔出一间,陈设几榻,以为休息及延宾之所,乃为联云:“室堆杂物裁容膝;坐对贤人亦畅怀。”

余之宅临街,乃为联云:“门多车迹有佳客;室近交衢无俗尘。”又:“一椽聊可避风雨;半世惟知爱酒诗。”

余性最迂,不能趋时,乃为联云:“性迂怕入文明界;年老惭无著作才。”余之所写十七帖,乃米南宫法书也。“笔老次临米海岳;性迂直溯倪云林。”此联对仗颇工整。

余素不喜围棋,故学之亦未能精,每与人奕辄输,前在黑龙江日,同事陶君岫樵让余六子,然余犹输数十子,因为联云:“棋著不高欣对局;书名本劣喜临池。”

余自出高等后,不教书者数年,后以家贫,仍理旧业,乃为联云:“嗤我又为冯妇虎;笑人多好叶公龙。”又:“酒渴每倾新白堕;家贫仍理旧青毡。”

余好饮而不甚择酒,晚年求书者益众,然未自以为工也,乃为联云:“登徒好色为吾酒;无佛称尊是我书。”上联用《滦阳续录》葛临溪饮不择酒,人因以登徒好色戏之;下联用梁山舟自嘲诗也。后因瑞西弟言“登徒”不对“无佛”，改为“有仙可学须逢酒，无佛称尊岂在书”，对则工矣，似不及原联之浑成。

陈眉公有联云：“天为补贫偏与健；人因见懒误称高。”余因仿其意为联云：“老不退休为世笑；贫犹强健得天怜。”与余之情事亦甚相合也。

又仿梁茝邻先生藤花吟馆联为句云：“有酒酺，无酒酤，酒未必佳供我醉；草书狂，楷书拘，书岂能工聊自娱。”附梁联云：“有客醉，无客睡，福简简，吁可愧；长歌粗，短歌疏，诗平平，聊自娱。”

余于甲戌岁在田家庄设帐，喜学生王毓梅送酒，云：“诸生竞送王宏酒；估客时求米老书。”在校中求书者，多系买卖人，故下联云然。

余设帐饶邑东张岗李宅，与账房先生同桌食，账房例无酒，特为余设酒，故为联云：“书为知希常搁笔；酒因特设戒贪杯。”又：“东君特设穆生醴；西客希求米老书。”

余素不精医学，然为居停诊治，小有验，乃时有求者，故为联云：“酒味亲于希见客；医名噪似远来僧。”

余在县城内为何文炳、董振山书扇，何字稀而大，董行密而小，余初无容心也，文炳不悦，以为不成心与书也，余乃吟曰：“不识字人难与书。”后来张岗与账房齐继文同事，与之言农务、商务，则侃侃而谈，煞有阅历，与之言文事，则茫然不知也，乃得对云：“无能文士休论古；不识字人难与书。”

余老矣，最不喜人问高寿，乃为联云：“老去每嫌人问寿；贫来常虑客追逋。”余性情忠厚，而淡于荣利，乃为联云：“胸无城府光明月；心淡功名寂寞春。”

向读《随园诗话》，见田总戎香泉有句云：“少有大言身许国；老无恒产宦为家。”余因师其意为联云：“少有虚名书是债；老无恒产馆为家。”以余老仍操教读旧业也。

《随园诗话补遗》载蒋于野一联云：“但得读书原是福；也能沽酒不为贫。”余尝以此联勖诸生，因师其意为联云：“老尚佣书原是福；贫能沽酒亦称豪。”

余老而且贫,因检《汉书》马援语为联云:“穷当益坚,老当益壮;食无求饱,居无求安。”以《论语》对《汉书》,不惟现成,亦恰合余之身分,诚佳构也。

民国十八年,废除旧历,余为培垣兄书门联云:“废除旧历行新历;希冀今年胜去年。”质白得妙,亦恰合情事,培垣兄得之甚喜。

门联之切姓,由来已久,蔡鸿遵守惠州后,自署门联云:“家藏东汉传经字;世守西山讲学编。”又:“字体琴声,中郎世业;茶笺荔谱,学士家风。”

余幼从先君子读书河郡韩宅,见其自署门联云:“北斗文章宗吏部;西湖风度溯蕲王。”对仗工力悉敌,然未免言大而夸,彼韩氏一土财主耳,竟敢以吏部、蕲王为比,此与狄武襄之不敢自比梁公者,识见相去天壤矣。

河间王晋笙先生(植年),河郡写家也,所居在府署辕门西路南,每年自署门联云:“浩荡皇恩承紫陛;渊源家学重青箱。”此与王梦楼先生所署门联云“槐为王氏传家树;杏是唐人及第花”同一机杼。相传李侍郎文田督学至河,试竣拜客,由右营赴府,正由先生门经过,侍郎命停肩舆,熟视门联,良久叹曰:“吾不意此地有一写家呢!”为低徊者久之,亦可见先生书法之妙矣。附识。

李运兴者,西八里庄人,余之弥甥也,侨居吾村有年,买地建房,门户一新。余为署门联云:“庭栽卫国平安竹;院长唐家富贵花。”虽是春联熟语,却切李姓生意,令人不觉。

先君子家贫,以教读为业,即余兄弟亦使操此业,不令他移,尝曰:“吾之道,进有馀,退亦无所谓不足。”尝署大门联云:“托业只须依孔孟;兴家何在效陶朱。”今余兄弟易其言,余以求官而贫,二家兄亦以租大税而败,每回思庭训,为之黯然。

门联之佳者,无如武强北大村贺氏句云:“养子只要中材,好教训嘉禾晚秀;读书不求显达,小科名细水长流。”先君子甚喜称之,以为善颂善祷，每令余兄弟书作大门联云。

余在黑龙江军士教导队住闲，有梁诘梅（河间人）述清季某翰林赠江省石氏门联云：“效张公九世同居，看森立兰阶，尽夸才并庞坚，名高羯末；比王烈一乡称善，入馨香芝室，叨许樽陪北海，诗赋南宫。”庞坚，出《左传》；羯末，谢道韫语。

余于民国己巳由黑龙江回，见党部气焰甚张，余性直率，不能附和，有人劝以入党者，余不为动也，因大署于门曰：“姜桂之性老愈辣；松柏有心寒不凋。”此联不惟现成，笔意亦极老健，乃魏君津桥见之，不甚许可。盖词旨拗折，非浅见者所能识也。

余晚年无子，尝署室门联云：“隐如和靖鹤为子；狂到元章石是兄。”词旨亦极风雅。

清季某名流，宦游归里，筑一安乐窝，为娱老计，尝自书一联于门云：“顽过乐过，酸甜苦辣吃过，到于今为圃为农，只落得半亩荒居，馀生罢了；情来兴来，亲戚朋友都来，在此处谈天谈地，再沽上一壶好酒，小饮何如？”此联虽出于游戏文章，颇得萧闲风味，人能修得如此结果，则不羡王侯矣（“为圃”，“为”字应当作“学”）。

吾乡沙窝村张南宫先生（榜），少赤贫，倜傥不羁，后以举人大挑，选授教谕。相传未第时，自为门联云：“一声爆竹，轰出穷鬼，打几拳，踢几脚，好王八蛋，这些年制的我溲裆尿裤；三炷新香，请进福神，作个揖，磕个头，阿弥陀佛，赶何日才得能大马金刀。”上联极粗野，下联极文雅，文人狡狯之笔，往往如此。

门联之怪诞者，《楹联丛话》载归有恭一联云：“两口居山水之间，妻忒聪明夫忒怪；四面皆阴燐所聚，人何寥落鬼何多。”

相传闽省曹石仓先生辞官归里时，闲行街巷，见一陋屋，门上署桃符云：“仗义半从屠狗辈；负心多是读书人。”厅事有云：“金欲两千酬漂母；鞭须六百挞平王。”先生为之悚然，徘徊间主人已回，即屠者徐五，因与定交。甲申之变，先生就义，五与有力焉。相传五更有一联云：“鼠因粮绝潜踪去；（大）〔犬〕为家贫放胆眠。”殊有感慨。

书室之联,以督勉学生用功为宗旨。余最爱门下士王君式峤书书房之联云:“书山有路勤为径;学海无涯苦作航。”最为得体。

又彭文勤公书房中题一联云:“何物动人?二月杏花八月桂;有谁催我?三更灯火五更鸡。”此联久熟在人口,而不知其为文勤所制也。

余幼在锡九叔书房见有一联云:“观心有得参诸子;临事无疑谢六壬。”真得古人“卜以决疑,不疑何卜”之意,“子”、“壬”干支作对,工整尤其余事。

先君子在阜城后雄河倪氏教读,尝为书房大门联云:“二三子助我无穷,敢同马帐;六七人起予有益,共对鸡窗。”

余家南院成女学,余为门联云:“女界广培桃李荫;学童齐唱《木兰辞》。”首列“女学”二字颇自然。又:“赋茗清才求实学;拈花妙悟解新书。”

后来请一女教习,奉教时大姑,余又为联云:“此地宛开谈道所;闲时每听诵经声。”按,县城内有教友谈道所,确是教友教习之女学,移易他处不得。

余在张岗李宅教读,既无朋友,又无可以串门处,惟终日编集联语,以作消遣,予为书房联云:“足限门庭,破屋三间由坐卧;手编楹帖,名流一代任搜罗。”又:“往来无友非孤僻;坐卧由予得自然。”又:“坐无佳客言皆少;日对古人德不孤。”

余又戏为一联云:“书屋三楹,坐由我,卧由我;学生两个,来任他,去任他。”亦自别有风趣。

联语粹编卷八

庆贺（完婚　祝寿　挂匾　立碑［附唱戏］）

喜联之佳者绝少，记同事张允升先生述孙家鼐相国有贺人新婚一联云："青玉案萦书带草；碧纱橱拥合欢花。"语极风雅，名人吐嘱，毕竟不凡。

允升又为八言联云："箫引凤凰，杯交鹦鹉；筵开玳瑁，帐设芙蓉。"又："鸾镜新妆，鹿车嘉耦；雀屏妙选，鸿案清芬。"又："案举梁鸿，屏开孔雀；传谐卜凤，诗咏关雎。"又："庆衍螽斯，歌赓燕喜；敬传鸿案，荣耀鱼轩。"

又某报载张氏子年二十五岁完婚，吉期正月十六日，联云："锦瑟编年，袖有画眉京兆笔；金钱买夜，案多侑酒谷城书。"又张氏子过秋试完婚，联云："仰宫阙于广寒，邀来月里仙人，携手共欣高折桂；溯家声于京兆，探得怀中彩笔，画眉遽喜又生花。"又何艺圃之子与李姓结婚，联云："梅阁赋鸾妆，水部艳称才子笔；莲堂缔鸳偶，天风吹下谪仙人。"

宋月澂于上巳日续娶，联云："梅赋艳传人第一，桃夭重咏月初三。"又许竹荪广文续娶，联云："信有文翁能化俗；始知嬴女差吹箫。"又，六月完婚集句联云："香叶终经宿鸾凤；藕花多处浴鸳鸯。"又侯理庭太守之子结婚曹氏，严问樵贺联云："雀屏妙选今公子；鸿案清芬古大家。"

潘相国之孙与吴崧甫侍郎之女十月成婚，俞曲园贺联云："门第旧金张，宰相文孙，刚配状元娇女；倡随小梁孟，百年佳耦，恰逢十月阳春。”

钟仲山观察之子，与王裕萝观察之女成婚，有贺联云：“秦晋缔良缘，正两姓椿萱，同膺凤诰；钟王传字法，教一双儿女，共写鸾书。”笔意巧合，词旨清新。

赣省教育厅长许季瀫娶陶模孙女，章景丞贺联云：“陶唐氏沩汭观型，禧降有女；许祭酒闺门起化，敬待如宾。”

吾县城内齐德林，民国十九年庚午八月二十二日为其四子完婚贺喜。二十一日即为双十节，属余为书联匾，乃为拟数联，大门联云：“姻好缔朱陈，学界文人，合配名门淑媛；芳徽景梁孟，兰房喜气，恰迎桂苑春风。”时其四子方在高等肄业也。此联虽是蹈袭俞联窠臼，却词旨清新，雅与题称。

大厅联云：“两姓缔良缘，看今朝乐奏和鸾，礼成奠雁；一堂开喜宴，羡连日容婀振鹭，情切维驹。”

待客厅联云：“座列珊瑚，画盏遍斟金谷酒；筵开玳瑁，新歌喜唱玉台诗。”又：“之子赋宜家，喜溢兰闺花似锦；主人能醉客，香飘桂苑酒如泉。”

又为家中小门拟七言联云：“位列西阶明著代；樽开北海喜延宾。”又：“貌比琼英花并艳；香蜚金粟月长圆。”又：“荇菜洲边求淑女；桂花香里贺新郎。”又九言联云：“世界共和，造端乎夫妇；闺门同志，以御于家邦。”

又就双十节、中秋节两面生情，为联云：“花烛蔼祥雯，留双十节纪念尾声，移为家庆；桂轮耀馀彩，赓三五夜霓裳旧曲，宴尔新婚。”按，此联即用之唱戏亦可。又：“双十佳节喜初逢，看一双儿女，双宿双飞，他年双璧孪生，定咏《螽斯》衍家庆；三五中秋欣未远，邀二三朋侪，三揖三让，此日三星在户，且歌《鱼丽》佐宾筵。”

赵香甫同事言有一烟馆掌柜，年五十岁，娶十五岁女为妻，同人贺一联云：“五十新郎，十五新娘，天数五，地数五，他年五子登科，定许稊杨占大过；三两好土，两三好友，损者三，益者三，今夕三星在户，拼将莺粟款同人。”笔意巧合，余之联即从此脱胎。

田家庄学生王汝森，于六月初二日完婚，余为联云：“槐荫堂中开喜宴；荷花香里斗新妆。”又：“彩笔喜题红叶句；华筵欣进碧荷杯。”又：“十里荷花鸳并宿；三株槐荫凤初鸣。”又：“似面已夸花第一；画眉未到月初三。”又：“槐砌阴清谐凤侣；莲塘波静订鸳盟。”又：“一曲薰风初解愠；半钩新月试描眉。”又：“槐为奕世承恩树；莲是今朝并蒂花。”又：“槐庭初长交柯树；莲沼新开并蒂花。”又：“牵到藕丝能系足；采将莲子结同心。”又：“金屋影摇蒲扇月；玉楼香引藕花风。”又：“喜逢雪藕调冰日；期作抽簪劝学人。”又八言联云：“燕咏双栖，鱼称比目；莲开并蒂，草佩宜男。”

田家庄刘喜瀛之子，于七月初六日完婚，余为联云：“牛女渡河先一夕；鸿光举案在初秋。”又：“欲借来宵乌鹊驾；好谐宿世凤鸾俦。”又：“天上明朝逢七夕；人间此夜会双星。”又八言联云：“举案鸿光，同俾专美；渡河牛女，此是先声。”

纪之四哥姓王氏，亦余之居停主人也。夫妇齐眉，甲戌十月二十二日为其长孙汝堂授室，所娶乃高家庄世医李毓琪先生之女孙也。余为联云：“业绍青箱佳子弟；笔题红叶小阳春。”又：“兰阶早设齐眉案；梅阁初添点额妆。”又：“北堂瑞绕高槐荫；南国喜生秾李华。”又：“椿庭早遂含饴志；梅阁初交合卺杯。”又：“仙李丰姿成眷属；古槐馀荫耀门楣。”又：“岭上梅开花解语；庭前槐茂树交柯。”又：“一岁春光小阳月；百年佳偶谪仙风。”又：“文孙庭训修齐传；淑女家传道德经。”又：“坦腹前型追逸少（王）；倾城绝色唱延年（李）。”“百年佳偶华如李；十月阳春摽有梅。”又：“椿萱并寿孙谋远；桃李宜家妇道成。”又：“鞶帨雍容新妇礼；瑟琴静好小春天。”又：“铭续东坡槐荫远；诗赓南国李华秾。”又：“槐为王氏传家树；梅是逋仙连理花。”又：“东垣医术分传女；北室刑于化及孙。”又：“淑女经传聃耳术；仙人诗许状头名。”以上联语均雅切可诵。

吾友赵君树萱，方佑屯人，于民国廿一年壬申九月娶同村白姓女为妻。余仿刘金门赠赵舍人之联，略易数字，为联贺之，句云："正对菊花谐眷属；本来松雪是神仙。"

完婚时，属余为书喜联，乃又就两家之姓为联云："邻结香山联凤侣；家承松雪学鸾书。"又："夫婿风流比松雪；母家世系溯香山。"

冯问田科长尝为人拟喜联云："望族金张，簪缨继世；佳缘梁孟，琴瑟谐声。"又："莲炬摇金，神仙夫妇；兰阶种玉，科第儿孙。"

丙子闰三月二日，余友王君振瀛致函来，言有喜事，求余为作新联。及见树萱，乃知振瀛之弟于是月十三日完婚，谨拟十余联，属树萱带去。联云："春逢鲁史闰三月；乐奏周诗第一风。"又："少年喜绍青箱业；早岁应题红叶诗。"又："瑞绕北堂槐荫远；诗赓南国李华秾。"又："坦腹宗风推逸少；画眉韵事效张郎。"又："翠黛夺将新草色；红裙妒杀碧桃花。"又："萱草黛眉争绿候；桃花人面一红时。"又："无仪无非新妇德；不寒不暖暮春天。"又："槐树三株王祐第；桃花两岸武陵源。"又："家传槐荫德延世；诗赋桃华婚及时。"又："其第一章风肆好；正十三夜月先圆。"又："槐茂已成连理木；桃夭自是合欢花。"又："合璧联珠将月满；双声叠韵又春三。"又："凤翥鸾翔呈喜气；莺歌〔燕〕语贺春风。"又："曲礼三千崇有室；春光九十协其仪。"八言联云："洁藻香蘋，尸之季女；夭桃秾李，宴尔新婚。"五言联："杯交娄尾酒；画作比肩图。"又："画眉京兆笔；坦腹右军风。"切姓切时令，俱见新颖。

祝　寿

余于寿联，作者绝少，惟北平崇浩如，余之旧居停主人也，浩如七十寿辰，其子寿彭方在陆军第一预备学校充当排长，于余尤为亲密，求寿联于余，余属允升拟一联云："杖国华龄，桃觞介寿；桢家令子，莱彩承欢。"余亦为九言联云："两月旧居停，曾叨餐馆；七旬古稀寿，敬祝冈陵。"语特质实，不蔓不支。

民国丁卯，余六十岁周甲之辰，尝仿郑板桥自寿之例为联，属丁君钟吴用八分书书之，悬诸卧室。句云："青春误我等闲过，德未进，学未成，半世蹉跎，转瞬已逢周甲岁；白发催人容易老，性偏顽，体偏健，四方奔走，问心犹觉似丁年。"

吾邑纪香骢先生寿梁心海先生（鼎汾）联云："九重天鉴心如日；四海人知鬓有霜。"语特矜重。

余友陈鉴湖先生寿张祥甫旅长之母太夫人联云："有儿当学万人敌；贤母允宜八座尊。"

献邑县长王曼卿明府（亿年）尝遣科长王荫斋孝廉赴津祝一达官之母寿，归述一联云："欧母荻，陶母发，柳母熊丸，教子都成名下士；吴门月，津门潮，都门冠盖，同时共祝太夫人。"

河间冯国璋，宣统初为军谘处处长，于京祝其太夫人八十大庆，朱家宝由津寄贺一联云："乃武乃文，一朝军略府；有福有寿，八座太夫人。"书学黄山谷，字皆径尺，锋棱射人。宜冯公裱为册卷，奉为墨宝也。余谓此联亦有所本，《楹联丛话》载邹小山宗伯有一门生，兄弟皆词林，二子亦登科甲，而其母则以侧室受封者也，七十生辰，求宗伯撰联语为寿，宗伯亲撰一联云："有子有孙，都成名进士；多福多寿，是谓太夫人。"乃此联之所本。

嘉庆初，刘文清之太夫人九十生辰，仁庙赐寿，阮芸台先生为祝联云："帝祝期颐，卿士祝期颐，合三朝之门下，亦共祝期颐，海内九旬真寿母；夫为宰相，喆嗣为宰相，总百官之文孙，又将为宰相，江南八座太夫人。"盖其时文清以江南总督遥执相权，而信芳先生已官太宰也。

张船山太守寿吴谷人先生之太夫人联云："惟善人现寿者相；有令子为天下师。"亦质朴有味，时先生方为国子祭酒也。

于晦（君）〔若〕寿孙相国家鼐联云："寿州相国寿者相；天子师傅天下师。"按，相国，寿州人，时又为上书房总师傅。笔意巧合，妙极自然，与张联同一机杼。

李笠翁寿朱建三联云："七夕是生辰，喜功名事业从心，处处带来天上巧；百花为寿域，羡玉树芝兰绕膝，人人占却眼前春。"盖建三生于七月七日，所居曰百花巷也。

林樾亭寿姊夫李志汉封翁联云："宝树蔚彤云，知诸出有阳元，望他日成吾宅相；华堂盈紫气，溯厥初于聃耳，喜长生本自家传。"

梁山舟学士九十诞辰，夫妇齐眉清健，张问莱赠寿联云："人近百年犹赤子；天留二老看玄孙。"时人服其工切。

齐梅麓祝陶云汀宫保六十寿联云："八州都督，五柳先生，经济文章，千古心传家学远；六甲初周，一阳来复，富贵寿考，百年身受国恩长。"以宫保生于冬至日也。

梁茝邻先生寿龚闇斋观察联云："累世纪群交，忆兰省枢垣，齐向后尘趋轨步；传家召杜谱，喜皖峰沪渎，共听两地颂台莱。"自注云："观察入军机，于余为前辈，而余官江南，又适值观察由安庆守擢江苏监司也。

梁虚白先生祝孟瓶庵德配何恭人七十寿联云："人间贤母曾推孟；天上仙姑本姓何。"恭人素通诗礼，得之甚喜。

侯理庭太守之母太夫人，生于九月十日，九十整寿，严问樵贺以联云："开上寿初筵，九十曰耄；后重阳一日，八千为秋。"

王梦(徽)〔薇〕母夫人生于十二月初八日，年七十岁，俞曲园寿以联云："愿岁岁今朝，以腊八良辰，陈秋千雅戏；祝婆婆老福，从古稀七十，到上寿百年。"

李篁仙寿李文忠太夫人八十岁联云："福算晋八旬，任多子多孙，齐捧出王母碧桃，麻姑仙草；寿筵刚二月，看难兄难弟，正开到尚书红杏，宰相梅花。"时文忠督直，乃兄筱荃正督鄂也。

有女寿在正月，兼娶季媳，贺联云："三珠树环侍一金萱，添个比肩人，来助彩衣舞；周甲年刚逢建寅月，留将婪尾酒，共祝锦堂春。"词旨峭丽，笔意清新，惜不知何人所撰。

吴子玉在洛阳，五十岁寿，康南海先生(有为)寿以联云："牧野鹰扬，百岁功名才一半；洛阳虎踞，八方风雨会中州。”简括宏深，颂扬得体。

袁项城督直日，五十岁寿，联云：“五岳同尊星拱北；百年上寿日方中。”庄重不佻，雅与题称。

冯问田科长在直隶(侯)〔候〕补日，寿王孝伯省长五十岁联云：“八千岁为春，福媲汾阳，前夕祝富贵寿考(七月八日生)；五十礼曰艾，颂偕曼倩，修龄至耄耋期颐。”又：“福媲郭汾阳，问前夕神语传来，曰富曰贵曰寿考；年同蘧伯玉，祝异日帝龄永锡，为耄为耋为期颐。”

问田有寿孙子文太夫人联云：“东海添筹，春浓梅岭；北堂进爵，庆溢兰陔。”盖太夫人生于十月也。

问田本又记有寿一达官八十寿联，但忘却何人所撰，联云：“膝前五株桂，天上五花封，喜八秩开筵，恰逢五月；定国一戎衣，传家一床笏，待百年上寿，再聚一堂。”

余设帐张岗日，有赵政宜先生者，年七十馀，有至友田君合璧持赠寿联，属余为书之，联云：“延享期颐，媲美香山唐九老；年登耄耋，追踪洛社宋耆英。”按，延年乃先生药局名。

祝寿之举，多有张乐设宴，以志庆贺者。清王文庄公初寓韩家潭，七月二十五日生辰，每于中秋前后张乐，次第宴同年及门生。其戏台之联，最为精切。已丑岁联云：“十七夕彩满蟾宫，赓隔夜霓裳旧曲；廿五载班联鹓序，萃当年蓉镜群仙。”又庚寅岁联云：“寿宇覃禧，借缑山鹤舞馀筹，更谱瑶笙谐凤吹；晚香励节，集蓬岛鹓班旧侣，重翻霓羽侑鸾觞。”

又有祝母八十寿，戏台联云：“萱堂纪八十春秋，咸钦锡命九重，曾颁凤诏；梨园借百三子弟，愿谱长生一曲，永遂乌私。”又：“福算祝萱堂，不须乌哺陈情，北阙恩荣分湛露；寿筵歌菊部，争似羽衣度曲，西池仙籁遏行云。”

挂 匾

婚联、寿联皆有成对，惟贺匾之联，未之前闻。吾村周君世桢茹斋吃素，喜埋瘗枯骨，平治道路，终日荷锸营营，数年不倦，乡邻赠以“善举可风”匾额。又其祖母王太孺人，青年守节，学使请旌，特赐“节励冰霜”匾额，久未悬挂，乃一同贺喜。余为大门联云：“守节本吾国遗风，心同玉洁，志比冰清，毕世励松筠，忆曩时特旨予旌，共羡圣朝多雨露；行善乃斯人乐事，埋胔为仁，修道为义，数年劳畚挶，看此日舆情赠额，群钦高谊薄云天。”又大厅联云：“两世挹清芬，无不钦大母守贞，文孙行义；一堂开喜宴，最堪羡高朋满座，贺客盈门。”

当时贺喜之日，正值十月初二日，故又为待客厅一联云：“胜地绮筵开，黄叶声中呼进酒；小春天气好，红梅影里劝飞觞。”切合时令，词旨秀雅。

马头女巫杨倪氏，余之宗女也，看病极灵，人因为之挂匾贺喜，属余为之联，大门联云：“代神救世有奇功，仙药灵符，休怪他胡帝胡天，满口喃喃皆法语；献佛借花原众志，醵金赠额，已招得愚夫愚妇，盈庭济济颂仁声。”

大厅联云：“无恒不可作巫，至诚感神，始信南人非诳语；有酒自能醉客，高朋满座，从知北海少空樽。”

此等题目，羌无故实，只好杜撰应之。记当时所为联语尚多，然非用心之作，已不复省记矣。

绰楔之风，由来已久，故凡事有可旌，学使輶轩皆得采访，奏请表章，贫则挂匾，富则建坊，其典一也。吾乡之建坊者，多系旌表节孝，乃亦有五世同堂而建坊者。四川资县百岁老人五世同居，其牌坊联云：“算甲已多年，居则同居，食则同食；添丁凡几辈，子又生子，孙又生孙。”恰合五世，措词极为得体。

吴挚甫先生题贞坊联云：“腾辉芝检成殊宠；矜式兰闺有令仪。”

又："毓德名门有古训；遗经令子见高风。"

立碑(附唱戏)

近世立碑之风盛行，或有因之贺喜唱戏者，每属余为联语，然求之古楹联，则未之前闻也，不得已，搜索枯肠以应之。后厂崔建寅为其曾祖父、祖父及父三世立碑，演剧贺喜。吾友陈君鉴湖，其世好也，属余为戏台联云："被以金石自无穷，全凭椽笔淋漓，抒写德音传奕世；播之管弦斯不朽，聊藉梨园歌舞，表扬先烈诏来兹。"横匾："千秋绝调。"

又客厅联云："三世树丰碑，阡表长留，共庆德门宜有后；一堂开盛宴，嘉宾戾止，顿教寒舍亦生辉。"

又茶棚联云："台上太匆忙，且向茅檐歇脚；个中足消遣，何妨茶话谈心。"

又碑亭二付联云："懿行堪钦，铭乞中郎无惭色；潜光必发，文镌吏部有馀辉。"又："千秋荣耀泷阡表；百世流传有道碑。"

杨家园魏津桥家三院夥立碑，贺喜候客，余为拟一联云："寿域傍滹沱，阡表长留，几曲河流同万古；大名传魏国，英灵永护，一行姓字炳千秋。"以其坟正值河城街河南也。

当时余所为联语犹有数付，已不复省记，惟此联信笔挥洒，爽快绝伦，故时往来于心而不去也。

窝北王瑶圃先生为其祖及父与叔立碑，贺喜唱戏，其族子汝楠正充本县高等学校校长，余之同事也，属余为联语。其戏台之联，即以前为崔氏联与之，乃为大门联云："刊碑岂为传名，合父子兄弟，两代家声，总期没世不忘，濡染幸邀韩氏笔；演剧敢云称庆，集丝竹管弦，一堂雅乐，也似生前上寿，斑斓戏舞老莱衣。"想入非非，笔亦足以达之，尚非应酬俗套，宜吾友秦和甫先生不禁拍案叫绝也。

八册屯何文润为其父母立碑唱戏，属余为之联，其戏台联云："泷冈阡表，于欧文见之，小子试追晞，纵他年断碣残碑，直与长城同万古；何氏山林，藉杜诗传耳，昔贤殷似续，趁此日阳春白雪，表扬先烈足千秋。”以其村后即长城堤也。又为一短联云：“孝思无穷，表于阡非敢缓也；潜光必发，奏其乐愿以张之。”此联简括宏深，余妹丈董文英见之，最为称赏。

大门联云：“表墓也算饰终，凭他椽笔淋漓，千古流传余断碣；娱宾无以为乐，趁此梨园暇豫，一堂歌舞侑飞觞。”

大厅联云：“多是枌社名贤，文物衣冠，共读碑铭来舍下；虽非兰亭雅集，风流裙屐，恍携丝竹到山阴。”

待客厅联云：“于汤有光，忝我洁樽酬厚意；既醉以酒，请君移玉听新声。”此联最为有趣，以乡下事皆拱席，吃完饭请快着听戏去吧，勿事句留也，一笑。又：“先人之德，式歌且舞；宴酣之乐，维竹与丝。”此亦确是立碑唱戏之饭厅也。

城内齐德林为其父母立碑，又其妻病重时，其子女为之许戏，愿久未还，欲一同办，属余为拟联语。余曰此难题也，如一联切立碑，一联切还愿，似时文二小比，难以见好；如一联双写，苦难合并，岂非难事？乃经营惨淡，为拟数联，戏台联云：“家庭庸行即传奇，纪先德，永慈晖，孝思本无穷，演成菊部新词，优孟衣冠足一世；社会庄言皆雅乐，表阡文，祷神疏，精光应不泯，谱入梨园妙曲，旗亭风月亦千秋。”

大门联云：“矢愿本虔心，忆曩日表阡有待，祈病得痊，报德愧愆期，留与今朝衍家庆；来游皆雅士，问何人绝妙题词，更生称贺，锡光承厚爱，谨将古乐佐宾筵。”

大厅联云：“菊径延宾，看此日楚楚衣冠，大有勒铭奇才，医国妙手；梨园奏曲，听连朝纷纷丝管，共祝贞珉永寿，慈宇长春。”以其时正当九月也。三联皆两面夹写，戛戛独造，簇簇生新，允属得意之作。

神棚联云：“有道碑森立如林，惟凭菊部新腔，奉扬先烈；无妄疾喜占勿药，仰藉梨园妙伎，恭迓天庥。”此联用双脚跳，似乎落套，然亦超爽可诵。

坟上碑亭联云:“遗迹长存,万古青山鸿印爪;英名不泯,一坏黄土豹留皮。”

臧家桥谭君敬之为其祖父母及父母立碑,贺喜唱戏,余友魏君津桥代求戏台联,余拟云:“世界小梨园,看从前几部传奇,演中郎故事,写永叔阡文,亦雅亦风,行状翻成新乐府;家庭大戏院,问当局一门脚色,溯乔梓芳型,谱慈德懿范,可歌可泣,讴吟如读古碑铭(仍是旧排场)。”

既而闻之,敬之乃立碑兼娶儿媳,贺喜,故又为一联云:“一部青史尽传奇,英雄事状,儿女情怀,都付与银牙铁板;几阕红腔皆纪实,祖代簪缨,孙枝琴瑟,合谱成白雪阳春。”

交河马连坦张子恒督军既贵,为其岳父母立碑留主,贺喜唱戏。余素闻其事,而未见其联语。民国十三年,余于马阁卿钞本中见之,观其词旨,冗泛不称其题目,惟联之首句,颇豁人心目,故为僭易存之,以备一格。联云:“果然生女壮门楣,母族锡殊荣,尽教玉主金碑,一力担承归半子;今已馆甥无贰室,婿乡传盛典,借取哀丝豪竹,几番扬诩播千秋。”

余在前尹庄设帐,张君树棠述深州霍石麟先生拔贡日,兼为其先人立碑,贺喜,为联云:“拔萃焕高文,十二年星使初临,曾说群空冀北;追铭新遗美,千百载金人再献,且看瑞兆江东。”典雅庄重,惟“江东”之典,未详所出,俟考。

祠庙(附戏台)

祠庙之联,余向未作过,因就数十年所闻于师友者录之。光绪乙未岁,余赴公车,与景州万炳麟先生同寓,先生述山东大明湖有铁公祠联云:“湖尚云明,问燕子皇孙,于今安在;公真是铁,惟景皮方血,可许同称。”据先生云,是王渔洋所题。乃余阅《楹联丛话》所载铁公祠联语,并无是联,未知果系渔洋联否?或者先生得之传闻耳。

宣统初，余在保定陆军师范讲习所，有同学刘君秋昙，江苏徐州人，述方景二公祠联云：“恭喜二先生，爬节烈皮，割忠义舌，快活极矣；剧怜一下士，秉春秋笔，洒英雄泪，呜呼哀哉。”据秋昙云，是一落第举子所撰，人因镌而悬之。然其词旨激昂慷慨，实足辟易千人，的是才人之笔。

秋昙又言徐州有一盗跖庙，每年四月有会，烧香多系妓女。有联云：“得失本宇宙亡羊，一任他称皇称帝，称王称霸，大踏步跳出世界范围，说甚么柳下圣兄，名标青史；成败亦平原走马，你看俺不士不农，不工不贾，小法身坐享晨昏香火，还有那花间游女，礼献黄梅。”盗跖之何以有庙，殊令人不解，而其联语，则议论伟大，气魄沈雄，余友张允升先生最喜称之。余谓此与《楹联丛话》所载武后庙一联云“六宫粉黛无颜色；万国衣冠拜冕旒”同一精切不磨之作。其人之不应有庙，亦与此相类。有传武后庙之联系方望溪先生所题者，未知信否？

山西平阳有尧母祠，吴小岩先生题联云：“履武生神圣，吞卵亦生神圣，须知大圣大神，赤帝母仪垂万古；子妇为皇后，女孙并为皇后，终让太皇太后，丹陵慈荫被中天。”词意如生铁铸成，笔亦高浑无匹。

蟂姬祠祀孙夫人，有徐文长一联云：“思亲泪落吴江冷；望帝魂归蜀道难。”蟂姬祠敕赐灵泽夫人祠，杨庆理一联云：“空江蘋藻祠灵泽；故国松楸梦惠陵。”

岳武穆人所钦仰，其庙联多奇特可喜，惟汤阴岳庙有一联云：“千秋冤狱莫须有；百战忠魂归去来。”岳，汤阴人，移易他处不得。又杭州花神庙旁有岳庙，彭文勤公联云：“遇事每惊心，阶前桧贼；感时应溅泪，庙侧花神。”的是西湖岳庙，亦移易他处不得。

北京文文山祠联云：“花外子规燕市月；柳边精卫浙江潮。”词特风雅。

余于河间考试时，见吴子范孝廉述送子观音庙一联云：“我本是一片婆心，抱个孩儿与汝；你须做几般好事，留些阴骘于他。”语虽近俚，却是渡世慈航。时张子铭前辈在坐，述一药王、财神合祀联云：

"有钱难买命；无药可医贫。"上联是药王对财神语，下联是财神对药王语，拗折有趣。

余在保定日，往来高阳，皆过孙文正公祠，从未浏览，余友陈翚甫尝述其祠联云："真宰相无忝科名，千古文章，辉煌俎豆；大将军有劳社稷，一门节烈，润色河山。"

余以光绪二十九年入京，见报载李文忠公祠联不下数十付，惟袁制军世凯一联独出冠时，联云："受知早岁，代将中年，一生低首拜汾阳，敢诩临淮壁垒；时事方艰，斯人不作，终古大名佩诸葛，长留丞相祠堂。"余谓此联亦有本，福康安郡王薨于军次，诏苗疆所在立祠，纪文达公撰联云："汾阳王名位相同，功业常新，万里有将军壁垒；忠武侯经纶未尽，英灵如在，百蛮拜丞相祠堂。"此联即袁联之所本。

余于孙师郑先生所辑联语中有三忠祠联，三忠者徐用仪、许景澄、袁爽秋，皆以拳匪之变，弹劾刚毅等被诛者也。事后，诏立庙西湖，刘葆良联云："与立尚书（立山），联阁学（联元），同罹北寺奇冤，痛箧中谏草未寒，浅土黄沙，正气竟埋燕市血；配岳鄂王，于少保，一例西湖庙食，望天半灵旗来下，云车风马，英魂长咽浙江潮。"北寺，东汉时之狱，主鞫王侯将相大臣。

余在本县高等日，往来过献王陵墓，见其神龛有陈崇砥大令一联云："六籍书收秦劫火；一坏土盖汉官仪。"的是坟上祠联，不得移易他处。又日华书院后有献王祠，陈公亦有联云："衣德绍闻，济济多士；明经载道，勉勉我王。"的是书院之祠，亦移易他处不得。

民国初元，白狼围固始，有熊帮带率师血战数昼夜，因无后援，兵败以罪去。然城以得全，固人德之，为立长生禄位祠，联云："率征蒙将士，乘兴而来，方期一战成功，白狼授首，讵料孤军深入，援救无人，论胜负不论是非，真教英雄短气；聚环固绅民，竭忱以奉，惟冀万书直上，黑犴脱身，当兹众口喧传，公平自在，知讴歌罔知忌讳，愿祝禄位长生。"

俞省斋撰魁星阁联云："不衫不履，居然名士风流，只因丑陋形骸，险淹没了胸中锦绣；能屈能伸，自是英雄本色，可惜峥嵘头角，谁识你的笔底珠玑。”笔意秀雅，词旨风流，底是才人之笔。

西湖数峰阁，祀抗珰殉难诸臣，以倪元璐为首。秦湘业联云：“抗珰就义，殉国成仁，大节本无殊，积血尚留燕市碧；竹阁同登，柏堂小憩，忠魂应未远，数峰从见越州青。”

民国以来，关、岳并祠，吾友秦和甫先生为联云：“均能撷春秋大义之精，一志存汉，一志灭金，正气塞乾坤，模范中华双国士；宜常有赫濯英灵在上，不羡帝封，不羡王号，丹心昭日月，扶持纲纪两神人。”“丹心”句旧作“鉴临入微妙”，与上联不甚对，故僭易存之。

吴挚甫先生主莲池书院日，适李文忠公修淮军会馆，先生为大祠联云：“邪许功名，天事三分，人事亦小顺，三分四分与天拗；是谁钟毓，淮水千里，淝水虽不能，千里百里入淮流。”又为忠烈祠联云：“此处本侠窟遗风，万丈白虹马生角；何处寻战场胜迹，一坏黄土豹留皮。”笔力精卓，得未曾有，余友秦和甫先生亟称之。又为戏台联云：“高节变风云，坐客欷歔，击筑欲邀燕市饮；遗芳在兰菊，礼魂容与，传葩疑唱楚人骚。”

某报载左文襄公(宗棠)题甘肃诸葛武侯祠联云：“生入玉门关，幸仗天子威灵，重拜宗臣遗像；手挽银河水，莫谓吾才衰老，一展函夏雄图。”此联夸张自己功业处多，崇拜武侯勋猷处少，不似庙联，然自是此老口吻，故录存之。

城隍庙之联，多警劝世人之语。向于某报见有一联云：“任从你无法无天，到此业镜悬时，还有胆否？须知我能宽能恕，且把屠刀放下，回转头来。”因记城隍庙戏台有一联云：“休怪他快意登场，也须宿具根基，才能彀屠狗封侯，烂羊作尉；姑借尔寓言醒世，一任当前煊赫，总不过草头富贵，花面逢迎。”亦带警劝世人之意，与庙联同一机杼，余友赵君香甫极喜称之。

吾乡傅家庄北有百草山，庙祀天齐大帝及二郎杨戬诸神，每年三月初八日有会，由来久矣。八章镇李金堂为人怂恿，于八章立会，以夺百草山。至民国十三年，已立会一年矣。开会期前，八章李君玉如，余家姻好也，属余为戏台联云："盛会喜重开，忆去年农工麇至，商贾骈臻，趁三月莺花，攘往熙来归此地；新声欣迭奏，看今日丝竹敖曹，管弦杂沓，招四方亲友，聆音识曲集斯台。"

百草山之庙已圮，人又修一古庙，特局面小耳。八章无庙，不过搭一神棚，故又为神棚联云："人心所聚为灵，平地起楼台，恍若诸神来陟降；有功于民则祀，配天隆俎豆，允宜百姓效讴歌。"

十四年开会时，余方在高等，玉如亲至学校，属余又为戏台联云："佳会与人同，尔为尔，我为我，估肆纷罗，两地春风皆可度；欢场随意取，利其利，乐其乐，雅音迭奏，四方亲友自偕来。"确是夺会戏台之联，却说得和平，无一毫争竞之气，笔意风流潇洒，犹其余事。

玉如既去，余又思得一联云："立会纪从今，问一时攘往熙来，古会何如今会好；逢场皆是戏，看此地争名夺利，市场可作戏场观。"下联调坎世人不少。

吾村之西万春山庙祀药王孙思邈，每年四月二十二日有会，今庙已圮矣，而会则如故。余为戏台联云："四百八十寺，同此成墟，幸逢麦陇风来，饼饵馀香，岁岁犹留纪念日；三万六千场，无非是戏，好趁梨园云集，宫商协律，人人共祝太平春。"

郑家园郑星桥家，因病祷于药王庙，病好，藉会戏还愿，属余为联云："孙真人法力无边，全凭默授千金方，驱我病魔占勿药；楚优孟衣冠具在，幸藉新翻数般曲，酬兹神惠祝延禧。"

吾村自民国十五年走祷张爷得雨。张爷者，居盩之马耳山桃花洞，明万历时，锡封金龙大王者也。十七年求之又得雨。请之之法，必预置人数起于路，或五十里，或六十里，如驿递然。先由二人入洞虔祷，取瓶水出，下山即交人提瓶急走，不得停留，于路交替亦然，或稍停留，即雨于停留之处，以是求者甚苦之。据洞内道士云，贵处既请过数次，以后即由村发疏虔请，亦求无不应，故至二十三年甲戌六月间，偕同村众，跪向西北发疏三通，迎神至棚，而吾村得雨较他村为大，岁以有秋。谢神日，余为戏台联云："与神有香火缘，只凭灵疏三通，已喜田间多雨量；惟我抱讴歌志，好唱霓裳一曲，遥从天半迓云旗。"

神棚联云："封号锡金龙，天职攸司，一雨滂沱沾蔀屋；馨香隆玉爵，精诚所至，群情鼓舞献梨园。"按，"爵"音雀。《说文》："礼器也，象雀形。"

吾村拟为张爷立庙，乃预为之联云："以布衣为海渎尊神，自明代万历锡封，允宜克亮天工，作雨兴云施利泽；有灵迹著蠡吾旧治，忆我村两番走祷，犹愿长依法座，春祈秋报福生民。"庙工落成，戏台联云："新庙孔安乎？一曲霓裳，共落云间松栋；故居犹念否？三通羯鼓，遥催洞里桃花。"《左传》："落，修宫室成，祭名。"

附普通戏联

戏台联语，各极其妙，而要惟有大手笔者，足以俯视一切。相传前清圆明园有一戏台联云："尧舜生，汤武净，五霸七雄丑末耳，伊尹太公，便算一只要手，其馀拜将封侯，不过摇旗呐喊称奴婢；四书白，六经引，诸子百家科诨也，杜甫李白，会唱几句乱弹，此外咬文嚼字，大都缘街乞食闹莲花。"似此大识力，大议论，断非凡手所能为，或以为出自大内者，近之。

严问樵会试留都，每制新曲，付梨园歌之，倾动一时。适值初度之辰，群优毕至，为祝，问樵大书一长联，云："儒为戏，生旦净丑外副末，呼十门脚色，同拜一堂，重道尊师大排场，看破世情都是戏；学而优，五六工尺上四合，添两字凡乙（平），共成七调，唱予和汝小伎俩，即论文行亦兼优。"识议亦伟大，不让前联。

吴白华公讌座师于孙公园后寓所，戏台联云："地近春明，忆当年甥馆清娱，几听后堂丝竹；序先秋禊，幸此日师门暇豫，共陪高阁襜帷。"盖宅为彭大司马（维新）旧第，而座师王文庄公乙丑及第后，于此联姻也，故上联云然。

余友王君铁梅尝为余述深州绅民留官唱戏，戏台联云："百里既非才，案牍劳形，屈琴鹤暂羁花县；片言堪折狱，绅耆感德，谱笙歌同献梨园。"此联首句似有语病，须知。

吾县河北樊家庄有樊秀者，为恶役诬扳下狱，后同族极力昭雪，罚恶役为之唱戏。时先君子设帐张华村，属余为之联云："冤等覆盆，在缧绁非其罪也；言难磨玷，鸣钟鼓愿以洒之。"引用成语如己出，宜樊玉田孝廉见之，极为称赏也。

河城万全号魏君兴之，余之旧居停也，为人最喜听戏。光绪中，与王友村赵氏因债务纠辖成讼，后经亲友和解，就所得之款唱戏，先君子为联云："荆讨俱清，全凭菊部衣冠，演出孙刘和好；芥嫌尽释，聊借梨园歌舞，酬将华向勤劳。"赵氏本不欲宣扬此事，因挑剔联中"孙刘"二字，几酿成大衅。余谓此联之妙，用典雅切，对仗工整，自属不可磨灭之作，不能因浅识之挑剔，而遂废也。

吾村周姓妇，平日之贞淫不可知，然为恶少所逼，致跳井而死，却死得极烈。后成讼讲和，发引唱戏，云庵叔为戏台联云："冥冥幽怨难消，好凭菊部新腔，别调凄凉，一曲商音聊写怨；渺渺香魂何往，权借梨园妙伎，悲歌慷慨，几声楚些为招魂。"吐嘱秀雅，不提本事，于本事却不即不离，底是才人之笔。

河城臧永祥在哈尔滨开饭铺，民国十二年哈埠大灾，死者无算，独永祥一家无恙。及回家，演剧称庆，属余为联云："忆哈埠灾疫流行，独吾家具庆团圆，两字平安申竹报；喜榆关轮蹄生入，仗我佛诸多庇佑，十分感激献梨园。"

甲子直奉之战，臧家桥刘襄余营长从王怀庆都统于察热一带作战，被围数月，音信不通。其封翁焚香露祝，许愿唱戏，果得生还。于次年二月臧家桥会，借戏还愿。时魏君津桥、刘君雨臣正在桥充小学校教员，属余为戏台联，余为作三付，其一云："壮士幸生还，当时剑炊矛淅，从阴岭南来，险境云连边外垒；家人申庆祝，此日铁板铜琶，唱大江东去，欢声雷动滏阳涛。”其二云：“直北阵云寒，尔时四面楚歌，毳帐愁闻出塞曲；篪东军士返，此日一声铙唱，霓裳翻作入关词。”其三云：“予子行役，犹来无止，祝他战地数重围，绝处逢生归故里；老夫于此，兴复不浅，招得伶伦三五辈，式歌且舞谢苍天。”

乃余联未寄，而遽于会前开演，魏、刘二君即凑合一联悬挂。事后属余为改易存之，联云：“忆当年季子从征，塞北陷重围，全仗神明多默佑；趁此日伶伦休暇，瀛南歌一曲，聊为老朽表愚诚。”从其尊翁一面生意，与余之第三联同一用意。

民国二十年辛未五月间，大旱，吾村有十二寡妇扫坑，祈祷得雨；至是月二十六日奉军过境，各村皆受害，独吾村因军医处处长受周荫轩科长之托，为之禁令，得以免祸。事后，村人拟二事合并，谢天唱戏，余时客津门，瑞西函嘱余为联云：“忆今年五六月间，天灾兵祸，纷至沓来，多亏有嫠妇祷祈，长官呵护；集吾村三百户众，戮力同心，歌功颂德，又何问桑林遗舞，鼛鼓馀音。”大气包举，与余前所为齐德林贺喜唱戏联同一意致。

既而唱戏之日，周荫轩之侄元香坚不欲受名，乃单为扫坑唱戏联云：“古称嫠妇恤宗周，忆天灾流行，仗十二人祈祷虔心，普赐甘霖沾绿野；今借伶伦酬上帝，祝神灵陟降，鉴三百户讴歌诚意，频施大泽福苍生。”

胜　迹

通州河楼正俯运渠，景极雄胜。程玉樵廉访联云：“高处不胜寒，溯沙鸟风帆，七十二沽丁字水；夕阳无限好，对燕云蓟树，百千万叠米家山。”

金陵藩署，本明中山王邸，西偏瞻园，极树石之胜。有一长联云：“大江东去，浪淘尽千古英雄，问楼外青山，山外白云，何处是唐宫汉阙；小苑春回，莺唤起一庭佳丽，看池边绿树，树边红雨，此间有舜日尧天。"

李笠翁云："遍庐山而扼胜者，皆佛寺也。求为道观，惟简寂观数楹而已，天下名山，强半如是。乃题一联，为黄冠吐气，句云：'天下名山僧占多，也该留一二奇峰，栖吾道友；世间好话佛说尽，谁识得五千妙论，出我仙师。'"

黄州赤壁，以坡公二《赋》传耳，其实周郎用火攻处，在今嘉鱼也。人皆议坡公之误，朱兰坡题联云："胜迹别嘉鱼，何须订异箴讹，但借江山摅感慨；豪情传梦鹤，偶尔吟风啸月，毋将赋咏概生平。"

胜地壮观必有长联始称，然未有过云南昆明池大观楼之联者，余自幼读书雄河，即闻牛先生述此联，后同学何子居大令由云南归，亦称述之。今录其联云："五百里滇池，奔来眼底，披襟岸帻，喜茫茫空阔无边，看东骧神骏，西翥灵仪，北走蜿蜒，南翔缟素，高人韵士，何妨选胜登临，趁蟹屿螺洲，梳裹就风鬟雾鬓，更蘋天苇地，点缀些翠羽丹霞，莫辜负四围香稻，万顷晴沙，九夏芙蓉，三春杨柳；数千年往事，注到心头，把酒凌虚，叹滚滚英雄谁在，想汉习楼船，唐标铁柱，宋挥玉斧，元跨革囊，伟烈丰功，费尽移山气力，尽珠帘画栋，卷不及暮雨朝云，便断碣残碑，都付与荒烟落照，只赢得几杵疏钟，半江渔火，两行秋雁，一枕清霜。"联凡一百七十馀言，而纵横排奡，其气足以举之，诚洋洋大观也。此联系滇人孙髯所题，后经阮芸台先生督滇黔时为之改窜，然土人至今仍存其旧。按，上联之"神骏"指金马，"灵仪"指碧鸡，"蜿蜒"指蛇山，"缟素"指鹤山，皆滇中实境。

余于宣统中，赴陕充陆军第二中学堂教习，于路所过，灵宝县西函谷关有犹龙阁联云："未许田文轻策马；愿看李耳再骑牛。"又西至潼关，城楼有联云："华岳二峰凭槛立；黄河九曲抱关来。"两联俱见切当，但未晓为何人所撰。

余在津同升客栈，见壁上悬一联云："真人白水生文叔；名士青山卧武侯。"后阅《楹联丛话》，乃知此陶澍题河南南阳城楼之联也。以之作酬应常联，殊误。

余在清河陆军第一预备学校，有江西生何埒聪，瑞州人，属余代题其乡之飞云阁，联云："吾乡称第一溪山，南窥瑞水，北瞰仙岩，卅年来栋宇如新，试回思裙屐登临，传为盛事（朱子读书仙岩峰，题'第一溪山'）；此地占无边风月，东挹清流，西延爽气，咫尺间尘襟顿阔，况复有松楸凭吊，触我遐思。"盖阁在瑞州城东北，仙岩峰在其北，瑞水由南来经其前而东，阁西有山，何埒聪之祖茔在焉。两联皆纪实也。

余在黑龙江省署，有同事张喆夫，贵州之副榜也。尝述贵州省之胜迹，因记贵州镇远府桥，有太守汪汝銮题联云："扫尽武溪烟，汉使乘槎撑斗出；闲开重译路，缅人骑象过桥来。"盖缅甸入贡大象，皆须从此桥过也。

又贵州阳明洞有一亭，据最高处，一望空阔，四无障碍，汪公亦题一联云："四壁云山，人在冰壶中酌酒；一窗风月，客从图画里看诗。"

又贵州有一名园，汪公亦题一联云："人上翠微梯，蓬岛春阴天尺五；客来书画舫，桃花流水月初三。"盖园中有桃花洞也。

贵州城外有一名园，鲍桂星先生督学贵州时，题一联云："花深深，柳溟溟，问何处笙歌，且凉凉去；风淡淡，月滟滟，听隔城更漏，好缓缓归。"先生本诗赋名家，故词旨清新俊逸乃尔。

余友湖南陶筱泉先生，自言曾在贵州题一洞联云："洞口开自何年，吞不尽滇黔奇气；岩腹藏些甚物，怕莫是今古牢骚。"亦有别致。

某报联话栏内，载有辛丑生题丰乐亭一联云："十年兵燹，略同五代干戈，幸迅扫浮尘，山高水清，馀孽不留皇甫；百步州南，犹剩数弓亭址，望后来太守，疏泉凿石，鸿文更续欧阳。"又题醉翁亭一联云："翁昔醉吟时，想溪山入画，鱼鸟亲人，一官迁谪何妨，把酒临风，只范希文素心可证；我来凭吊处，怅琴操无声，梅魂不返，十亩蒿莱重辟，扪碑剔藓，幸苏长公墨迹犹存。"二联恰合情事，正当粤寇肃清之后，故"迅扫浮尘"、"蒿莱重辟"云云，以二亭毁于兵燹，重修落成也。至运典就去眼前，凡曾读欧公二《记》者，闭目神往，皆可领会其境。统观二联，情韵悠扬，咏吟不尽，文人雅士，其吐嘱自较曾、左雄伟阳刚之气者，又一涂辙。盖曾公所谓得乎阴柔冲淡之美者也。

营　业

生意之联，佳者绝少。余于《楹联丛话》见吴江仲子湘秀才为寿板铺春联云："梦且得官原瑞物；呼之为寿亦佳名。"独出心裁，温雅可诵。

余在黑龙江见冯科长问田有贺复德银号一联云："复旦光华，丰财阜物；德星灿烂，函宝怀珠。"嵌"复德"二字，极稳惬。

民国十年，余在津西开中学校，代校长范又博拟赠有容照相馆联云："有仪可象也；容光必照焉。"两联均用成语，复切照相馆，故妙。

余于丁卯岁客津，同乡鲁东侯(锡田)开一鲁丰珠宝店，有送贺联者，属余代书，乃为联云："鲁璧秦球，丰亨预兆；珠宫贝阙，宝藏皆兴。"将"鲁丰珠宝"分嵌四句之首，特见谛当。又："鲁国儒生，无妨货殖；丰京善政，不为市征。"分嵌"鲁丰"，亦非拉扯。

余表弟刘凤鸣在八章镇开酒店生理，民国十二年腊月杪，遣人送对联纸一卷至，求余为书酒店桃符。余于酒铺对，记者极少，乃拟数联，书之以去。今录之，联云："红杏一帘寒食雨；绿杨十里酒旗风。"又："十里晓风杨柳岸；一帘春雨杏花村。"又："拨瓮馀香浮竹叶；开樽春色绽梨花。"又："自来造酒推仪狄；何以解忧惟杜康。"又："把盏临风骚客酒；举杯邀月谪仙诗。"又："酒鱼携客东坡赋；裘马呼儿太白诗。"又："入座莫非诗里客；登楼尽是酒中仙。"又："引类不知何水部；呼朋惟识董糟邱。"又："岂有鸩人羊叔子；原为涤器马相如。"余按，此联对仗工整，词旨浑成，尤为独出冠时。

八言联云："傅相奇才，用作酒醴；周郎雅量，如饮醇醪。"亦自典雅可诵。

又为一长联云："君如块垒罗胸，月夜行沽，把酒持螯聊自遣；我本英雄落魄，风尘溷迹，当垆著犊亦何嫌。"笔尤洒脱可诵。

又记《联语英华》有二联云："春雨杏花虞学士；水村山郭杜司勋。"又集句联云："劝君更尽一杯酒，与尔同消万古愁。"

先君子在河郡设帐日，有赠医士联云："灵素渊源归后学；岐黄事业问先生。"用笔轻倩，"素"、"黄"先后字，对仗亦工。

余亦尝为药室联云："橘井泉香源活泼；杏林春暖气和融。"又："万应膏成苍耳子；千年健在白头翁。"按，"万应膏"以苍耳子为之，"千年健"亦药名，引用尚近自然。

余按，以药名成药室联者，记有数联，与余联正同。今录之，联云："知子灵仙能益智；使君远志早凌霄。"又："擘破蔓菁栽玉桂；锄开熟地种银花。"又："一阵乳香知母到；半张故纸防风来。"笔意巧合，不类牵扯。

余又尝录一联云："细考虫鱼笺《尔雅》；广搜草木续《离骚》。"笔意落落大方，但未知何人所撰。

余友阜城葛君心一，于献县城内西街开设仁德堂药局，开张日，余为书数联云："仁风远播瀛洲郡；德泽长留乐寿城。"又："施仁术全凭三指；积德功只在一心。"又："仁似阳春偏有脚；德如造物本无心。"又："仁所施济同良相；德之流行若置邮。"

余又为集句一联赠之云："是乃仁术也；然则德我乎。"以《左传》对《孟子》，极为稳称，属刘兴周书之(亦阜城人)。

献县城内开一清云堂药局，吾友赵君树萱以为"清云"二字虚实难对，属余为联以赠之，乃成数联云："清泉涌出苏仙井；云气长依董奉林。"又："清风亮节能砭世；云意高情在济人。"又："清静暌时研妙药；云山深处采仙芝。"又："清降升提，医家妙用；云贵川广，地道药材。"又为一长联云："清剂表剂补养剂，一剂立效；云货贵货川广货，各货皆精。"

余又为致和轩药局联云："致君泽民，功同良相；和脾理胃，术擅名医。"又："致吾知全由格物；和药性方可济人。"

岁丙子，余设帐前尹庄张品三家，其表叔张毓春医士也，一日来学，言欲赠某医士一联，因自述上联云“续神农之经，另尝百草”，属余斧正，并代对，余就其词意为联云：“续《本草经》，重尝百药；读《长桑传》，洞见一方。”

吾友路君纵如开祥钰钱铺，李君道民欲送贺联，属余代书，乃为联云：“祥何止乎？室生虚白；钰者宝也，业托陶朱。”

某报载印刷馆联云：“莫怪文章多印板；须知大雅要扶轮。”笔意影射有趣。

谐 联

诙谐之联，亦有堪博一噱者。前清之季，武官有龚照(兴)〔玙〕者，行六，合肥人，甲午之役，奉命守旅顺，至战事紧张之际，弃职潜逃，论者谓其罪不减于临阵畏缩之卫汝贵，而卫则伏诛于市，龚以善运动，而得不死。庚子乱后，出狱而归，正伊闭门思过之日也，乃竟于六月六日大张筵宴，遍请亲友，庆六旬正寿。该邑有张六先生者，与龚素不相识，是日不速而至，进门向上一揖，盎然就坐，曰：“今日是六哥大好日子，弟有一言，不知能容禀否？”龚曰：“愿安承教。”张曰：“六哥前年将庄严灿烂之旅顺，不知送往何处？而今能见还乎？”龚闻言大窘，逐之出。次日即有人于门上戏题一联云：“称六太爷，上六旬寿，欣占六月六日良辰，六数适相逢，忽听张六先生，大踏步闯进门来，口叫六哥还旅顺；坐三年监，陪三次斩，赚得三代三品封典，三生愿已足，可惜达三故友，小钱头不如咱洒，冤沈三字赴泉台。”按，“小钱头”一句，系合肥之土语；“达三”，卫汝贵之字也。

丰润张幼樵(佩纶)，马江之败，以罪发往军台效力，期满还京，后为北洋大臣李鸿章之婿。相传新婚日，有无名氏戏贺一联云：“国辱幸身存，差欣罪满军台，摇尾北洋招赘婿；妻娇嫌夫老，纵使欢胪贰室，何颜南海对冤魂。”按，幼樵先生，清光绪初为御史，风节凛然。初娶朱氏，朱卒，继娶某中丞之女，又卒，合肥李文忠公以女妻之。中法越南之役，张为钦差大臣，初赴南洋，势张甚，及马江一败，发往军台效力，其婿李已在军台期满之后矣。有某谐客戏为一联云："前后判若两人，南洋何骄，北洋何谄；督抚平分半子，朱氏无婿，张氏无儿。"相传张由军台归后，过津，谒李，适李有疾，相见于卧内，见案上有诗二首，系李女所作，即道马江之事者也，内有"焚车我自宽房琯，乘障人谁使狄山"二语，张泫然泣下曰："令嫒，某之知己也。"因长跪乞婚，李不得已许之。"北洋何谄"云云，即指此也。

《益世报》载有某先生，科举时代之老学究也，年五十馀，续娶一少艾，甚得意，每遇其友，辄宿斋中，述其夫人之对己情甚绸缪，其友戏赠以联云："呸！无情最是教书匠，可叹你成年里子曰诗云，竟不解白发催人，老夫耄矣；嗐！有信那比弄潮儿，谁怜俺终日间茶思饭想，为一念青春误我，少者怀之。"从其夫人一面着想，自然有趣。又："丈夫气消磨于马帐之中，任尔强梁，讵敢效楚王问鼎；娘子军战胜在鸿沟之地，贾余馀勇，又何畏眇帅称戈。"出语尤带风趣。

吾村周姓，年四十馀，娶一少女为妻，余云庵叔为作喜联云："山气夕佳，鸟欣有托；御沟春暖，鱼跃顺流。"上联用刘长卿与妓问答语，非阅《全唐诗话》者不知，下联因其门与俞耀春相对，词意亦巧合也。

余癸酉冬客津门，同乡魏君骏生述其友某戏赠人纳妾联云："老嫂亦良苦哉，回想几多年，有待用权，无使用权，佳港虚悬，青雀不来红海口；新娘真可怜也，早知此一夜，由强制力，生压制力，孤军深入，黄龙难守紫荆关。"两联俱作隐语，笔带滑稽。

余幼时在阜城后雄河读书，闻窗友倪又龙述一戏谑之联，云："童生落榜，嗐，这样业有甚贪头，三年后宗师下马，幡然改曰，大丈夫不可无志功名，我去我去；产妇临盆，咄，那件事再不敢了，一夜花郎上床，莞尔笑曰，小奴家岂能终绝人道，你来你来。"以产妇对童生，雅有风趣，而笔意尤为峭利。

河间县行别营裘筱华御史之裔某某赴春闱，时在妓馆与人争斗，击伤头部；又张白许翰林业香之子之田，壬午乡试，在号舍自宫，先君子与联号，亲见其事。河间好事者合二事为联云："行别御史裘，得意春风，丧其元首；张白翰林许，扬辉秋月，割去龟头。"对仗极工，然味其联语，谑而近于虐矣。

行别营自御史筱华之后，子孙贵盛，然内行不甚修，兄弟互相嘲骂不为嫌，其侄少某品行尤劣，买廪举优，洋洋得意，尝自言"人皆有外间所作联语作践，予独无有"，其从弟某曰："尔何得言无，恐言之不许怪也。"因朗诵一联云："得七折八扣功名，举廪举优，这东西居然是味；仗二分五厘势力，损人损己，那杂种也要发歪。"因大笑而散。

吾县城内牛润生前辈之三子叔鲁，与巡警所长许某因事起冲突，润生先生既袒护其子，而县长又以牛宅情面，置不理，许某甚不平。一日于鹾店相遇，大肆争斗，牛某有人助锤，许某所带之巡警皆不敢动，以故许某大受抨击，致伤肾部，后经邑绅调停，事乃已，而许某旋辞职去。城内好事者为一联云："群狗胆怯，难解一狗之围，打狗头者，致伤狗蛋（新政以来，称巡警为狗，所长为狗头）；老牛心偏，竟护小牛之短，抱牛腿者，大吹牛屄。"事有凑巧，字面亦对得称合，所谓文章本天成也。①

清光绪年间，瀛郡太守李太尊倡修瀛州书院，请公牌数十纸，以募钜金。有当铺掌柜李老多，山西人，得一公牌。河间好事者为联以赠云："看多老白顶辉煌，若恍兮，若惚兮，守财虏辛苦一生，居然功名到手；想少妇红妆艳绝，半明也，半暗也，养汉精梦闻千里，亦应欢喜遂心。"按，老多新娶一少妇在家，故下联云然。

清季戏风甚盛，有伶人王惠芳者，以花旦饰老妈，声价甚高，翰林某戏赠一联云："安能辨我是雄雌？想华月金樽，亦曾脂粉登场，为他人作嫁；毕竟可儿好身手，趁椒风锦帐，莫把胡卢依样，舍正路不由。"

烟禁未行之先，烟馆林立，有某谐客戏为拟一联云："亦呵棒，亦传灯，曾经几劫灰尘，佛也佛也，竟者般仰卧；不烧丹，不炼汞，但食半

---

①　眉批："此条恐遭时忌，宜从删。"

生烟火，仙乎仙乎，便如许清癯。”此联骤观之，若无甚谐谑意趣，然一则比之曰佛，再则拟之曰仙，此不谑之谑，比谑尤甚，惜烟客未知之耳。

又仿城隍庙联，戏赠烟馆联云：“任从你能说能行，到此大瘾发时，还有魂否？须知我不赊不欠，且把长枪放下，数过钱来。”按，此联虽不及原联之警策，亦自有滑稽之趣，因附录原联云：“任从你无法无天，到此业镜悬时，还有胆否？须知我能宽能恕，且把屠刀放下，回转头来。”①

侨津有一日人，与地毯行某号交好，日久相狎，时出戏谑。一旦失去银元票五十元，心疑日人，偶戏问之，日人反脸大怒，该行经理极力陪谢，终滋闹不已。有厨夫姓水，浑名水车子，性戆直，见日人口出不逊，为之不平，手持一木杖，击之仆，幸未伤致命处，日人气为之馁。然事益无结果，后经许多人出而调停，始给二百元养伤费而去，此可见木屐儿之爱财也。有某谐客为一联云：“木屐儿是否小偷儿，捉贼要赃，地毯行空言无据；水车子真乃好汉子，杀人偿命，天津卫讲话有根。”末句尤为峭丽。

清道光朝，有一翰林夙出潍县陈官(诶)〔俊〕尚书门下，陈丧偶，翰林为文祭之，有“丧我师母，如丧考妣”之语，一时传为笑柄。该翰林之妻，又尝为许文恪公乃普之义女，丑声外播。有诋之者集句为联，以张其门前，曰：“昔岁入陈，寝苫枕块；昭兹来许，抱衾与裯。”此联词意大佳，口孽太重。余幼年阅《无事消遣》，亦有此联，惟叙述事实稍异。

文人之口，有善骂者，亦有趣骂者，庸俗之子，有被名流一骂而姓名藉以并传者。昔林文忠公抚苏时，苏州府同知系一旗籍，名续立人，招摇用事。一日，仪仗而出，有无名氏以联语投其舆中，云：“尊姓原来貂不足；大名倒转豕而啼。”续睹之大怒，白文忠，请严缉其人治

---

① 眉批：“此联已见前，可从删。”

罪。公笑曰:"苏州自设同知以来,官此者不知几千百人,今能举其姓名而称道者,寥寥无几,得此雅谑,君且不朽,又何怒焉?"续无言而退,如公者可谓善解嘲矣。按,此联余友张喆夫亦尝称之。

清季学堂萌芽时代,其中笑柄百出,某省法政学堂附设商科一门,所聘之教习,识字无多,学问有限,如四子书中,"季氏伐颛臾"讹读"颛叟","孔子为鲁司寇"误读为"同冠"。有人草一谐联,张于教堂云:"孔子为同冠,可怜法政学堂,偏讲二千年前故事;季氏伐颛叟,似此商科教习,不如三家村里先生。"余谓此与《楹联丛话》所载某公分校礼闱事,同一意趣。按,分校时,卷中有用"佛时仔肩"者,批云:"佛字系梵语,不可入文内。"后有用《易》"贞观"二字者,则又批云:"贞观系汉代年号,不可入文内。"因有为之对者曰:"佛时是西域经文,宣圣悲啼弥勒笑;贞观系东京年号,唐宗错愕汉皇惊。"

学堂之笑柄,到处皆然,不独萌芽时代也。余在清河陆校时,国文教习张同书者,雄县人,大学堂毕业,讲士孙瑞《剑铭》,以为孙姓士瑞名,印者颠倒耳。凡学生之看过《三国演义》者,皆为之匿笑。又有附课连国文教习袁祚庠者,讲刘向《论甘延寿陈汤疏》"贰师将军李广利",谓李广汉之名将,"利"字衍文,贰师即今之两师人。为学生所告,谢职去。余友武绍亭云:"物必有偶,颠倒士孙瑞,割截李广利,正是确对。"余因戏成一联云:"颠倒士孙瑞,张同书未窥《三国演义》;割截李广利,袁祚庠错认贰师将军。"相与大笑。

前清某科福建乡试,正主考为左必贵,副主考为赵晋,左入闱病目,不能阅卷,凭赵一人担去取之权,故是科多以贿获选者。事发,左与赵同得罪,闽人有作联以嘲之者,云:"赵子龙浑身是胆;左丘明有眼无珠。"又有吴省钦者,典试湖北,当时亦以贿行,鄂人戏书联、额各一,缄致之,其联云:"少目不识文字;欠金休问科名。"额云:"倒口便吞。"首联冠以姓,浑脱大方,次联拆其名,巧妙绝伦,二联皆谐之最有趣者。

光绪癸巳恩科乡试,浙江省以殷如璋、周恩锡为主考,二君论文有不实不尽之处，士林咸抱不平，或为联谑之云："殷礼不足征，已经如聩如聋，漫许文章操玉尺；周任有言曰，难得恩科恩榜，好凭交易集金钱。"拆嵌名姓，各极其妙，兼有上二联之长。

余友张喆夫言，清咸同间，有萧树兰者，四川人，因其性暴烈，人因呼之为壳子（"壳"读为诃，即枪壳子也）。又当时有二御史，一名高树，一名高兰，光绪初，荣中堂名荣庆，而翰林孟黻公名庆荣，人因撮举两人名字为联云："壳子并吞双御史；黻公倒挂老中堂。"又光绪初，宝中堂名宝鋆，而内阁中有吴鋆者，避讳鋆字，改为均金，其婿某亦新捐内阁中书，吴每夸耀众人，人因戏为之联云："女婿头衔新内阁；丈人腰斩老中堂。"一时传为笑柄。

南海康有为在陕西华阴庙寓居时，将该庙宋板佛经盗去，陕人甚恨之，因戏赠以联、额，联云："国之将亡必有；老而不死是为。"额云"寿而康"，乃以"寿"字改书作"兽"，亦可谓戏而近于虐矣。光绪季，柯逢时抚浙，最为酷虐，浙人戏为一联云："逢君之恶，罪不容于死；时日曷丧，予及女偕亡。"额曰："伐柯伐柯。"现成得妙，均可谓滑稽之雄。

余友张君允升言有一老童，年七十尚应试，其实一老荒也。督学试之，文理荒谬，乃戏赠一联云："行年七十尚称童，可云寿考；到老五经犹未熟，总算书生。""寿考"、"书生"，字面巧合。科举时代，往往有此趣语。余记在江省时，冯科长问田亦尝称此联，则流传已久矣。

余同学张赓甫（振剑），其父以开毡帽行起家，卒之日，讣于清河校内。余与允升等照例赙两元而去。一日，赴京游鲜鱼口，见市门树黑猴，乃故毡帽行杨家也。允升大笑，问之，则曰："余挽张赓甫老太爷，苦未有切实典故，今得之矣。"因朗诵联云："死后精魂化白鹤；生前事业胜黑猴。"其善于谐谑如此。

光绪季，余在京就馆，适有单桥秦宝璋之表弟唐汝恭师范毕业，派充望都小学堂教习，赴差过京，由宝璋属余代借川资拾元。及来信，将余信姓写作"泥"字，余大加斥骂，拟将唐字写作"糖"，以示报复。又东乡沙玉田来京，向双盛永秦香圃处赊鞋二双，及来信，将“秦”字写作“擒”，香圃大怒，拟令余写信，将“沙”写作“杀”，以示报复。余曰：“物无独必有偶，真可与唐汝恭之事作对矣。”乃为联云：“唐本如糖，致远恐泥；沙真可杀，束手被擒。”新学界人物，往往有此笑柄。

附录师范同人联句诗

清宣统初，余在保阳陆军师范讲习所肄业，同学共四十一人，当时每有趣语。有贾文敬者，信都人，在保阳城内住家，每日必回家眠宿，次早返校。一日早起，刘秋昙（云锦）吟云：“文敬为屄忙。”秋昙嗜酒，即以己作对云：“秋昙因酒懒。”大家因相与联句，至十八九韵，今犹记其概略，附录于此，加以注解，以备观览。秋昙倡首云：“光怪离奇事，都罗师范堂。陈胡言那孟（国文教习陈，授课时好说‘那孟’，即‘那们’也），流士语荒唐（历史教习刘彭寿，人戏呼为‘大流士’）。提调下古史（管提调云臣，以近世史为下古史，人以‘下古史’目之），队官二四方（何队官树提，代理算学，问邓仲芳学至何处，答二次方程，何误为二十四方程）。秋昙因酒懒，文敬为屄忙。”余联云：“我老名家傅（傅立芳，山东副榜，以名家自居，说话每曰‘我老’），轧根大嫂张（张荣伯，通州人，貌似老媪，温竞欧呼为‘大嫂’，说话带北京‘轧根’土语）。”孙汗忱联云：“仲芳头已白（邓仲芳，年三十馀即白头，人呼为邓白毛），蕴冰齿金黄（张蕴冰，一嘴黄牙，人呼为张黄牙）。张眼成三角（张祖舜病目，每以三角眼看人），温喉唱二簧（温光亚字竞欧，喜唱二簧调）。”秋昙联云：“冯清个偏小（冯清韶身材矮，人呼为冯小个），刘稷身特长（刘稷臣，福建人，身细而长）。”余联云：“无耻花大姐（花虚白，江西人，余呼为花大姐，因巴结周教习，人谓为无耻之徒），有才孙二娘（指孙汗忱）。罗兰女子气（罗子蕊，为人白皙袅娜，有妇人气，余呼为蕊娘，汗忱谓为罗兰夫人），孙绍夫人妆（孙绍先自署江东孙氏，汗忱目为孙夫人）。莺姐何妨贾（贾景武，名莺，人因呼为贾莺莺),天师竟姓王(王建屏于收东西日,署包袱云'王大帅',人于大帅上各添一横,成'天师'二字,人因呼为王天师)。"汗忱联云:"张三虬髯客(张赓甫满脸胡须),倪二醉金刚(谓余之嗜饮矣)。"秋昙联云:"早起陈琴甫(琴甫早起为一堂冠),酣吟范老香(范香樵,霸县举人,每早必小声吟时文数篇)。阍修推允帅(即允升),长假是何郎(何子居,向在北京课吏馆肄业,不肯舍,故一月必告半月假)。"允升联云:"狗食刘辛甫(辛甫,黔人,'狗食',其口头语也,故人呼为狗食),妈屄杨禹昌(禹昌,蜀人,每说话必带'妈屄'字,故人呼为杨妈屄)。"余联云:"钟经老荆属(钟绍纶字经初,余戏呼为老荆),秦渭阿姨行(秦渭阳字贻久,人因戏呼老姨)。"允升联云:"小妹刘绳武(绳武于同学中年最少,温竞欧戏呼为刘小妹),大姑邵锦堂(锦堂名作荣,温竞欧戏呼为邵大姑)。"余以联收束云:"须眉间巾帼,戏谑亦何伤?忆食肉糜日(即晋惠帝'何不食肉糜'之典,秋昙每于药房炖肉,必呼余等共食,曰此肉糜也),往事已茫茫。"

杂钞(《联语粹编》附)

西山灵光寺,旧为金元钜刹,翠微公主塔在焉。山泉为各寺冠,自石窦流出,承以一亩许之池,高柳丛篁,清流映带,宝竹坡少时读书池上,庐已久毁,今惟端午桥所建归来庵尚存,乃一寺最佳处也。广庵先生题石诗云:"岩腰已满题名墨,池水应怜绉面人。约略老坡眠食处,却从榛莽告晁秦。"(自注:并示石遗畏庵,盖两君均竹坡典闱试所得士。)石遗亦有《池上待月》诗云:"寺后孤峰冠翠微,画师偏叹虎头痴。空山待吐三更月,净土惟存一亩池。萤火荷香深碧里,流泉石窦细鸣时。坡公止宿题诗处,桑海茫茫怆寤思。"腹联用渔洋诗意,写景逼真。余曩游寺,尚于岩腹见广庵题墨,近闻亦漫汗不可辨矣。(录《公是楼诗话》)

"料峭西风帏榻冷。夜雨潇潇,睡去还惊醒。悄听六街刁斗静,流萤飞破孤檠影。　　回转柔肠重记省。池上栏干,携手肩儿并。盼断归期终未定,教侬忒恨郎薄幸。"(《调寄蝶恋花》,碧鸳女史)我国之愚夫愚妇,凡生儿不育者,谓犯天狗星,惟张仙爷能射杀之。虔祀张仙,可免此祸。其言深入世人之脑筋,习久成风,牢不可破。余(老渔自谓)曾作联以辟之,联曰:"果张仙耶?述者饰言欺艺祖;是蜀主也,祀之何术庇娇儿。"按,张仙实有其人,姓张名远香,五代时游青城,以幻术眩人。人谓其得道仙者,实訾言也。而祀之育儿一说,系托始于花蕊夫人。夫人姓徐,蜀主孟昶之宠姬也。宋太祖平蜀,爱其才色,俘之归。夫人念主情深,绣孟像,潜于宫中祀之。宋主偶诘之,则以张仙对,此射狗育麟一语所由来也。后人踵祀之,至今未改,真迷信之尤为糊涂者矣。余谓花蕊之事,居然又一息夫人。

按,花蕊夫人有诗才,世传其初入宫时,宋主知其能诗,问来时有新作否?乃献一绝云:“君王郊外树降旗,妾在深宫那得知。四十二城齐颊首,并无一个是男儿。”

光绪三十四年十月,太后及帝相继崩殂,伤心人潜挽以联,于颂扬之中寓讥讽之意,亦足见君主时代言论之不自由也。联曰:“训政历两朝,内忧外患,仰赖慈谟,一旦仙驭升遐,何堪见六士冤魂,五臣孽魄;上宾当十月,地坼天崩,同悲圣主,千载史官纪实,尚赢得九年立宪,百日维新。”余按,德宗三十馀年,毫无虐政,且锐意维新,其生平言行实有大过人者,其所以不能发展自如者,以格于慈禧太后之专政揽权也。人谓清室亡于慈禧,并非过论,即其纵容拳匪,杀戮忠良,亦足为亡国张本。联中以庚子五臣、戊戌六士奚落之,殊为滑稽得体。

民国二年,北京阜城门外龚村朱大绅,年二十四岁,凭媒人何三、许二,出彩礼一百四十元,说定黄氏女为妻。相看之时,原系十八九岁之处女,迨涓吉娶过门来,变成五十多岁之老太婆,两方面因此涉讼。经官厅一再研讯,始悉前日之相者,系何三之妹,后日之娶者,系许二之婶。盖何、许二人,觑定朱某少年暴发,孤立无援,故设此变局,得钱朋分。呜呼,世局险巇,人情鬼蜮,可谓愈演愈奇矣。老渔闻之,曾戏赠以联曰:“小女婿花信年华,对头若配以娇娃,无惭嘉耦;新媳妇大衍寿数,序齿犹长于阿母,可叫老娘。”(按,北地之土著有管外婆呼为老娘者,俗称也。)

联语一门,最为难作,作短联须有精思妙语,作长联须有奇笔灏气。如世传孙髯昆明池大观楼一联,诚不愧洋洋大作也。联云:“五百里滇池,奔来眼底,披襟岸帻,喜茫茫空阔无边,看东骧神骏,西翥灵仪,北走蜿蜒,南翔缟素,高人韵士,不妨选胜登临,趁蟹屿螺洲,梳裹就风鬟雾鬓,更蘋天苇地,点缀些翠羽丹霞,莫辜负四围香稻,万顷晴沙,九夏芙蓉,三春杨柳;数千年往事,注到心头,把酒凌虚,叹滚滚英雄何在,想汉习楼船,唐标铁柱,宋挥玉斧,元跨革囊,伟烈丰功,费尽移山气力，尽珠帘画栋，卷不及暮雨朝云，便断碣残碑，都付与荒烟落照，只赢得几杵疏钟，半江渔火，两行秋雁，一枕清霜。”

近有谐客，仿此体格，为黑籍中制一联曰：“五百两烟泥，赊来手里，价廉货净，喜洋洋意趣无穷，看粤夸黑土，楚重红瓢，黔尚青崖，滇称白水，估成辨色，不妨清客闲评，趁火旺炉燃，煮就了鱼睛蟹眼，正更长漏永，安排些雪藕冰桃，莫辜负四楞响斗，万字香盘，九节竹枪，三镶玉嘴；数千金家产，忘却心头，瘾发神疲，叹滚滚钱财何往，想名重神仙，膏珍福寿，种传罂粟，花号芙蓉，倚枕开灯，足尽生平乐事，尽朝呼暮吸，那怕他日烈霜寒，纵妻怨儿啼，都装做天聋地哑，只剩得几寸囚毛，半抽肩膀，两行清涕，一付枯骸。”此联形容毕肖，工力悉敌，见者莫不称为文坛绝伎，妙语解颐。

前清翰林七品官金顶，乃郭兰石十二年未迁官，人因以“金不换”呼之。蒋笙陔修撰六品亦十年不迁，其坎坷亦不减于郭，所戴白顶，系半石，人因诨名之“石敢当”。有某朝士集两人事为联云：“郭太史一纪未迁官，名为金不换；蒋修撰十年犹坐馆，俗谓石敢当。”一时传为笑谈云。

时事之联，有上溯多年而可对者，亦有后阅数载而成偶者，全在文人之心机组织，意匠经营耳。如国民革命军甫行平定京津，而新疆督办杨增新至该省公立法政学校行毕业礼，被其属下交涉厅长樊耀南狙击，立毙。凶耗传至河北，有取此以裁为上联曰：“革故鼎新者杨增新，督新疆，展新猷，遇耀南而倾身被刺。”群谓该联当时不易妍对，老渔乃成一联曰：“厌文好武之张振武，踞武汉，行武断，至华北则骈首伏诛。”此民国元年黄陂督鄂时所造之时事也，摘以为对，岂得谓非时事之联欤？

吴佩孚与张作霖初则相仇，继则相和，军阀之心无常也。民国十五年五月，吴在汉上对某报记者曰：“吾与奉张如夫妇，初婚之时，虽有反目，久则相得甚欢。”此言取譬甚新，惟令人有怀疑之点。因有戏成一联曰：“直奉二伟人，声应气求，若说类埙篪，尚不愧难兄难弟；吴张两大帅，势均力敌，自言如夫妇，殊未知谁女谁男。”

民国十七年，革命军北伐告成，双十节庆祝，周震麟为联，悬于先总统孙中山遗像前，句云：“历江淮河汉至津沽，军事敢云大定，缔造维艰，革命战争十七载；由揖让征诛而篡窃，主权总不在民，后来居上，先生陵轹五千年。”按，周联当时有六七付，无一佳者，惟此联略称平妥，故录存之。

乔树兰者，四川人，因其性戆，人因呼之为壳子(“壳”音读诃，即铳壳子之说)。咸同间曾有御史二人，一名高树，一名高兰，又荣中堂名庆，而翰林孟繖公亦名庆荣，人因撮举两人名字为联云：“壳子并吞双御史；繖公倒挂老中堂。”又光绪初，宝中堂名鋆，而内阁中又有名吴鋆者，避讳鋆字，拆开做均金，其婿亦新捐内阁中书，每以夸耀于人，人因戏为之联云：“女婿头衔新内阁；丈人腰斩老中堂。”一时传为笑柄。

陕西人有戏赠康南海有为一联云：“国之将亡必有，老而不死是为。”横匾曰“寿而康”，乃以“寿”字改书作“兽”，亦可谓戏而近于虐矣。光绪季，柯逢时抚浙，最为酷虐，浙人乃戏为一联云：“逢君之恶，罪不容于死；时日曷丧，予及汝偕亡。”现成得妙，横匾曰“伐柯伐柯”，皆可谓滑稽之雄。

清时有候补知府续立人为发审员，最为酷虐，人因戏为一联，贴于其肩舆中，云：“尊姓原来貂不足；大名倒转豕而啼。”切其姓名，极有趣味。

东三省公报载有星桥吊张大元帅雨亭诗二首，极为雄浑，诗云：“割据能称乱世雄，全城千里仰元戎。麾前猛士多屠狗，座上谋臣孰非龙。淮水投鞭军似火，燕都问鼎气如虹。兴亡输与东流水，玉帐牙旗一瞬终。”“列戟森森甲第高，起身不讳绿林豪。每因得陇还思蜀，谁肯推袁更讨曹。战伐已流千里血，征求将尽万民膏。虚传悔祸班师檄，遗恨年年咽海涛。”议论雄伟，底是少陵咏史诸作。

杨令茀女士近作拟古三首，有书有笔，不类巾帼，魄力气骨俱臻上乘，真可传作也。诗云："《吕览》悬国门，不敢易一字。桀暴汤武仁，代远无信史。太牢祀大成，衸岂宣尼志。牛羊复何辜，才畯工献媚。遂令千载后，纷纷论功罪。一治与一乱，物性耽相噬。豪者矜事功，得失鸡虫耳。举首望沧溟，万年一瞬逝。"

"年年具壶浆，民后来不绝。片纸收两京，弓矢不一折。功成豪宴张，碧眼红裙集。将军日挟婵娟子，青云教挽头上髻（用李长吉成句）。越海艨艟度岭车，等闲不肯轻离别。温泉水腻碧云深，南朝金粉馀芳洌。吾不知无定河边白骨为谁枯，执戟稚子，衔饥健儿，何为转战万里弃家室。岭南赤地起，遂及燕赵城，高缨大纛扬尘埃。君不见欲死未死之民沟壑哀。"

"巍巍碧云寺，逆阉置生圹。华表颂丰功，德在宣尼上。腹诽者族诛，矧乃口肆谤。讵知数百年，复为贤豪攘。贤豪哀民生，聋聩激清响。疾呼功屡蹶，赍志没泉壤。青旂报捷来，猿鹤已何往。碧云一隅地，带砺控群嶂。易代厉气存，发则日曷丧。微彼青鸟言，怵然涉遐想。"

《书壮悔堂文集后》云："乐园宾客杳难追，一卷名山叹付谁？南部烟花彩伎扇，东林姓字党人碑。平原试望江淹恨，故国深知宋玉悲。公子世家文苑传，斯人一出竟何为（舒铁云孝廉《瓶水斋诗集》）。"

任瑾存招同城南社友雅集，并送陈涌洛之任三河，以"河阳一县并是花，金谷从来满园树"分韵，得"是"字。仲莹诗云："任渊风雅俦，夙好惟书史。循声满燕南，旧业忆蕲水。可以仕则仕，可以止则止。出能膺民社，隐不妨近市。粤稽古循良，何曾异于是。津沽卜幽栖，郭东无三里。清秋召吟宾，家酿浮绿蚁。诗侣赵倚楼（幼梅），传经严夫子（范老）。徐邈（香客）刘伯伦（云孙），二王（仁安、缉斋）并二李（寝安、芹香）。吴质（子通）顾虎头（寿人），张颠（玉裁）陈无己（涌洛）。照座尽人豪，予亦不羁士。酌咏杂喧笑，忘形到彼此。陈侯多隽句，不止政绩美。小邑屈长才，吾为畿东喜。劫后旧京畿，吾民力竭矣。壮夫半逃亡,田园没荆杞。伫待贤使君,政从抚字始。公暇有新诗,望寄我一纸。”

任瑾存饯陈涌洛之三河,约同范孙、寿人诸公即席赋诗,分得“谷”字。赵幼梅诗云:“良辰饯嘉宾,客来多不速。飞腾羡群公,我已甘雌伏。涌洛好身手,到处惊刮目。腹笥万卷书,营营逐微禄。所至政声好,能使豪暴服。谁谓读书人,不能做良牧。瑾存亦奇士,阴符夸满腹。作宰遍畿南,大为民造福。范老世所宗,典坟罗胸熟。仁老患难交,悲愉杂歌哭。举坐尽风雅,幸有书可读。大陆起龙蛇,群雄互争逐。猿鹤复虫沙,血肉饱刀镞。羸颠更刘蹶,为洒泪一掬。沈沙屈正平,众浊怜清独。扪虱王景略,高谈亦碌碌。我欲招群公,耕田养黄犊。不问人间世,仓箱谋积谷。田家老瓦盆,笑傲守茅屋。时有同心来,足音响空谷。阶下秋花妍,凉风递高树。今日良宴会,谈笑额不颇,我愧古诗人,摇笔动盈幅。远望赋我诗,泠泠荡琴筑。”

前清庚子拳匪之乱,八国联军入京,两宫西狩,当时扈跸从行者有词林诸老,于旅店题壁,诗云:“欃枪北指紫薇垣,兵燹馀生最可怜。身世仓皇离虎穴,客途风月伴龙眠。关山两地就方老,鼓角三更梦未圆。伏枕思量经过事,不知今夕是何年。世劫虫沙事渺茫,才经瞬息几沧桑。干戈未定家千里,风雨交侵客对床。一局残棋难著子,半生沈痛懒寻方。从头更数神州路,敢说他乡胜故乡。杳无消息到天涯,腊鼓声催近岁华。忧国已无苏玉局,上书谁是贾长沙。春回旅店村醪薄,雁影回峰落日斜。野老不知尘外事,殷殷对坐话桑麻。”诗有唐音,允是李杜风骨。

清季戏风甚盛,有伶人王蕙芳者,以花旦饰老妈,翰林某公戏赠一联云:“安能辨我是雌雄,想华朋金樽,亦曾脂粉登场,为他人作嫁;毕竟可儿好身手,趁椒风锦帐,莫把葫卢依样,舍正路不由。”词旨清新,雅与题称。

前清庚子之乱,两宫西狩,四川藩台刘公幼丹(心源)仿杜工部《秋兴八首》诗体,为感怀时事之作,诗云:“自割珠崖懒卧薪,汉家买作太平春。头悬南阙无奇士，眼挂东门有愤臣。九节度师当敌垒，八罗王国责牢频。吾生不幸言微中，痛哭乾坤一杞人。”“闻说祠坛满帝京，少林拳法动公卿。烧城赤舌惊天焰[1]，祖市苍头沸水声。王衍诸人无活计，孙恩何处有神兵。汉庭将相真儿戏，愧杀猪奴赌一枰。”“一击不成便倒戈，瞒天刀雨下修罗。无谋五战终迁野，有泪三呼欲渡河。帝子柴车村寂寞，王孙麦饭路蹉跎。相公老去宗王少，手掷金瓯计若何。”“朱雀门前万刃环，千官步出北邙山。天心散走惊三殿，海水群飞撼九寰。上将无头军气墨，侍臣有血帝衣斑。洛阳冠盖飘零尽，多少灵车死未还。”“高阁名流看陆沈，蒙尘黄屋已西临。摧残时局填膺愤，堕落人才抱膝吟。广武两军谁国手？兴元一诏属天心。汉庭宫殿岧峣在，王气终南郁到今。”“西清散尽百年珍，南内荒凉冒战尘。虏骑飞来城改帜，官兵剔罢野空囷。让书急索将军首，和议孤悬宰相身。叹息守陴深夜哭，当年即墨又何人。”“喋血京师尚未干，田间夥涉又成团。清时有警唐天宝，乱后多才汉建安。一揽河山收泪起，百年宫府抱冰看。官家幸勿忘今日，槜李君臣事不难。”“大力相期挽壑舟，诸公台省作闲侯。洗空凡马谁皋乐，呼起荒鸡有祖刘。劫后朋侪刀底活，老来功业镜中愁。少陵同洒西风泪，鼓角中原万里秋。”

有某谐客仿城隍庙联语，戏赠烟馆联云：“任从你能说能行，到此大瘾发时，还有魂否？须知我不赊不欠，且把长枪放下，快数钱来。”按，此联虽不及原联之警恶劝善，亦自有滑稽之趣。因附录原联云：“任从你无法无天，到此业镜悬时，还有胆否？须知我能宽能恕，且把屠刀放下，回转头来。”

西洋夫妇于街上挽臂行走，习俗使然也。我国青年匹偶，竟有出门效此情状者，丑矣。更有临时现姘为偶，交臂于马路者，尤丑之丑矣。皆中国士女趋时维新，一种过火之失也。有某谐客见此，戏成一

---

① 眉批：“《太玄经》：‘赤舌烧城，吐水于瓶。测曰：赤舌、吐水，君子以解祟也。’今或以为谗口之喻。”

联云:“结发夫妇,变成落发僧尼,惟有梳头差省事;啮臂姻缘,丑作交臂行动,反将现眼为美观。”

湖南宗湘文名源瀚,清监生,当洪秀全定鼎南京,开科取士,宗出应试,赐进士出身,曾献一联于洪云:“留发留须,留得天朝真面目;改冠改服,改成汉族旧河山。”按,宗于太平天国亡后,又夤缘清朝,选任宁波府知府,当时文人凡知有此联者,莫不鄙为有才无行之汉奸,而从今人眼光观之,大有革命伟人之远识,可见人才品望,俱有随时迁移之异也。

宋遁初先生有功民国,民国二年,驾言赴京,于沪宁车站被刺身死,凶手为武明或名士英,当场弋获,经中外法官研讯,主之者为应夔丞、洪述祖二人,人皆惜之。为开追悼会,有某谐客就其事为联云:“宋教仁有功党国,虽死犹荣,老宋无惭乎千古;武士英自犯刑诛,未逃即获,大武决丧其一元。”①

四川资州百岁老人,五世同居,其牌坊联云:“算甲已多年,居仍同居,食仍同食;添丁凡几辈,子又生子,孙又生孙。”恰合五世,措词极为得体。

天津北附近有一小村名皇后店,其命名不知何自起,又冯河间所居曰诗经村,以毛公故里得名也,富贵后于天津河北建筑一里亦名诗经村。谐客老渔以此二者之命名皆不合时局之激流,乃戏为一联云:“共和国废除帝王名称,何故店犹留皇后;学校制禁读圣贤书传,不图村尚有诗经。”

北京徽班武生行中,除却杨小楼外,以俞振庭为势力最大,振庭为俞润仙之嫡子,润仙绰号俞毛包,人因呼振庭为小毛包。一旦于广德楼唱义务戏,不知何故与国务院科员大起冲突,继而用武,一时连带受伤者甚多。有某号艺徒,伤致命处,立即身死,提起诉讼,经法院

① 眉批:主其事者实为直隶民政长赵秉钧,后赵与应二人皆为袁氏暗杀,而洪为宋子扭送法庭,被绞死。

判俞五年有期徒刑。中国议院成立，议员之掉乱者，亦时效伶人之演武剧，挥手棍，飞墨盒，时有所闻。有某谐客牵此二事为联云："众议院本是文明场，屡挥手棍，惯打同人，盒飞墨舞涌天黑；广德楼为唱义务戏，大要毛包，痛殴顾客，头破血流满地红。"

清季未行禁烟政令之先，烟馆林立，但鸦片之为物，兴自外世，羌无故实，赋此者须自出机杼。有某谐客戏为烟馆拟一联云："亦呵棒，亦传灯，曾经几劫灰尘[①]，佛也佛也，竟者般仰卧；不烧丹，不炼汞，但食半生烟火，仙乎仙乎，便如许清癯。"此联骤观之，若无甚谐谑意趣，然以出入烟馆之人，一则拟之曰仙，再则比之曰佛，此不谑之谑，比谑尤甚，惜烟客未之知耳。

张佩纶字幼樵，丰润县人，清光绪初为御史，风节凛然。张初娶朱氏，朱卒，继娶某中丞之女，又卒；北洋大臣合肥李文忠公以女妻之。按，中法安南之役，张实为钦差大臣，初赴南洋，势张甚，及马江一败，发往军台效力，其婿李已在军台期满之后矣。有某谐客戏为一联云："前后判若两人，南洋何骄，北洋何谄；督抚平分半子，朱氏无婿，张氏无儿。"相传张由军台归后，过津谒李，适李有疾，相见于卧内，见案上有诗二首，系李女所作，即道马江之事者也，内有"焚车我自宽房琯，乘障人谁使狄山"二语，张泫然泣下，曰："令媛，某之知己也。"因长跪乞婚，李不得已许之。"北洋何谄"即指此也。又新婚之夕，有某戏赠一联云："国辱幸身存，差欣罪满军台，摇尾北洋招赘婿；妻娇嫌夫老，纵使欢胪贰室，何颜南海对冤魂。"

某君素诙谐，筑室数楹，自书一联云："德不润身，贫偏润屋，全反圣人之道；食无求饱，居必求安，半留君子之风。"颇具天然潇洒。

清胡襄敏公未遇时，授徒某钜室，以形状瑟缩，大遭主人白眼。冬日雪中，大张宾筵，公亦在座，主人见其身穷衣朴，诸多不欢。酒数行，乃向公出一联云："雪压竹枝头抢地，只因腹内空虚。"公一时词

---

① 眉批："'劫'从力，不从刀。"

窘,未能答对,由是怀愤而去,投笔从戎,后官至军门。偶忆前事,屡次檄主人来辕会晤,主人百方贿托,至倾家业之半,卒被召之去,见面无他语,但授一联挥之出,出视之,上书云:“风吹柳叶背朝天,足见眼前轻薄。”乃系对前联。其愧悔之念,几无以自容焉。

冒认宗亲,遥遥华胄,古今之通病也。如张献忠僭号蜀中,追尊梓潼帝君为始祖,犹可谓盗贼行为,而何以唐高祖奄有天下,竟祖李老子,而貤赠崇封,尤属无谓。老渔就此二事为一联云:“张献忠僭王蜀中,甘与梓潼君作耳孙,无足怪也;唐武德奄有天下,推崇李老子为鼻祖,不亦异乎。”

我国新婚之俗由来已久,嫁女者于新年上元节,例仍迎女及婿偶住数日,名曰住节(或曰住新年),诚陋习也。老渔乡人有以二十岁之长女嫁一十一龄之顽童者,循例住节,奈婿既小,又娇惯成性,留许多笑柄,最可笑者,婿之娇懒性发,非令女抱之不可,否则嗔啼,甚则以跑胁之,惟怕老麻胡,如曰“麻胡来”,则吓作一团。老渔见此形状,戏为一联云:“大姑娘力大,颇耐操持,如取如携,辄抗令布袋去;小女婿胆小,不禁恐吓,假呼假喊,动曰老麻胡来。”按,土语方言有呼婿为布袋者,出《孙氏日钞》云:“宋冯布赘孙庆家,孙有事,辄以布为代表,此讹婿为布袋之出处。”又考老麻胡之出处,《朝野佥载》云:“石虎有将姓麻名秋,胡人,凶残好杀,儿啼时,其母辄呼以怖之。”又《会稽录》谓该地有鬼名麻胡,好食小儿脑,儿怕之甚于虎狼,久而有讹“胡”为“虎”者,甚至讹作“老毛吼者”亦有之。每一呼,小儿辄闭目蒙头,不敢一作声,此风南北皆然,不知何若是之普遍也。

北京向有公寓之设,其中以声色娱客者,类皆十馀龄之美少年,俗谓此等少年为相公。文学士以其有玷斯名,改撰“像姑”二字赠之。一郎姓纨绔子,与一郭姓像姑交深怜昵,不惜糜巨款为之脱籍赎身,买宅成家。其宅在东城,与郎家比邻,往来甚密。一日郎外出,郭像姑至,郎妇久恨其以色惑人,家业坐索,詈之;郭不服,踏之倒地,饱以老拳。郎妇以遘此奇辱,百濯不去,投河身死。其家本巨族,控之宛平县署，县宰适为赵君，善钩距，尚严酷，收呈后，拘郎刑讯之，悉其颠末。捕郭，郭逸，逮其家属，羁押之。郎在缧绁中，闭目即见其妻向之索郭，不数日庾死，其家由是中落，似续以绝。此北平数十年前之故事也。有某谐客戏为一联云："京邑间从无河伯娶妇之风，妇奚投河，洗冤幸遇西门豹；世界上那有孽鬼祟郎之理，郎自作孽，要命全由东郭䰩。"

清德宗景皇帝，非庸主也，不过一生不得其权耳。其亲政之初，即知非变法无以延长清廷之馀运，非立宪难以制止革命之兴军，乃听康有为等立保国会，内则约谙练新政之人才，外则连掌握兵权之疆吏，趁皇太后幸天津阅秋操，而行非常之举。不幸所谋不秘密，有人赴西山告密，太后下特旨严拿康有为，康闻之，化妆而去，遂捕得康弟广仁，及其同党杨深秀、刘光第、谭嗣同、林旭、杨锐六君，骈戮于市。事平，太后二次临朝称制，夺德宗之政权，幽于瀛台，此谓之戊戌政变。老渔时馆于刑部街住宅，亲赴菜市口，眼见六君子延颈受刑，感痛交集，不禁草成一联曰："保国岂覆国乎？结党立会，志在保清，何事妄诛？密旨严拿六君子；有为诚无为耳，化妆窜洋，意存为己，非徒负友，馀孽且连一帝王。"

《逸馨室诗话》(复忱著)云："余于壬子夏间，以张都督金坡之聘来津，充任督幕秘书，曾得其诗集一册，集中诸作，音节悲壮，气概沈雄，爱之不忍释手。犹记其二绝，《马上口占》云：'轻寒恻恻入春衣，大纛南征莽鼓鼙。峻岭摩天盘健马，临风一笑万山低。'又《自团防暮饮归营》：'薄饮村醪趁醉归，长河一带晚烟围。暮天风紧雪平野，匹马冲寒山欲飞。'吴禄贞绶卿，清季儒将也，武汉起义时，被刺石家庄，友人传诵其己酉守岁十律，至今脍炙人口。兹抄其四首，诗曰：'梭掷双丸任往还，白云终古自闲闲。一生稊米浮沧海，万里风云望故山。醉眼重邀燕市月，蹄痕曾遍汉时关。抚摩髀肉增惆怅，陈迹无端俯仰间。''锦帙牙签列四围，读书日月侍慈闱。春晖爱护争驹隙，乡梦瞢腾逐雁归。五夜闻鸡犹起舞，一时屠狗亦雄飞。戎装笑把宫袍换，聊当娱亲莱子衣。''壮年跃马赋西征，仗剑思吞海底鲸。葱岭万重轻举足，秦关百二惯宵行。霸图凭吊班都护,飞将长怀李北平。几辈雄兵谈纸上,扶桑日上说东瀛。”“底事王郎斫地歌,敢将身世怨蹉跎。骨经锻炼丰裁峻,眼阅兴亡涕泪多。好友乍来棋一著,旧书补读砚重磨。朅来午夜闲吟惯,数尽残更跃鼓鼍。”英气勃勃,诵之使人气旺,亦杰作也。

大兴舒铁云孝廉名位,字立人,著有《瓶水斋诗集》,奇警遒炼,独往独来,无一意蹈袭前人。赵瓯北谓其能于长吉、玉溪之外自成一家,非虚语也。今就其近体中摘句于下,以觇其铸句之妙。五律摘句:“楼阁仍双影,珠帘卷六朝”(《秋柳》);“散花过小劫,窃药得长生”(《月姊》);“思旧山阳笛,招魂海上琴”(《挽松南》);“慷慨陈琳檄,艰难陆贾装”(《题出塞图录》);“乱离唐四纪,优孟李三郎”(《观演长生殿》);“天地正秋色,江湖多雨声”(《太湖听雨》);“乌鸟三年老,黄龙百战身”(《谒岳忠武祠》);“铁铸阶前错,银留井底香”(同上);“雪撑山骨立,风打浪花开”(《芷江道中》);“江流新乐府,山色半闲堂”(《钤山堂作》);“青草飞蝴蝶,黄陵唱鹧鸪”(《夜发淞阴》);“扫眉长乐老,没齿未亡人”(《题桃花夫人庙》);“酒思千日醉,国复七雄除”(《定州》);“灰黑昆明火,尘黄瀚海楂”(《沙河》);“学步嗤馀子,居奇得异人”(《邯郸》);“销魂何水部,落魄杜司勋”(《江都》);“诗咏杯中月,年华鬓上星”(《山阴归舟》);“腰量三殿柳,眉锁六朝山”(《寄怀伊甫奉淮》);“可怜垂老别,不孝以诗传”(《少陵台送别》);“山青双蒜比,洲白一瓜分”(《过江杂兴》)。

七律摘句:“紫台梦冷南宫漏,青冢魂招北塞云”(《昭君》);“浴当苦海身难度,绣入情丝手亦香”(《佛》);“求凭方士真痴绝,谪作诗人亦可怜”(《仙》);“八代起衰风雅变,百年多病别离迟”(《子美》);“封建已成桐叶戏,嫌疑难感豆萁诗”(《东阿城下》);“但逢袁绍非知己,直到温岐始忆君”(《陈琳墓》)[1];“锦衣谁赐将军树,铁券仍开节度

① 眉批:“按,唐温庭筠本名岐,此典未详所出,俟考。考唐诗有温庭筠《过陈琳墓》诗‘曾于青史见遗文’云云。”

门”（《钱武肃王祠》）；“南部烟花歌伎扇，东林姓氏党人碑”（《壮悔堂文集书后》）；“湖上春寒天水碧，帐中酒热帝衣青”（《寻宋故宫遗址》）；“三百里中黄歇浦，一千年后白香山”（《题秋浦西湖诗后》）；“千古文章出宾客，一时鸡犬尽神仙”（《题淮南子》）；“养成灶下中郎将，煮出人间富贵家”（《鹾》）；“西京几杖输棋局，东市彩衣失智囊”（《吴王濞铸钱镜》）；“一堂词赋名山绿，六代烟花战血红”（《昭明读书堂》）。《瓶水斋诗集》佳作极多，惜未能全录，然即以上摘句论之，戛戛独造，且无一字无来历，洵少陵所谓“语不惊人死不休”也。

侨津有一日人，与地毯行某号交好，日久相狎，时出戏谑。一旦失去银元票五十元，心疑日人，偶戏问之，日人反脸大怒，该行经理极力陪谢，终滋闹不已。有厨夫姓水，诨名水车子，性戆直，见日人口出不逊，为之不平，手持一木杖击之仆，幸未伤致命处，日人气为之馁。然事益无结果，后经许多人出而调停，始给二百元养伤费而去，此可见木屐儿之爱财也。有某谐客为一联云：“木屐儿是否小偷儿，捉贼要赃，地毯行空言无据；水车子真乃好汉子，杀人偿命，天津卫讲话有根。”末句极峭丽。

老渔云：邑省有某夫妇者，素迷信，室中所设之神位，外人皆不知名称。因无子，绘一子孙娘娘之像祀之，中年果生一男一女，从不为之种痘，有劝之者，则谓吾夫妇虔奉斑疹奶奶，所为保佑子孙，不生天花，纵生亦无危险。讵养至十馀岁，疫气流传，二男女一亡于斑，一亡于疹，伊夫妇现已年高，无一索再索之望，祖胤遂绝。余悯乡愚之无知，恨迷信之误事，戏作一联以辟之曰：“子孙娘娘若发慈悲，胡为乎断尔之子，绝尔之孙，反虚膝下无结果；斑疹奶奶真能保护，何至于男殇于斑，女殇于疹，悔不生前早种花。”

舒铁云有与赵瓯北论诗五古三首，纵横排荡，独抒己见，盖自道其作诗之甘苦也。诗曰：“天地有生气，终古不能死。人受天地中，同此一气耳。发而为诗歌，亦是气所使。如涂涂附非，活泼泼地是。然非读书多，不能鞭入里。亦非作诗久，不能跳出底。不入不知苦，不出不知旨。君不禁其臣,父不传其子。臭腐化神奇,或自妙悟始。绚烂归平淡,必致险绝止。经以三百篇,纬以十七史。纵以五千年,横以九万里。铸出真性情,凿成大道理。其气从空生,生则乌可已。”其二曰:“忽然兴会至,蚕食如有神。俄顷再视之,一字不可存。作诗如酿酒,滋味熟如醇。改诗如煎茶,火候过难匀。猪肝累一片,鸡肋恋三军。觅得针线迹,修出斧凿痕。不如摧烧之,当风扬其尘。余烬合不得,死灰燃无因。诗法如兵法,外阵而内屯。当知楚有材,勿谓秦无人。面具虽狡猾,即羽扇纶巾。背水固奇险,非灞上棘门。折屐者八千,有棋局酒樽。超乘者三百,无匹马只轮。”其三曰:“初读瓯北诗,其诗艳于雪。再读瓯北诗,其诗铸如铁。久读瓯北诗,大叫乃奇绝。不待钟嵘评,先遣匡鼎说。胸中千万卷,始得一两篇。脚根千万里,始得一两言。目中千万世,始得一两年。佞之可称佛,谪亦不失仙。其诗自可传,其诗有可删。其诗不能学,其诗必须读。读诗悦我口,钞诗脱我手。壮悔堂中无,老学庵中有。曰梅子熟矣,闻木犀香否。”三作镂心刻骨,不可羁勒,其奇句警语,皆似信手拈来。盖自信其天分之高,笔力之雄,故能左旋右抽,无不指挥如意也。

前清某科福建乡试,正主考名左必贵,副主考为赵晋。左入闱病目,不能阅卷,凭赵一人操弃取之权,致是科多以贿获选者。事发,左亦与赵同一得罪。闽人有作联以嘲之者曰:“赵子龙浑身是胆;左丘明有目无珠。”又有名吴省钦者,典试湖北,当时亦以贿行,鄂人戏书额、联各一,缄致之,其联曰:“少目不识文字;欠金休问科名。”额曰:“倒口便吞。”二联皆谑之至虐者,首联冠以姓,浑脱大方,次联拆其名,巧妙绝伦。满人有名青麟者,祖居京师,籍隶白旗,其视学江南时,亦以关节之重轻,定文名之胜负。好事者投以联曰:“白旗丁偏心真可怕;青瞎子无目不成睛。”此作比前联解字尤精,出言不俗。

清同治间,四川副都统有名铁尔克逢春者,有人戏以“金吾不禁夜”对之,诚属妙造自然。至光绪癸巳恩科浙江乡试,以殷秋桥如璋、周伯鲁恩锡为主考,二君抡文有不实不尽之处,撤棘后,士林中咸抱不平，或为联以谑之曰：“殷礼不足征，已经如聩如瞽，漫许文章操玉尺；周任有言曰，难得恩科恩榜，好凭交易集金钱。”

人之有旷达襟期者，方具滑稽眼光。昔陶元亮戏作自挽歌，即滑稽之作也。司空图居中条山王官谷，预筑一圹，每遇胜日，邀客列坐其中，酌酒赋诗，客皆难之，图殊夷然。夫难之者，拘谨之人也，心存忘死；夷然者，滑稽之行也，才可达观。余（老渔自谓）虽无表圣旷达之才，敢效渊明滑稽之行，预作一自挽联曰：“问九泉何处，就在眼前，老夫行将去矣，回思蠹简潜心，鹏程励志，乡场四战，原期高第出头，徒费却百种劳薪，万言脱草，十年尝蓼，千里漂萍，直落得医药生涯，未变寒酸，终为穷鬼；拟几句挽言，昭垂身后，小子敬尔听之，试看虱官贪政，虎将专兵，文武二途，那许清流插足，但守着一方紫砚，两管绿沈，半领青毡，数篇黄卷，研究点农林实业，不求富贵，勉作良民。”①上联叙自己生平，下联勉后辈安分，当嘱子孙留作遗言。此联作于民国十一年，年五十四岁，老渔自志。

《逸馨室诗话》复忱云：丁卯春间，赵幼梅以耆寿民（名龄，清之宗室）所题诗词手卷索题，余以寿民之作寓有亡国之感，因题四绝。诗云：“一自龙髯去鼎湖，觚棱遥望总模糊。美人香草皆孤愤，凄绝三闾旧大夫。”“年年芳草怨王孙，踯躅西台见泪痕。柳七才名仙掌路，晓风残月几销魂。”“玉楼新歌绝妙词，一声河满断肠时。残山剩水休凭吊，付与吴侬唱竹枝。”“岐王席散落花间，杜老悲吟破醉颜。寄向田园编甲集，瓣香应属赵饴山（赵执信，清益都人，字秋谷，晚号饴山老人，为王渔洋之甥婿，所著曰《田园集》十三卷）。”

晚清文人最负时望者，惟龚璱人定庵（清道光时，合肥人），其诗声情激烈，格调清逸，不落恒蹊，独标神韵，试摘抄其集内数首，以志倾慕。《送南归者》云：“布衣三十上书回，挥手东华事可哀。且买青山且鼾卧，料无富贵逼人来。”《己亥杂诗》云：“多君媕雅数论心，文字

① 眉批：“‘虱官’出《商子》。”

缘同骨肉深。别有樽前挥涕语,英雄迟暮感黄金。""黄金脱手赠椎埋,屠狗无悰百事乖。侥幸故人仍满眼,猖狂乞食过江淮。""美人才调信纵横,我亦当筵拜盛名。一笑劝君输一着,非将此骨媚公卿。""蜀冈(地名,在江都北)一老抱哀弦[1],阅尽词场意惘然。绝似琵琶天宝后,江南重遇李龟年。""不容儿辈妄谈兵,镇物何妨一矫情。别有狂言谢时望,东山妓即是苍生。""陶潜诗喜说荆轲,想见停云发浩歌。吟到恩仇心事涌,江湖侠骨恐无多。""儿谈梵夹婢谈兵[2],消息都防父老惊。赖是摇鞭吟好句,流传乡里只诗名。""风云才略已消磨,甘隶妆台伺眼波。为恐刘郎英气尽,卷帘梳洗望黄河。"盖定庵抱绝世之奇才,郁绝世之奇情,发之于诗,故其情韵自与他人不同。至其诗词内艳体诸作,有谓因某贝勒侧福晋太清而发者,有谓为所眷灵箫而发者,然情词惝恍,无从指实也。

吴县缪嘉谷君读书有成,方出应童试,乙未之春,一战而捷,其题为"夫人自称曰小童",是岁秋间大比,即连捷登贤书,题为"君子不以言举人"。友人某于其演剧鸣贺时,戏赠一联曰:"四月之前,犹是夫人自称曰;重阳而后,居然君子不以言。"此联妙系天成,语兼歇后,是滑稽界中绝无仅有之作也,亟录之以资捧腹。

南省之溲便,多用马桶,俗呼此物为马子。繁盛区域,各住户即于室内置之,日雇粪夫倾倒刷洗。近河小户,间有自家执行此役者。某君早起,见一老妪弓身倒刷,遂得一上联曰:"七十岁老婆子,红板桥边倒马子。"既思"马子"二字是一物之代名词,不能仅对字面,须再寻一物或一事与此相称者,方为如得其偶。历久而苦不能对,一日于白沙滩地中,见几个牧羊小儿掷骰子(俗称色子),乃恍然对前联曰:"三五个小孩儿,白沙滩上吊猴儿。"该地方言有谓掷骰子为吊猴儿者。

---

① 眉批:"按蜀冈,山名,因其山暗通蜀地,故名。"

② 眉批:"梵夹即贝叶经也。"

前清之武官有名龚照兴者，行六，合肥人，甲午之役，奉命守旅顺，至战事紧张之际，弃职潜逃，论者谓其罪不减于临阵畏缩之卫汝贵，而卫则伏诛于市，龚以善运动而得不死。庚子乱后，出狱而归，正伊闭门思过之日也，乃竟于六月六日大张筵宴，遍请亲友，庆六旬正寿。该邑有张六先生者，与龚素不相识，是日不速而至，进门向上一揖，昂然就坐，曰："今日是六哥大好日子，弟有一言，不知能容禀否？"龚曰："愿安承教。"张曰："六哥前年将庄严灿烂之旅顺，不知送往何处？而今能见还乎？"龚闻言大窘，逐之出。次日即有人于门上戏题一联云："称六太爷，上六旬寿，欣占六月六日良辰，六数适相逢，忽听张六先生，大踏步闯进门来，口叫六哥还旅顺；坐三年监，陪三次斩，赚得三代三品封典，三生愿已足，可惜达三故友，小钱头不如咱洒，冤沈三字赴泉台。"按，"小钱头"一句系合肥之土语；"达三"，卫汝贵之字也。

清光绪初，合肥李中堂鸿章为北洋大臣时，幕府中有一饶观察，文章擘画，不让马、枚，贪婪声名，颇为狼藉，后果被人弹劾，因之辞馆去职。公险受詈误，未失宠荣。好谐者以拆字格，讽示一联云："李中堂活是木头，枯一半，槁一半，子惠空悬，欲教作柱终无主；饶观察好大食肠，饥也要，饱也要，尧天安在，纵然辞馆已丢官。"

好僮之风，非始于有清一朝，在前明已盛兴。维时有王岸、包耕农者，两家具有僮癖，都系世家。王尝举家扮演六才子书一出，其长公子饰惠明，女公子饰红娘，己则粉面朱唇饰小姐，正在兴高采烈之时，一老友急切回南，来舍辞行，家人闻客至，俱匿去，王未遑谢妆，以假面具出而当客。客见不识，问之，曰："奴家王岸是也。"相视粲然，坐定，话明来意，王即出赆仪，送老友行，至门外，口中犹喃喃唱长亭饯别一曲，再拜而别。此王家之笑柄也。而包家之可笑者，较此犹奇。包有内兄某，因事约其晏饮，包届期赤其面，绿其袍，跨骏马而至。主人出门迓之，一见愕然。包下马，高声念曰："妹夫关某，特来赴晏。"语罢，虎步入堂，雄踞上坐，自浮三大白，口唱江东一阕而去。

有某谐客览此笑史,戏赠二君一联曰:“妹夫关某,靦赤面,曳绿袍,侈口唱大江东去;奴家王岸,饰红妆,笼翠袖,携手送老友南旋。”

清末宣统间,北京女伶大兴,男伶艺业日衰。有瞽人王玉峰者,能以三弦作百籁鸣,学洋鼓,摹洋号,原倡始于王,此不过其技之一也。其妙绝处,能以三弦学口唱,学谁是谁,使在座者闭目静听,真不辨是人唱,抑系弦鸣,亦一代之奇技也。又当斯时,小学堂日见兴盛,教私塾之冬烘先生浸无吃饭处,于是沿街广贴报单,以冀多招学生。有一改良私塾之报单刚沾于壁,又有一从善书屋之报单重贴于上,后不知如何将“善”字摩擦而去,正露出先贴之“良”字,合读之恰是“从良书屋”,过往者见之,罔不捧腹。谐客老渔亲见此二事实,间尝拟一联曰:“女伶盛,男伶衰,犹不如瞎子能叫座;官塾兴,私塾废,直吓得先生要从良。”按,从良者,妓女嫁人之谓也。

时事谐联,伟人事实云:“委员真可人哉,设备家庭,仅购数椽茅屋;主席诚阔老也,安排别墅,偏寻一带湖山。”自由离婚云:“奇男子应知力戒早婚,革命恐遭胭脂虎;好女郎幸勿强思再嫁,居心愿效卓文君。”比较行踪云:“大司令(谓阎锡山)趋赴京都,往返途中,真是天矫神龙,见首不见尾;旧督军奔逃海国,潜藏岛内,岂非新奇怪物,无脑又无头。”

老渔尝言,有一卢氏子,面貌翩醜,家资巨富,父母珍爱,一力供其读书,同学者以其驼背鸡盲,而又天生缺唇,群相以诨号仿赠之,于是有名之为卤虾者,有呼之为缺兔者,亦取则象形之意也。卢氏自幼聘定马氏女为妻,过门后,群见新娘子丰姿端好,咸于邑代抱不平。余尝拟一联赠之云:“行接吻礼,两次三番,驴唇万难对马嘴;至吹灯时,七吁八咈,蜡□一近灼虾须。”此联传出,诸友大加赏识,曰句句着实,非强凑者所可比也。

武邑有一男秃,面貌不恶,配一女秃,姿容亦好,合婚之日,各市网巾戴之,以弥缺陷。不知者莫不叹为一对佳儿佳妇也。至晚,群集闹房,有一恶少戏将该夫妇之发网嬲除之,光油油露出一对秃瓢儿,惹得满屋哄堂大笑。老渔闻之，亦大笑，快成一联云："戴上网巾，发若云堆，好脸子一对瓜瓜叫；除去夹袋，顶如月亮，秃头儿两个溜溜光。"按，北方土语谓顶好者为瓜瓜叫，盖指秃男女之面貌而言也。

某县杨姓捕役，虎而冠者也。幼年凭借官威，鱼肉乡里，无恶不作，晚年以所得之造孽钱，大起轮奂，以壮观瞻。曾于元宵节在门前扎一走马灯，灯中所制之人物俱照僮伶装饰，生动灵活，有如演剧者。有谐友戏题一联于其上曰："你也是个人，借光儿摇摇摆摆；我爱这出戏，把曲子唱唱听听。"余按，作谐联者出语最喜超脱，不宜扭捏。此联按之谐客，兼擅其长，洵佳作也，亦谐才也。

谐体之联，须有精神气魄流注其中，方成佳构，非然者未有不失之枯俗也。忆某名流宦游归里，筑一安乐窝，为娱老计，尝自书一联于门曰："玩过乐过，酸甜苦辣吃过，到于今学圃学农，只落得半亩荒居，馀生罢了；情来兴来，亲戚朋友都来，在此处谈天谈地，再沽上一壶好酒，小饮何如。"此作虽出于游戏文章，颇得萧闲风味，人生能修得如此结果，则不羡王侯矣。